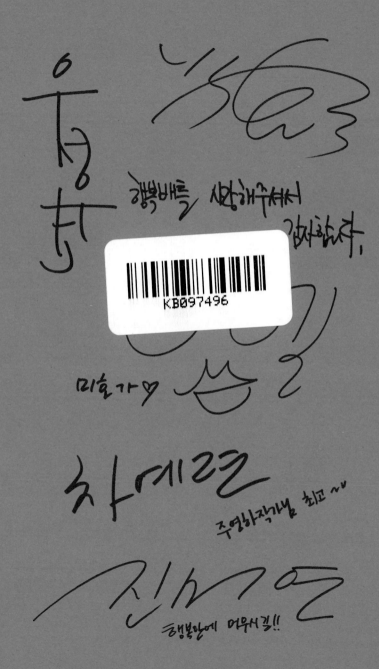

행복배를 사랑해주셔서 감사합니다.

미호가♡

차예련

주연하작가님 최고~~

행복안에 머무시길!!

KB097496

행복배틀

행복배틀

개정판 **4쇄** 발행 2023년 7월 17일

지은이 주영하
펴낸이 배선아
편 집 박미애
디자인 이승은
펴낸곳 고즈넉이엔티

출판등록 2017년 3월 13일 제2022-000078호
주   소 서울특별시 마포구 성지1길 35, 4층
대표전화 02-6269-8166 **팩스** 02-6166-9199
이 메 일 gozknockent@gozknock.com
홈페이지 www.gozknock.com
블 로 그 blog.naver.com/gozknock
페이스북 www.facebook.com/gozknock
인스타그램 www.instagram.com/gozknock

ⓒ 주영하, 2023
ISBN 979-11-6316-502-6 03810

표지/내지이미지 Designed by Getty Images Bank, Freepik

HAPPINESS BATTLE

행복배틀

주영하 미스터리 스릴러

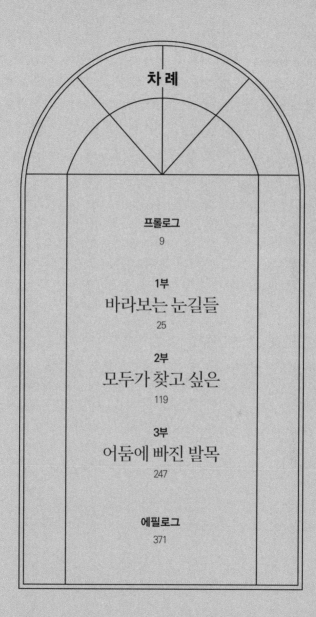

차 례

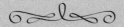

"뭘 자랑해야 내가 다른 사람보다
우위에 있다는 걸 증명할 수 있을까요?
돈으로도 살 수 없는 것.
그 여자들은 행복을 경쟁하기 시작했어요."

헤리티지 영어유치원 담장 너머로 명랑한 동요가 울려 퍼
졌다.

가정의 달 공연 행사를 맞이해 강당은 알록달록한 풍선 아
트로 한껏 치장돼 있었다. 천장에는 '2nd Annual Family Day
Festival' 현수막이 걸려 있었고, 무대에는 숲과 바다의 아기
자기한 풍경이 펼쳐졌다. 흥분과 기대, 설렘과 고양감이 강당
을 감도는 공기 안에 묻어났다.

공연 시간이 임박하자, 객석은 발 디딜 틈 없이 가득 찼다.

곧 원장 선생의 안내 멘트와 함께 상어와 물고기 코스튬을
입은 골드반 아이들이 무대로 입장했다. 객석에서는 함성과
카메라 플래시가 터져 나왔다. 부모들은 저마다 고개를 삐죽
내밀어 무대 위 제 아이를 가려내기에 바빴다.

'아기 상어' 반주가 시작되려는 찰나, 선생 하나가 뒷문을

통해 강당으로 뛰어 들어왔다.

통통 튀는 동요 선율에 맞춰 카메라 플래시가 불꽃처럼 터지는 가운데, 선생은 객석 사이를 정신없이 헤집고 다녔다. 새파랗게 질린, 사색이 된 얼굴이었다.

"지율이 어머님! 지율이 어머님 안 계세요?"

환호성을 지르던 부모들 중 하나가 한 아이 엄마를 가리켰다. 아이 엄마는 까치발을 들고 무대로 시선을 던지고 있었다.

선생은 아이 엄마를 향해 뛰듯이 다가갔다. 아이 엄마에게 귓속말로 속삭이자 그녀의 눈이 둥그렇게 커졌다. 덧붙여 속삭이는 말에 안색까지 납빛으로 돌변했다.

"우, 우리 지율이! 우리 지율이!"

아이 엄마가 날카롭게 소리쳤다.

비명소리와 더불어 '아기 상어'의 명랑한 선율 역시 클라이맥스를 향해 내달렸다.

무대로 환호를 보내던 부모들이 그런 아이 엄마를 돌아봤다. 예삿일이 아님을 감지한 객석에는 술렁임이 일었다.

선생과 아이 엄마가 허둥지둥 강당을 빠져나가고, 또 다른 선생이 원장 선생에게 상황을 보고했다. 객석 한구석에서 일어난 작은 소란은 이제 강당 전체로 퍼져 나가고 있었다.

"이게 대체 무슨 일이야?"

"큰일이라도 난 거 아니에요? 지율이 엄마 같던데."

원장 선생의 지시에 앰프가 꺼졌다. 공연을 중단시킨 그녀가 무대로 걸어 나와 마이크를 잡았다. 객석의 모든 눈이 일제히 그녀에게로 향했다.

그녀의 입에서 흘러나온 말은 모두를 충격으로 몰아넣기에 충분했다.

여자아이가 실종됐다.

실종 아동은 플래티넘반의 강지율. 담임 선생이 반 아이들을 데리고 1층 교실에서 2층 강당으로 이동하는 사이, 지율이 사라진 것이다.

담임 선생은 강당에 도착해서야 이 사실을 알아챘다. 계단을 오르는 도중 한 아이의 드레스 자락이 다른 아이의 요술봉에 걸렸고, 울고불고하는 아이들을 어르고 달래 강당 앞까지 이동해 숫자를 세어보니 하나가 비더라는 게 그녀의 설명이었다.

공연을 중단한 원장 선생은 부모들에게 상황을 알렸다. 위급 상황 매뉴얼대로 모두가 일사불란하게 움직였다. 담임 선생은 경찰에 신고를 하고, 부모들은 자발적으로 실종 아이 수색에 나섰다.

일부는 대문을 지키고 일부는 1층 교실을, 나머지는 미술실과 체육실, 쿠킹실, 라이브러리를 살폈다. 자기 아이를 데리고 서둘러 하원하는 부모도 더러 있었다.

출동한 경찰은 원장 선생과 함께 CCTV를 확인했다. 아이 엄마는 오열을 멈추지 못했고, 아이 아빠는 분노를 간신히 잠재우고 있었다. 아이가 사라졌을 거라 추정되는 오후 2시 10분경, CCTV에 수상한 남자가 대문을 통과해 건물 현관으로 진입하는 모습이 포착됐다. 공연 날을 맞이해 현관문은 외부인들에게 개방되어 있었다.

검은 모자를 깊게 눌러쓴 남자. 그는 작은 상자를 들고 있었다. 검은 모자는 두리번거리더니 팅커벨 복장을 한 여자아이에게 다가갔다. CCTV를 보던 아이 엄마가 비명을 지르듯 소리쳤다.

"우리 지율이에요! 자기야, 저기 지율이야……. 우리 지율이!"

아이 엄마는 다리에 힘이 풀려 바닥에 주저앉았다. 혼절하기 직전의 모습이었다. 아이 아빠가 두 손을 떨며 그녀의 어깨를 감쌌다.

지율과 검은 모자는 몇 마디를 주고받았고, 그의 모습이 이내 CCTV 화면에서 사라졌다. 지율도 총총걸음으로 어디론가 사라졌다. 공연을 관람하러 온 초대 손님들이 시야를 가려, CCTV 상으로 더 이상 지율의 동선을 파악하기 힘들었다. 이후 지율의 모습은 CCTV 그 어디서도 발견되지 않았다. 검은 모자가 대문을 빠져나가는 장면만 추가적으로 발견할 수 있을 뿐이었다.

아이 부모는 검은 모자가 어떤 말로 지율을 설득해, 유치원을 빠져나오도록 했을 거라고 주장했다. 지율이 어떻게 유치원을 빠져나갔는지는 여전히 의문으로 남아 있으나, 검은 모자가 유력한 용의자라는 건 확실해 보였다.

경찰은 즉시 탐문 수사를 시작했다. 검은 모자가 이 근방을 아직 벗어나지 못했으리라 추측했다. 선생과 부모들도 유치원 내부 수색을 멈추지 않았다. 지율이 유치원을 벗어나는 모습이 CCTV에 포착되지 않았으니 마지막 희망은 남아 있었다.

담임 선생 조아라 역시 새파랗게 질린 낯으로 교실 곳곳을 헤집고 다녔다.

이 방, 저 방으로 옮겨 다니는 발걸음이 분주했다. 한순간 눈을 뗐고, 그사이 지율이 사라졌다. 모두들 말은 하지 않았으나, 바라보는 눈빛은 질타에 가까웠다. 어떤 식으로든 책임 소재 문제가 대두될 게 분명했다. 조아라는 초조함과 긴장감으로 마른침을 삼켰다. 끊임없이 짧은 한숨이 터져 나왔다.

제발, 제발 어디에서든 얌전히 있어 주길…….

그렇기만 하다면…….

…….

한 대 세게 쥐어 박아줄 텐데.

젠장, 대체 이게 무슨 꼴인지. 그 짜증 나는 애새끼 때문에.

또다, 또.

이번에도 그 망할 꼬맹이다. 도대체가 한두 번이 아니다. 말썽의 주범은 항상 그년이었다. 때와 장소를 못 가리고 틈만 나면 해대는 짓거리. 그 영악한 년은 분명 어디선가 허둥지둥하는 어른들을 보며 몰래 웃음을 짓고 있을 터였다.

그 꼬맹이 년은 모든 걸 알고 있었다. 자신의 말썽 때문에 담임 선생이 원장 선생에게 꾸지람을 듣게 된다는 것도, 이런 일을 벌이면 어른들에게 주목을 받게 된다는 점도.

부모들은 제 자식을 순진무구한 천사라 생각하지만 아무것도 모르는 소리. 다섯 살이면 알 거 다 아는 나이. 가증스러운 얼굴 위로 천진난만한 가면을 쓰고 있을 뿐이었다.

차라리 진짜 유괴라도 돼버렸으면 좋겠는데.

어영부영 사건이 이렇게 커질 줄은 꿈에도 생각지 못했다. 원장 선생에게 한바탕 쓴소리 들을 생각을 하자 짜증이 치솟았다. 아니, 쓴소리로 끝난다면 다행이었다. 이번에는 진짜 직장을 잃게 될지도 몰랐다.

조아라는 벌컥 놀이방 문을 열었다. 눈으로 방안 구석구석을 훑었다. 아이가 들어갈 만한 공간은 없었다.

찾기만 해봐라. 그럼 이번에는 내가 아주…….

뒤돌아서려는 순간이었다.

어디선가 부스럭거리는 소리가 들렸다. 얇은 레이스 재질이 마찰하는 소리였다.

조아라는 슬쩍 열려 있는 놀이방 문을 쳐다봤다. 지율을 외쳐 부르는 부모들의 목소리가 열린 문틈을 비집고 들어왔다. 조아라는 발소리를 죽이며 조심스럽게 문으로 다가갔다. 손잡이를 돌려 소리가 나지 않게 문을 닫았다.

이제 놀이방은 완벽하게 밀폐된 공간이었다.

하얀 양말을 신은 발이 장난감 서랍장으로 한 걸음씩 다가갔다. 먹이를 앞둔 포식자처럼 여유롭고 느긋한 발걸음이었다. 손잡이로 향하는 조아라의 손이 잘게 떨렸다. 적막이 흐르는 방안에는 두 사람의 심장 소리만 가득했다. 코웃음과 함께 장난감 서랍장 문이 열렸다.

…….

찾았다.

입꼬리가 삐죽 올라갔다. 조아라는 입가로 새어 나오는 웃음을 간신히 참았다.

장난감 서랍장 바구니에는 팅커벨 드레스를 입은 지율이 몸을 웅크리고 있었다. 조아라는 한 걸음 더 가까이 다가갔다. 그녀가 불빛을 가려 지율의 머리 위로 음영이 드리워졌다.

조아라는 말없이 지율을 내려다봤다. 아이도 바구니 안에 움츠린 채 그녀를 빤히 쳐다보고 있었다.

두 사람의 심장 소리가 마주쳐 울렸다. 레이스가 마찰하는 소리만이 침묵을 갈랐다. 조아라가 비스듬히 비켜서자 지율이 바구니 안에서 나왔다. 아이는 드레스에 묻은 먼지를 보고 표정을 찌푸리더니 무심한 손길로 털어냈다.

조아라는 아이의 조그마한 머리통을 향해 손을 뻗었다.

"찾았다."

차가운 손이 지율의 머리를 부드럽게 쓰다듬었다.

구겨진 드레스 자락에 정신이 팔려 있던 지율이 고개를 들었다. 두 사람의 눈길이 팽팽하게 마주쳤다. 지율의 이마에는 땀이 송골송골 맺혀 있었다.

"지율아, 왜 여기 있었어? 선생님들이 우리 지율이 찾는 소리 못 들었어?"

조아라가 입가에 한껏 미소를 띠며 물었다. 아이가 고개를 흔들었다. 이미 예상했던 바였다. 지율은 사람들이 자신을 찾고 있다는 걸 알면서도 나오지 않은 것이다.

"선생님하고 숨바꼭질 하고 싶었니?"

아이는 또 고개를 흔들었다. 미안함 따위는 한 톨도 찾아볼 수 없는 얼굴이었다.

조아라는 성큼 다가가 허리를 숙였다. 지율의 어깨를 꽉 붙들고는 귓가에 속삭였다.

"이번에도 쫓아왔어?"

그제야 아이는 고개를 끄덕였다.

"이번에는 얼마만 했는데?"

지율이 자신의 팔꿈치를 잡아 보였다.

"물었니?"

지율은 대답하지 않았다.

"거봐."

조아라는 지율의 어깨를 한 번 더 힘주어 잡았다. 끌어올린 입가가 경련이 일 듯 바들거렸다.

"전에도 말했잖아. 그건 나쁜 애들한테만 보이는 거라고. 착한 애들한테는 그런 거 안 보여. 네가 착한 애가 되기만 하면, 그런 건 쫓아오지 않아."

조아라가 손아귀의 힘을 풀고 허리를 폈다. 그 순간, 내내 또 렷한 눈빛으로 조아라를 응시하기만 하던 지율이 입을 열었다.

"뱀이……."

"……."

"나 대신 선생님 쫓아갔으면 좋겠어. 선생님 다리를 꽉 물었으면 좋겠어."

지율이 앙칼진 목소리로 말했다.

◌◌

유난히도 달 밝은 밤이었다.

찜통 같은 무더위도 물러나고 징그럽게 울어대던 매미도 자취를 감춘 가을밤. 뺨을 스치는 바람에도 서늘함이 묻어났다.

소민과 정우는 반포동 하이프레스티지 아파트 숲길을 산책하는 중이었다. 은은한 조명과 짙푸른 수목이 밤 산책의 정취를 더하고 있었다. 3년 전 재개발되어 평당 1억 1,200만 원에 육박하는 아파트. 국내 최고 몸값답게, 입주민들이 가까이서 휴양림을 경험할 수 있도록 단지 내 울창한 숲을 조성해놓았다.

처음 소민은 이런 아파트에서 신혼생활을 할 수 있다는 사실이 더없이 만족스러웠다. 아파트를 마련해준 건 정우의 부모님이지만, 아직 생기지도 않은 손주를 들먹이며 눈물 바람으로 그 결론을 이끌어낸 건 자신이었다.

아파트 브랜드 이름을 입 밖으로 꺼냈을 때 친구들의 얼굴에 번지던 질투와 부러움. 시댁에서 벤츠 E300을 선물 받았다고 자랑해대던 윤아 고것의 얼굴이 일그러졌을 때는 어찌나 통쾌하던지.

앞길은 탄탄대로뿐이라고 믿어 의심치 않았다.

바로 얼마 전까지도.

상황은 몇 달 만에 완전히 달라졌다. 지금 소민은 두렵기만 했다. 양손에 움켜쥐었던 모든 것들을, 내 것이라 믿어 의심치 않았던 것들을 잃게 될지도 몰랐다. 소민은 아직은 납작한 배 위에 손을 얹었다. 다른 손으로는 핸드폰을 꽉 말아 쥐었다. 핸드폰 안에는 며칠 전, 전 남자 친구 은호가 보낸 메시지가 답변을 기다리고 있었다.

'그날 밤, 나만 좋았던 건 아니지?'

메시지 내용을 다시 떠올리자니 눈앞이 아득히 멀어졌다. 단 한 번의 만남이었다. 술자리가 무르익다 보니 분위기에 휩쓸려 키스를 했고 둘은 호텔 방으로 향했다.

만취 상태였던 소민은 그날 밤 일을 제대로 기억하지 못했다. 끝까지 간 건 아니라고 생각했는데, 은호의 말은 달랐다.

그 순간, 소민은 제 배 속에서 꿈틀거리는 생명이 징그럽게 느껴졌다. 아이가 생겼다는 말에 기뻐하던 정우와 친정, 시댁 식구의 얼굴이 머리를 스쳤다. 정우의 아이일 거라 스스로를 달래봤지만, 여자로서의 본능은 자꾸만 다른 이야기를 했다.

며칠간의 고민 끝에 소민은 아이를 지우기로 결심했다. 50%의 확률에 인생을 걸 순 없었다. 어떤 천벌을 받아도 좋으니, 다시는 아이를 못 갖게 되어도 좋으니. 지금 당장 이 배 속의 생명체가 사라졌으면 좋겠다는 생각뿐이었다.

낙태를 유산으로 둔갑시키는 방법은 없을까.

아이를 지우자고 말이라도 꺼내봐야 하나.

어디서 가벼운, 정말 가벼운 사고라도 당했으면 좋겠는데.

이 아이만 사라지게 할 수 있다면 뭐든 할 수 있을 것 같은데.

소민의 머릿속은 터질 듯이 복잡한데, 정우는 태평한 소리만 해댔다.

"보름달 떴네. 예쁘다."

숲길을 벗어나 인도에 접어든 정우가 암청색의 청명한 밤하늘을 올려다보며 감탄했다. 높다란 아파트 건물 사이로 둥근 달이 자태를 뽐내고 있었다.

"그러네. 오늘 정말 산책하기 좋은 밤이다."

소민은 시큰둥하게 맞장구를 쳤다. 머릿속에는 온통 낙태에 대한 생각뿐이었다.

어쩌지, 말이라도 한번 꺼내볼까.

소민은 정우의 눈치를 살피다 오늘 산책의 목적이기도 한 말을 꺼내려 했다.

"근데 오빠, 있잖아. 우리 아이 말이야……."

그런데 정우의 시선이 어느 고층 베란다 한곳에 머물러 있었다. 그는 소민의 말이 들리지도 않는지 미간을 찌푸려가며 그곳을 주시하고 있었다.

"소민아, 저기…… 사람 같지 않아?"

소민은 자신의 말에 집중하지 않는 정우에게 짜증이 치밀었다. 하지만 오늘 산책 동안만이라도 그의 장단에 맞춰줄 생각이었다. 소민은 잠자코 그가 시선을 향한 곳으로 고개를 들었다.

순간 소민의 입에서 비명이 터져 나왔다.

6층? 아니, 7층 베란다. 한 여자가 난간에 배를 걸친 채 상체를 바깥으로 내밀고 있었다. 난간 너머로 고개를 숙이고 있는 터라, 여자의 기다란 머리카락이 아래로 쏟아져 내렸다.

까치발로 선 여자는 난간에 배를 걸치고 아슬아슬하게 균형을 유지하고 있었다.

"소민아! 빨리 119에 신고하고, 경비원 불러와! 어서!"

정우는 소민에게 소리쳐 말하곤 102동 출입문으로 달려갔다.

"오빠가 거길 왜 가? 오빠, 오빠!"

소민은 발을 동동 구르다 119에 신고 전화를 했다. 소민과 정우의 격앙된 소리에 다른 산책자들이 102동 앞으로 몰려왔다. 가을밤 고즈넉한 산책길은 돌연 소란함으로 가득 찼다.

다행히도 여자는 자살을 망설이는지 난간에 배를 걸치고 있을 뿐, 더 이상 극단적인 행동은 하지 않았다. 구급대원이 제때 출동한다면 여자를 말려볼 수 있을 것 같았다.

소민은 걱정스럽게 여자를 올려다봤다.

저 여자는 왜 자살을 하려는 걸까. 국내 최고의 고급 아파트에 살면서.

죽으려면 다른 데서 죽지, 왜 아파트 이름에 먹칠을 하고 난리야? 집값 떨어지게.

아파트에서 투신자살을 했다는 말이 나돌면 한동안 부정적인 소문들이 오갈 것이다. 행복과 부의 철옹성 같은 아파트 이미지에 금이 갈 게 뻔했다.

소민은 그것이 마치 자신을 향한 모욕처럼 느껴졌다.

캄캄한 내부 때문에 여자의 모습은 검은 형체로만 보였다.

아슬아슬하고 위태로워 보였다. 아래로 쏟아진 새까만 머리카락과 하얀 스커트 자락만이 바람에 나풀대고 있었다.

그때 저만치 화단 앞으로 물 한 방울이 뚝 떨어져 내렸다.

뭐지?

소민은 이끌리듯 한 걸음 다가갔다.

한편, 102동으로 뛰어 들어간 정우는 급하게 엘리베이터 버튼을 눌렀다. 두 대 모두 18층 언저리에서 상승하는 중이었다. 꼭대기 24층을 찍고 내려오려면 시간이 걸릴 듯싶었다.

어쩌지. 엘리베이터를 기다려야 하나? 아니면 계단으로?

망설이던 정우는 계단 쪽을 택했다. 7층이면 계단이 빠르다. 한시도 지체할 수 없었다. 이렇게 우물쭈물하는 사이, 여자가 극단적인 선택을 할지도 몰랐다.

정우는 한 번에 계단을 두세 개씩 밟아 올라갔다. 계단참을 몇 번이나 돌며 뛰어오르느라 숨이 턱 끝까지 차올랐다.

마침내 정우는 7층에 도착했다. 격한 호흡이 터져 나왔다. 701호와 702호를 번갈아보던 시선이 702호 현관문에 닿았다. 고민할 필요도 없었다. 702호 현관문이 살짝 열려 있었다. 남자 구두가 틈새에 껴 있었던 탓이었다.

정우는 마른 침을 삼키곤 손잡이를 잡아 현관문을 열었다.

"계십니까?"

안에서는 대답이 없었다. 틈 사이 구두를 빼내고 문을 닫은 정우는 현관 안에 발을 들여놓았다. 현관과 집 내부를 나누는 중문도 활짝 열려 있었다. 그 사이로 서늘한 바람이 불어왔다.

집 안에서는 불빛 하나 새어 나오지 않았다. 완벽한 암흑뿐이었다. 비릿하고 시큼한 냄새도 풍기는 듯했다.

"실례합니다."

여전히 반응이 없었기에, 정우는 좀 더 안으로 들어가기로 결심했다. 그러자 이번에는 운동화를 벗고 들어가야 할지, 신고 들어가야 할지 고민됐다. 결국 정우는 하등 중요한 문제가 아니라고 스스로를 다독이며 신발을 벗고 안으로 들어갔다.

바닥은 차갑게 식어 있었다. 발바닥으로 전해지는 한기에 소름이 돋았다.

정우는 거실로 향하는 짧은 복도를 조심히 걸었다. 복도를 다 지나서야 왼쪽으로 비스듬히 베란다가 보였다. 하얀 치마를 입은 여자는 아래서 본 모습 그대로였다. 열어놓은 베란다 문으로 바람이 불어와 여자의 치맛자락이 나풀거렸다.

그런데 여자의 모습이 이상했다. 정우는 손등으로 눈을 비비고, 눈을 깜빡인 다음 집중해서 여자를 주시했다. 정우의 눈은 야맹증이나 빛 번짐 같은 것도 없을 뿐 아니라 시력 1.2를 자랑했다.

이상하리만큼, 여자는 미동조차 없었다.

그제야 오싹한 기운이 등골을 훑어 내렸다. 벽면을 더듬어

스위치를 찾았다. 끈적끈적했다. 양말에도 끈적임이 묻어나는 것 같았다. 정우는 불을 켰다. 밝은 불빛 아래 집 안 모습이 훤히 드러났다.

거실 바닥, 벽, 소파, 가구 할 것 없이 온통 피 칠갑이었다. 거무죽죽한 피가 마구잡이로 칠해져 있었다. 베란다 난간에 배를 걸치고 있는 여자의 발치에도 피 웅덩이가 고여 있었다. 갑자기 비릿한 혈향이 사납게 정우를 덮쳤다.

"으, 으……."

목구멍이 막힌 듯 비명조차 터져 나오지 않았다.

다리에 힘이 풀린 정우는 털썩 엉덩방아를 찧었다. 바닥의 피가 스며들어 양말이 온통 축축했다. 정우는 일어서려 버둥거렸지만 미끈거리는 바닥에서 허우적거릴 뿐이었다.

간신히 몸을 일으킨 정우는 허둥지둥 뒤돌아 현관문으로 향했다.

얼어붙은 다리는 자꾸 헛발질만 했다. 그때 정우의 시선이 문득 열려 있는 방문 틈새로 향했다. 그곳에는 한 남자가 등에 칼을 꽂은 채 엎드려 있었다.

비로소 정우의 입에서 비명소리가 터져 나왔다. 때마침 돌풍이 일듯 베란다에 바람이 불었다. 여자의 발치에 고여 있던 피가 후두둑, 비처럼 떨어져 내렸다.

소민의 비명소리 역시 아파트 단지 안에 길게 메아리쳤다.

1부

바라보는 눈길들

"이걸 우수상으로 뽑자고?"

엘스전자 마케팅부 회의실은 한 차례 공방전으로 후끈 달아올라 있었다. SNS 마케팅을 담당하는 장미호 과장은 김 대리가 내민 사진 한 장에 고민스러운 얼굴을 했다.

"네, 대상은 5대가 함께 찍은 가족사진, 최우수상은 다문화가정의 가족사진하고 시간 여행 콘셉트 사진. 그러니까 이런 가족사진 하나쯤은 우수상으로 선정해도 좋을 거 같은데요."

김 대리가 확고한 말투로 대답했다.

몇 주 전, 미호와 김 대리는 추석을 맞이하여 '홈스윗홈(Home Sweet Home)! SNS 이벤트'를 개최했다. 가족사진을 자신의 SNS에 올리고 '엘스전자 홈스윗홈 이벤트' 해시태그를 단 다음 엘스전자 공식 SNS 계정과 링크된 등록 페이지에 올리면, 심사를 통해 선정자에게 상품을 주는 이벤트였다.

연례행사치고 올해는 상품이 제법 두둑했다. 대상 1명은 최신형 TV, 최우수상 2명은 냉장고, 우수상 3명은 노트북, 장려상 10명에게는에게는 뷰티 디바이스가 지급됐다. 그래서인지 예년과 다르게 수천여 명의 응모자가 몰렸다. 온갖 종류의 가족사진이 쏟아졌다.

미호와 김 대리는 등록 페이지를 출력해 수천 개의 감동 사연을 읽으며 날밤을 새웠다. 얼추 선정자들이 정해졌지만 대상, 최우수상, 우수상, 장려상을 가려내는 또 한 차례의 관문이 남아 있었다.

미호는 다시 한번 김 대리가 내민 사진을 쳐다봤다.

사진 속 배경은 넓고 고급스러운 아파트 거실이었다.

벽면에는 엘스전자 최신형 86인치 벽걸이 TV가 설치되어 있었다. TV를 한가운데 중심 배경으로 두고, 왼쪽에는 젊은 부모가 양팔을 활짝 벌리고 있었다. 오른쪽에서는 여자아이 둘이 부모를 향해 달려가는 중이었다. 행복하고 부유한 가정의 전형적인 모습이었다.

사진의 제목은 〈행복이 품 안으로 들어왔다〉였다.

사진 속의 '행복'은 중의적인 의미를 가지고 있었다. 품 안으로 달려드는 예쁜 딸아이들을 의미하기도, 행복한 가정을 의미하기도, 엘스전자의 신형 TV를 의미하기도 했다.

보육원에 정기적으로 후원을 다니고 있으며, 경품을 기부하겠다는 사연도 덧붙여졌다.

"집안 형편이 어려운 가족사진으로 수상작을 전부 채울 필욘 없잖아요. 일단 사진 구도나 색감, 퀄리티가 좋고, 비주얼도 좋고. 또 우리 TV 홍보도 해주고, 제목도 센스 있고, 사연도 좋고. 이만하면 우수상으로 괜찮을 거 같은데……."

미호가 말이 없자, 김 대리는 슬쩍 눈치를 보며 재차 제 주장을 펼쳤다. 미호는 부사수인 김 대리가 날이 갈수록 저를 닮아간다 생각했다.

"왜 그렇게 이 사진을 뽑고 싶은 건데? 혹시 아는 사람이라도 돼?"

미호가 사진을 팔랑거리며 물었다.

"무슨 소리세요? 와, 과장님. 나 지금 완전 세상 억울. 사람 그렇게 몰아가시는 거 아닙니다. 지금 이 이벤트 목적이 훌륭한 가족사진을 찍은 사람에게 경품을 주는 게 아니잖습니까. 마케팅이잖아요, 우리 제품 마케팅! 이분 SNS 찾아보니까 동네 유명인사인지 일반인치고 팔로워가 많더라고요. 무려 3만명. 이런 사람을 선정해야 회사가 사활을 걸고 있는 신제품 마케팅에도 도움이 될 거 아닙니까? 그럼 과장님은요? 왜 이 사진을 그렇게 반대하시는 건데요? 혹시 과장님 아는 사람이라도 돼요?"

"반대한 적은 없어."

'정답'이라는 말은 입 밖으로 소리 내어 말하지 않았다. 솔직히 말하자면 김 대리의 말이 옳았다. 미호는 그 사진 속 인물과의 깊은 인연 때문에, 선뜻 우수상으로 선정할 수 없었다. 불편하고 찝찝한 마음이 성가시게 일어 사진에 대한 객관적인 판단이 불가능했다.

"설마 옛날 애인이라도 되는 건 아니죠?"

미호의 시선이 양팔을 활짝 벌리고 있는 젊은 부부에게로 향했다.

"첫사랑?"

젊은 아빠는 큰 키에, 체격도 건장했다. 베이지색 니트에 청바지 차림인 그는, 서글서글한 인상이었다.

"라이벌?"

젊은 엄마는 연예인이 아닐까 의심될 정도로 미인이었다. 단아하고 청초했다. 살짝 나온 배에 손을 얹고 있는 걸 보니 임신 중인 듯싶었다.

김 대리의 말을 따라 둘 사이를 갈팡질팡하던 미호의 눈길이 끝내 여자의 얼굴에서 멈췄다.

'응모자: 오유진, 35세'

17년 전 앳된 얼굴이 떠올랐다.

고등학교 2학년 겨울방학 이후 처음으로 다시 보게 된 이름이었다. 이런 식으로 오래전 절연한 친구를 보게 될 줄 몰랐기에 미호는 심경이 복잡했다.

"그럼 오유진 씨 우수상으로 가는 겁니다. 선정자 이대로 해서 부장님 결재 받고 공문 띄우겠습니다."

김 대리의 말에 그제야 미호도 피식 웃으며 고개를 끄덕였다.

이후 두 사람은 부장에게 보고를 하고 선정자에게 전화를 돌렸다.

선정자들은 하나같이 기쁨의 탄성을 질렀다. 오유진에게 전화하는 것은 김 대리에게 부탁했다. 17년 동안 돌아보지 않고 살았는데 한순간 닿게 될 인연을 이어가고 싶진 않았다.

오후 5시 무렵, 김 대리가 미호에게 다가왔다.

"장 과장님! 우수상 오유진 씨, 전화 연결이 안 돼요."

"다시 해봐."

미호는 공문을 작성하며 대수롭지 않게 대답했다.

"몇 번이나 했어요. 거의 다섯 통은 한 것 같은데. 보이스피싱 의심할까 봐 문자도 남겨놓고, SNS 쪽지도 보내놨는데 답변이 없어요."

"메일은?"

"메일도 보냈는데 확인을 안 하네요."

"그래? 그럼 선정자 발표 페이지 만드는 건 뒤로 미루고, 내일 다시 연락해보자."

김 대리는 알겠다고 대답하곤 자리로 돌아갔다.

하지만 다음 날도, 다다음 날도 오유진과는 연락이 닿지 않았다.

이번엔 미호가 직접 전화를 걸었다. 그녀의 핸드폰은 꺼져 있었다.

외국이라도 나간 건가?

더 이상 발표를 미룰 수 없었던 미호는 부장에게 보고를 하고 우수상을 재선정했다.

발표 페이지를 만들고, 사내 공문을 게시하고, SNS에 선정자를 발표하고. 나머지 일들은 착착 순차적으로 진행됐다.

어느덧 미호의 머릿속에서 오유진의 가족사진에 대한 생각은 까마득히 사라졌다.

미호는 다시 그 사진을 볼 수 있으리라 생각지 않았다. 이런 방식으로 오유진의 가족사진을 또 한 번 보게 될 줄은 꿈에도 몰랐다.

오유진의 가족사진을 알아본 미호는 눈을 둥그렇게 떴다.

입이 점차 벌어졌다. 한껏 벌린 아래턱이 떨렸다. 미호는 세경의 핸드폰을 강한 악력으로 움켜쥐었다.

분명 그 사진이었다. 오유진의 가족사진.

고급스러운 아파트 거실, 두 명의 여자아이가 엄마와 아빠 품으로 달려드는 사진.

다만 사진에는 한 가지 달라진 점이 있었다.

사진 속 인물들의 얼굴이 모자이크 처리되어 있었다. 그 한 가지 달라진 점 때문에 사진에서 섬뜩함이 느껴졌다.

"왜 그래?"

세경이 어리둥절해하며 물었다.

그녀는 미호에게서 제 핸드폰을 도로 가져가려 했지만, 미호는 손아귀의 힘을 풀지 않았다.

고등학교 동창인 두 사람은 미호의 휴가를 맞이해 드라이브를 나온 참이었다.

둘은 오랜만에 상쾌한 공기를 쐬며 강이 내려다보이는 카페에 앉아 있었다.

미호는 갑자기 주어진 휴가를 어떻게 보내야 할지를 몰랐다. 조직 개편으로 인한 인사이동 때문에, 타 부서 발령 전 전부 소진하는 것에 방점을 둔 벼락 휴가였다.

'장 과장, 그래도…… 인사이동 날 거라고 언질도 받았는데. 그쪽 부서 가기 전에 휴가는 다 쓰고 가야 되지 않겠냐.'

부장은 그런 말로 벼락 휴가에 정당성을 부여했다.

인수인계도 제대로 못 한 터라 미호의 핸드폰은 끊임없이 울려댔다. 갑작스럽게 회사에 가봐야 할 일이 생길 것 같아 해외로 나가지도 못했다.

세경은 저런 워커홀릭도 없다며 혀를 내둘렀다.

'휴가가 너무 갑작스러워서, 뭘 해야 할지 모르겠어.'

미호의 말에 세경은 눈을 반짝였다. 난임 때문에 직장을 그만둔 세경은 현재 '시민저널'에서 SNS 시민기자로 활동하고 있었다. 그런 그녀가 최근 관심을 가지고 있는 사건이라며 핸드폰으로 가족사진 한 장을 보여준 것이다.

"다시 말해봐."

사진에서 시선을 떼지 못한 채 미호가 다그쳐 말했다.

"왜 이래? 무섭게. '반포동 부부 피살사건' 희생자 가족사진이라고."

오유진의 가족사진이 희생자 사진으로 둔갑해 각종 커뮤니티에 돌아다니고 있단다. 홈스윗홈 이벤트에서 우수상으로 뽑혔던 바로 그 사진이. 얼굴은 모자이크로 가려진 채로.

머리를 망치로 사정없이 두들겨 맞은 느낌이었다.

"언제?"

미호가 물었다.

"사건이 언제 터졌냐고? 음, 보자…… 3일 전? 언론에서 떠들썩했는데, 몰랐어?"

3일 전이면 한창 홈스윗홈 이벤트 선정자에게 전화를 돌릴 무렵이었다.

날밤을 새우며 이벤트를 마무리 지을 때라 뉴스는커녕 핸드폰조차 확인할 시간이 없었다.

얼핏 반포동 아파트에서 부부가 살해됐다는 소식을 듣긴 했는데, 오유진과 연관되어 있을 줄은 상상조차 하지 못했다.

"왜 이러는 거냐고. 아는 사람이라도 돼?"

미호의 반응이 심상치 않다 생각했는지 세경이 대답을 재촉했다.

"너 피해자가 누군지 알고 있어?"

미호는 대답 대신 다른 질문을 던졌다. 당황과 충격이 다소 가신 얼굴에는 복잡하게 뒤섞인 감정이 그늘져 있었다.

"피해자 이름? 아니, 몰라. 이제부터 알아봐야지."

"이 사건은 왜 조사하려고 했어?"

"집이 가까워서. 내용이 자극적이기도 하고. 사람들 이목 끌기에 좋은 재료잖아. 그리고 반포동 하이프레스티지에 잘살던 젊은 부부를 누가, 왜 죽였는지 궁금하기도 하고."

희생자의 정체를 짐작조차 못 하는 세경은 쿠키를 잘라 먹으며 대답했다.

"근데 너 자꾸 대답은 안 하고 이상한 것만 물을래?"

다시 핸드폰을 뚫어져라 쳐다보는 미호를 향해 세경이 목소리를 높였다.

세경의 답답함이 이해도 갔지만 미호는 선뜻 말을 내뱉을 수가 없었다. 17년 동안, 미호와 세경 사이에 오유진이라는 이름은 금기어나 다름없었다.

"이거 유진이 가족사진이야."

한참 동안 뜸 들이던 미호가 입을 열었다. 미호의 말을 이해하지 못한 세경은 고개를 갸우뚱했다.

"누구?"

"오유진."

테이블에 턱을 괴고 음료를 마시던 세경이 상체를 바로 세웠다.

"오유진?"

"그래, 오유진. 17년 전 그 오유진."

미호의 대답에 세경의 얼굴이 무섭게 굳었다.

"너 지금 무슨 말 하는 거야?"

"이거, 유진이 가족사진이라고!"

"그럴 리 없잖아."

"진짜야."

미호가 그간의 일을 설명하는 동안 세경은 빨갛게 부푼 얼굴로 가쁘게 숨을 몰아쉬기만 했다. 어떤 감정을 느껴야 할지 모르는 것 같은 표정이었다.

미호가 말하는 내내 세경은 고개를 흔들며 현실을 부정하고 또 부정했다. 사실이 아니라고 되레 자신을 설득하려는 것 같았다. 미호는 그런 세경을 이해할 수 있었다.

자신 역시도 그러했으니까.

창밖의 허공만 응시하던 세경은 한참 만에 평정심을 되찾았다. 혼자 무언가를 납득한 것만 같은, 인정한 것만 같은 모습이었다.

한바탕 태풍 같은 소요가 휩쓸고 지나간 자리에는 정적만이 남아 있었다.

"……자살일까?"

한참 만에 세경이 입을 열었다.

"살인사건이라며."

미호가 대답했다. 세경은 '그렇지' 하고 혼잣말을 했다. 그녀의 눈동자는 허공 속 과거의 어느 한 부분을 헤매는 듯했다.

"그러고 어떻게 살았을까?"

"……."

"잘 살았을까?"

"행복해 보이던데."

미호의 무덤덤한 대꾸에 세경은 그제야 시선을 돌려 미호를 빤히 쳐다봤다.

"행복했다고?"

세경의 얼굴에는 표정이 없었다.

"……그러지 말란 법은 없잖아."

미호의 대답에 짧게 한숨을 내쉰 세경은 다시 창밖으로 시선을 던졌다.

미호 역시 다 식은 커피 잔만 둥그렇게 말아 줬었다.

그렇게 대화를 중단함으로써 미호와 세경은 관계의 평온을 지키기로 했다. 침묵 속에서 두 사람 모두 동의한 바였다.

๛

여자에게 반한다는 것은 이런 느낌일까.

17살 미호가 옆자리 여자아이를 처음 보고 느낀 감정이었다.

단아하고 청초한 인상, 흑요석처럼 반들거리는 눈동자, 맑고 투명한 피부.

잠이 부족해 통통 부은 얼굴들 속에서 눈이 부시도록 예쁜 아이였다.

"미안, 자리 있는 줄 몰랐어."

유진의 입에서 흘러나온 첫 마디였다.

미호는 빤히 유진을 쳐다봤다. 옆자리 주인이 있다는 말에도 유진은 일어날 생각 없이 생글거리기만 했다.

"아……. 일어나야 해?"

난처한 표정, 나긋한 말투.

"그냥 앉아."

미호는 옆자리 책상에 올려둔 자신의 가방을 뒷자리로 치우며 말했다. 세경을 대신해 자리맡기용으로 올려둔 가방이었다. 학기 첫날이라 정해진 자리 따위 없었다.

"고마워. 이 반에 아는 애들이 아무도 없더라고. 문경중학교…… 장미호 맞지? 난 오유진."

어지간히 인상적인 경우가 아니라면 사람들은 대개 첫 만남을 기억하지 못한다. 그러나 미호는 그날 유진이 내뱉은 평범하기 짝이 없는 인사를 똑똑히 기억했다.

'아, 날 알고 있구나.'

약간의 감탄을 느꼈던 것 또한.

유진은 인기가 많았다.

고등학교 시절, 남학교에서 공부를 잘하거나 웃기거나 운동을 잘하는 아이들이 인기를 얻듯, 여학교에서는 공부를 잘하거나 웃기거나 예쁜 아이들이 인기를 얻었다. 유진은 예뻐서 인기가 많았다. 말수가 적은 편임에도, 유진은 모든 반 아이들이 의식하고 신경 쓰는 존재였다.

세경을 포함해 세 사람이 친구가 되는 건 자연스러운 일이었다.

성격과 외모가 판이하게 다름에도 그러했다.

짧은 단발에 키가 크고 체격이 좋은 미호는 무덤덤하고 무심한 성격인 반면, 예쁘고 단정한 인상의 유진은 늘 차분하고 침착했다. 화려한 생김새의 세경은 즉흥적이고 대범했다.

가령 수학 수행평가에서 세 사람이 나란히 만점을 받는다면, 미호는 시큰둥하게 시험지를 책가방에 구겨 넣고, 유진은 시험지를 꼼꼼하게 다시 살펴보고, 세경은 호들갑을 떨며 주위에 자랑해대는 쪽이었다.

여느 또래 아이들처럼 평범한 학교 친구 사이였다.

그런 세 사람 사이에 전환점이 발생한 건 고등학교 1학년 여름방학 때였다.

당시 미호에게는 남자 친구가 있었다. 인근 학교 남학생으로, 둘은 독서실에서 만났다. 신도시 아파트 단지 중심에 위치한 글샘독서실은 당시 동네 고등학생들 사이에서 만남의 장이었다.

미호는 독서실 출입문에서, 혹은 휴게실에서 자신을 빤히 쳐다보는 시선이 있다는 걸 알았다.

이름은 박혜성. 피부가 하얗고 선이 고운 남자아이였다. 마른 체형에 키는 그다지 크지 않았다. 여자 중에서도 큰 편에 속하는 미호와 마주 보고 섰을 때, 눈높이가 간신히 위를 향하는 정도였다.

바라보는 눈길이 신경 쓰인다 생각할 무렵, 미호의 독서실 책상에 캔 커피가 놓였다. 이후 차가운 캔 커피는 매일 저녁 책상에서 미호를 기다렸다.

캔 커피 아래에서 쪽지를 발견한 건 그로부터 일주일 후였다.

그날 밤, 집에 돌아온 미호는 쪽지를 쥐고 한참을 망설였다. 몇 번이나 핸드폰에 쪽지에 적힌 번호를 입력했다 지우길 반복했다. 결국 미호는 고맙다는 메시지를 보냈고, 곧바로 답변이 도착했다. 문자 대화가 밤새 이어진 건 자연스러운 일이었다.

미호에게는 모든 것이 처음이었다. 누군가를 남자 친구라 칭하는 것도, 패밀리 레스토랑에서 데이트하는 것도, 주말에 조조영화를 보는 것도, 으슥한 골목에서 입 맞추는 것도.

혜성이 좋기도 했지만 그와 함께 경험하는 모든 것들이, 미호는 좋았다. 그 모든 것들의 이름에 '엄마 몰래'라는 이름을 붙일 수 있어서 더 좋았다.

그러던 어느 날, 미호와 혜성은 영화 관람 후 번화가 뒷골목을 헤매며 몰래 데이트를 즐기고 있었다. 엄마에겐 수학 연구반 정기모임이라는 변명을 둘러댔다. 골목을 돌아 어느 술집 뒤편으로 접어들었을 무렵, 미호는 좁은 길을 막고 이야기 중이던 여자아이들과 마주쳤다.

실수였다. 시험이 끝난 이 동네 고등학생들의 활동 반경이란 빤하디빤한 것을.

미호는 두 여자아이의 얼굴을 알아봤다.

유진과 세경이었다. 기가 막힌 일은 다음이었다. 유진은 술집에서 아르바이트를 하는지 앞치마를 입은 채였고, 세경은 담배를 피우고 있었다.

상황을 짐작건대, 세경이 술집에 들어갔다 유진을 만난 듯했다.

세 사람은 그 자리에서 얼어붙었다.

모범생이라는 껍데기를 뒤집어쓴, 서로의 민낯을 마주한 셈이었다.

술집 뒷골목에는 잠시간 적막이 흘렀다. 얼어붙은 분위기를 부순 건 세경의 깔깔대는 웃음소리였다.

미호는 먼저 가라고, 나중에 연락하겠다고 혜성의 등을 떠밀었다.

당황한 유진이 술집 안으로 들어가려 하자 세경이 그녀의 팔을 잡아챘다.

"너 도망가면 확 꼰질러버린다."

유진의 얼굴이 굳었다.

미호는 작게 한숨을 쉬곤 세경을 유진에게서 떼어냈다.

"네가 뭐 잘한 게 있다고 유진일 꼰질러?"

"장미호, 너 마치 비난할 자격이 있는 사람처럼 군다?"

"난 너 비난한 적 없는데. 쩔리나 보지?"

미호와 세경은 서로를 노려보며 언성을 높였다. 유진은 술집 안에서 부르는 소리에 뒷문으로 들어갔다.

세 사람이 각자의 비밀을 들켜버린 날이었다.

다시는 안 볼 것처럼 돌아섰지만 다음 날, 세 사람은 교실에서 어색하게 얼굴을 마주했다.

한나절이나 이어진 불편한 침묵을 견디지 못한 건 세경이었다. 방과 후, 그녀는 가방을 챙기던 미호와 유진에게 얘기를 하자고 제안했다.

그날, 셋은 동네 놀이터에서 많은 이야기를 나눴다.

미호는 혜성과 함께 하는 모든 일탈이 즐겁다고 말했다. 조만간 키스 이상의 진도가 나갈지도 모른다고도 덧붙였다.

유진은 대학 입학 후 바로 독립할 예정이라 돈이 필요하다고 말했다.

세경은 가람단 선배들에게서 담배를 배웠다고 얘기했다. 아직 겉담배밖에 못 피우지만 스트레스 풀기에 이만한 건 없다며 웃었다.

시간이 흐를수록 고민의 농도는 짙어졌다.

미호는 자신의 학업을 좌지우지하려는 엄마의 열정 때문에 숨이 막힌다고 고백했다. 유진은 재혼 가정임을 밝혔으며, 세경은 부모님 사이가 더 나빠졌다고 털어놨다. 달이 기울도록, 세 아이는 서로의 이야기를 들으며 울다 웃다를 반복했다.

미호, 유진, 세경은 그날을 계기로 서로를 향한 문턱을 한 단계 넘어섰다.

세 사람의 인연은 2학년이 되어서도 이어졌다. 12개 반 중 이과 반은 3개 반뿐이었기에, 이과를 택한 세 사람은 높은 확률로 같은 반이 되었다.

쉬는 시간마다 지하 매점으로 달려가고, 순대볶음을 먹으러 가기 위해 담치기를 하고, 야간자율 학습실에서 다 같이 한숨 늘어지게 자고, 고민 상담이란 명목으로 운동장을 뱅글뱅글 돌며 수다를 떨고, 공부를 핑계로 뭉쳐 다운 받은 미드를 실컷 감상하고.

그런 날들이 이어졌다.

반면 미호와 혜성은 싸움이 잦아졌다. 대부분 싸움의 원인은 스킨십이었다. 사귀는 기간이 길어질수록 혜성은 점점 더 많은 것을 요구했다.

맞벌이 부모를 둔 덕에 혜성의 집은 비어 있을 때가 많았다. 혜성은 언젠가부터 미호를 자꾸만 자신의 집으로 불러들였다. 더 이상 놀이공원을 가자고 보채지도, 영화를 보자고 조르지도 않았다. 혜성의 집에 함께 있다 보면, 그는 늘 미호의 티셔츠 안으로 손을 집어넣기 일쑤였다.

시간이 갈수록 행위는 한층 더 집요해지고 위험 수위를 넘나들었다.

처음에는 절대 안 된다고 생각하던 미호 역시 점차 행위에 익숙해져 갔다. 영원히 마음 변치 않겠다는 혜성의 약속 또한 마음을 흔들었다.

결국 두 사람은 혜성의 부모가 집을 비운 어느 날, 첫 관계를 가졌다.

준비 없이 얼결에 치른 관계는 참혹하기 그지없었다. 혜성은 곧바로 잠에 곯아떨어졌고, 미호는 끙끙대며 뒷수습을 했다. 느낌이라고는 지독하게 아프다는 것뿐이었다.

그로부터 며칠 동안 미호는 뒤숭숭한 마음을 가눌 길이 없었다.

'겨우 이런 거였나? 그동안 별거 아닌 걸 가지고 호들갑 떨었네' 하는 생각과 '괜히 했나?' 하는 생각이 번갈아가며 마음을 잠식했다. 덕분에 관련된 화제만 나오면 신경이 바짝 곤두설 지경이었다. 그런데 세경은 자꾸만 의미심장한 소리를 해댔다.

"너네, 어제 내가 뭘 봤는지 알아?"

하굣길, 집으로 향하는 대로변을 걸으며 세경이 말을 꺼냈다.

"뭘 봤는데?"

딴생각에 잠겨 있던 미호를 대신해 유진이 대꾸했다.

"우리 아파트 주차장에서 어떤 남자랑 여자가 차 안에서 떡 치고 있는 걸 봤지."

세경은 저 혼자 깔깔거리더니 나머지 말을 이었다.

"그런 것들은 인간도 아냐. 아주 발정 난 짐승들이지. 때와 장소를 못 가리고 붙어먹는 게. 진짜 더럽고 추잡스러워서, 그걸 본 내 눈이 썩는 줄 알았다니까. 둘 다 미친 거 아냐? 대낮에, 그것도 차 안에서."

순간 오싹한 기운이 미호의 목덜미를 스쳤다.

세경의 말이 날카로운 가시처럼 피부를 파고들었다. 심장을 사납게 두방망이질했다.

"너 아까 내 핸드폰 봤어?"

미호가 애써 평정심을 가장하며 물었다. 점심시간 일이 떠올랐다.

세경은 무료 문자가 떨어졌다며 자신의 핸드폰을 빌려 갔다. 혜성과의 문자가 고스란히 담겨 있는 핸드폰은 잠금 설정도 되어 있지 않았다.

"뭔 소리? 네 핸드폰이 아니라 누가 떡 치는 걸 봤다니까."

"그러니까 내 핸드폰 봤냐고?"

"아니, 누가 씹질하는 건 봤는데?"

심장 박동 수가 급격하게 상승했다. 그동안 가슴 깊이 꾹꾹 눌러두었던 무언가가 목구멍까지 치밀어 오르는 느낌이었다. 미호는 가쁘게 숨을 몰아쉬며 입술을 뗐다. 하지만 그보다 먼저 말을 내뱉은 건 세경이었다.

"추잡하고 더러워……."

서늘한 한기가 등골을 훑어 내렸다.

미호는 세경에게서 표정을 읽을 수 없었다. 세경의 얼굴은 새하얀 석고상 같았다. 늘 그렇듯 입꼬리를 잔뜩 끌어올리며 미소를 지었지만, 눈은 웃고 있지 않았다. 차갑고 서늘한 빛이 감돌았다.

당황한 미호가 말을 머뭇거리는 사이, 유진이 미호 대신 입을 열었다.

"그걸 왜 봐. 네가?"

유진의 말투에는 세경을 힐난하는 기색이 역력했다.

늘 차분하고 나긋나긋하던 유진이 이토록 뚜렷하게 자신의 감정을 드러낸 적은 처음이었다. 돌변한 유진의 모습에 미호뿐 아니라 세경조차 움찔했다.

"보이니까 봤지."

받아치는 세경의 말투도 공격적이었다.

"남의 차 안을 들여다보는 네가 더 이상해. 관음증도 아니고."

"오유진, 너 좀 이상한 포인트에서 화낸다?"

"제발 그런 식으로 남 일 신경 쓰지 말고, 네 앞가림이나 잘해."

"야! 너 그게 무슨 말이야? 지금 나한테 문제가 있다는 말이야?"

한동안 유진과 세경 사이에 고성이 오갔다.

미호는 둘을 뜯어말렸고, 끝내 두 사람은 소리 내어 울기 시작했다. 일이 어쩌다가 이 지경이 됐는지 미호는 난감하기만 했다.

미호는 그냥 집으로 돌아가겠다는 두 사람을 데리고 맥도

날드로 향했다. 억지 화해를 시키려 제 돈으로 버거 세트를 세 개나 샀다. 두 사람은 쉬이 화를 풀지 않았지만 버거는 말끔하게 해치웠다.

그때 혜성으로부터 어디냐고 문자가 왔다. 미호는 맥도날드라고 답했다.

혜성은 근처에 있다며 잠시 들르겠다고 했다. 미호는 오지 말라고 답했다. 잠시 후 누군가 미호의 이름을 불렀다. 무심코 돌아보는데, 혜성이 환하게 웃으며 다가오고 있었다.

미호는 순간적으로 몸이 굳었다. 혜성과 함께 있는 장면을 유진과 세경에게 보이고 싶지 않았다.

언제였더라? 아주 어렸을 때, 성관계를 하면 얼굴에 표시가 난다는 말을 들은 적 있었다. 그래서 어른들은 성관계를 했는지, 안 했는지 금방 알아차릴 수 있다고. 이제는 그 말이 아이들에게 성관계에 대한 공포심을 심어주기 위해 만들어낸 말이라는 걸 안다.

하지만 지금 미호는 두려웠다. 이마에 표식이 새겨진 듯했다. 앞자리에서 자신과 혜성을 번갈아 보는 유진과 세경의 표정이 의미심장했다.

혜성은 싱그럽게 웃으며 미호 옆자리에 앉았다. 혜성은 그동안 둘과 간단한 인사만 나눴을 뿐, 함께하는 자리는 처음이었다.

혜성은 시종일관 유쾌한 말솜씨로 자리를 주도했다. 유진과 세경은 반강제적인 화해를 하고 억지웃음을 지었다.

미호 역시 얼굴에 억지웃음을 만들어야 했다. 테이블 아래로 자꾸만 혜성의 손이 다가왔다. 미호는 그 손길을 쳐냈다. 혜성의 손이 치마를 파고들어 허벅지를 쥐었다. 미호는 또다시 지분거리는 손길을 쳐냈다. 유진의 시선이 테이블 아래쪽을 향했다.

미호와 유진은 어색한 웃음을 지었다.

널뛰는 감정의 파고만 아니라면 그저 그런 평범한 날 중 하나였다.

아니, 평범한 날이라고 생각했다.

미호는 알지 못했다.

그날이 그 모든 비극의 시초가 될 줄은.

그날, 세 사람은 파국을 향해 달리는 기차에 올라탔다.

৬৪

유진은 상큼한 미소를 짓고 있었다.

영정사진이 아니라 광고 표지 속 인물 같았다.

깔끔하게 빗어 넘긴 머리, 단정한 이마와 얼굴선, 초승달처럼 예쁘게 휘는 눈매, 부드럽게 솟은 코, 도톰한 입술. 그 눈부신 미모가 장례식장의 비통함을 배가시켰다.

미호와 세경은 상주와 맞절을 했다.

딸을 앞세운 아버지는 육체적 고통 속에 마음의 고통을 녹여보려는 듯 고령의 몸으로 맞절을 고집했다. 어머니는 몇 번이나 혼절을 거듭한 듯 메마른 얼굴이었다.

미호와 세경은 유진의 부모를 피해 제일 구석에 자리를 잡았다.

"잠시만, 나 전화 좀 받고."

세경이 핸드폰을 들고 장례식장을 빠져나가자, 머쓱해진 미호는 넓은 공간을 한 번 둘러봤다.

짐작대로 유진의 빈소는 서울성모병원에서 제일 큰 곳에 차려져 있었다. 입구에 늘어선 화환도 끝이 없었다.

장례식장은 그 사람이 살아생전에 맺은 모든 관계의 집합소다. 미호는 괜스레 테이블마다 눈길을 던졌다. 대부분이 유진 부모님과 남편의 인맥인 듯했지만 저만치 앞에 몰려 앉은 여자들 무리만은 달랐다. 모두 검정 옷을 입고 있지만 묘하게 옷차림이나 면면들이 화려했다.

저들만이 유진의 유일한 인맥인 것 같았다. 영정사진 속 유진과 비슷한 느낌을 풍겼다.

대학 친구들인가? 직장 동료?

그때 통화를 마친 세경이 장례식장 안으로 들어왔다.

"시민저널 윤 기자님이야. 내가 오유진······ 아니, 유진이 장
례식장에 왔다고 하니까, 이것저것 물어보시더라."

세경이 맞은편에 앉으며 말했다.

"뭘 물어봤는데?"

"그냥. 거길 왜 갔냐고."

뭐라고 대답했어?

미호는 물으려던 말을 목구멍으로 삼켰다.

애꿎은 물컵만 만지작거리고 있자니 장례식장 도우미가 음
식을 내왔다. 미호와 세경은 말없이 두툼한 수육을 한 점 집
어 들었다.

"남편이 치과 의사래. 압구정에 개인병원 있고."

세경은 자연스럽게 화제를 전환했다. 윤 기자로부터 들은
이야기인 듯싶었다.

"집 좋아 보이더라."

"반포동 하이프레스티지잖아. 시댁도 원래 돈 좀 있는 집
안이었대."

국내 최고가라고, 미호도 들어본 적 있는 아파트였다. 세경
은 입맛이 없는지 육개장을 휘적거리며 말을 이었다.

"일곱 살, 다섯 살 딸 둘 있고······ 임신 중이었나 봐."

가족사진 속 유진은 살짝 나온 배를 한 손으로 어루만지고
있었다. 유진의 품으로 달려가던 두 명의 여자아이 모습도 떠

올랐다.

모자이크 처리된 유진의 가족사진을 본 날, 미호는 인터넷으로 '반포동 부부피살사건'에 대해 찾아봤다. 사람들은 부유하고 행복한 가정에 사고처럼 찾아온 비극을 두고 요란하게 떠들어댔다.

10월 4일 밤 9시 20분경, 반포동 하이프레스티지 아파트 102동 702호로 신고가 접수됐다. 희생자는 남편 강도준과 아내 오유진.

출동한 경찰들은 방 안에서 등에 칼이 꽂힌 채 엎드려 있던 강도준을, 베란다 난간에 배를 걸치고 있던 오유진을 발견했다. 등에 일격을 맞은 강도준은 목숨을 구했지만, 옆구리에 자상을 입은 오유진은 과다출혈로 사망했다.

사건은 다양한 이유에서 화제가 됐다.

반포동 하이프레스티지 아파트라는 사건의 배경, 부유한 가정에 갑자기 찾아온 비극이라는 극적인 스토리. 살해당한 젊은 엄마의 눈부신 미모 역시 세간의 이목을 집중시켰다. 하지만 그 무엇보다 크게 사람들의 관심을 불러일으킨 건, 엽기적인 사건 현장의 모습이었다.

집 안은 온통 피투성이였다고 한다. 거실, 부엌, 안방, 서재, 아이 방 할 것 없이 바닥에는 쏠리고 뭉개진 핏자국이 가득했다. 벽이나 가구들 역시 피 칠갑을 한 듯했다.

한 경찰 관계자는 '모두 아내 오유진의 혈흔이다. 범인이 출혈이 심한 오유진을 이 방, 저 방으로 끌고 다니며 무언가를 뒤지게 한 것 같다'라고 밝혔다.

또한 오유진의 시신이 발견된 모습 역시 사건의 엽기성을 배가시켰다.

오유진의 시신은 베란다 난간에 배를 걸친 모습으로 발견됐다. 마치 시신을 공개하고 전시하는 듯한 형태였다. 실제로 그날, 산책 중이던 아파트 주민들은 오유진의 시신을 자살자로 오해하고 119에 신고하기도 했다.

사람들은 오유진의 시신이 발견된 모습을 두고 한차례 공방을 벌였다. 누군가는 범인의 지독한 원한을 엿볼 수 있는 대목이라 주장했고, 누군가는 오유진이 베란다를 통해 도망가려던 시도였을 뿐이라고도 했다.

이토록 세간의 이목을 집중시킨 사건이지만 수사는 난항을 겪고 있었다. 사건 발생 한 달 전, 사생활 감시 이슈가 발생하는 바람에 다수의 CCTV가 철거됐기 때문이었다. 복도의 CCTV 역시 사라진 터라 누가 그날 그 집 현관문을 드나들었는지 경찰은 파악할 수 없었다.

사건 현장을 처음 발견한 것도 경찰이 아니었다. 같은 아파트 주민인 김정우는 오유진을 자살자로 오해하고 그녀를 말리기 위해 702호 안으로 들어갔다. 그는 맨손으로 현관문 손

잡이를 잡고, 피 묻은 손으로 스위치를 켰으며, 바닥의 혈흔
을 짓뭉갰다. 사건 현장은 그대로 보존되지 못했다. 그가 헤
집어놓는 과정에서 범인의 흔적이 얼마나 사라졌을지 알 수
없었다.

경찰은 외부인의 소행으로 의심하는 동시에 남편 주변 인물
을 조사 중이라고 밝혔다.

세경에게 유진의 장례식 소식을 들을 때까지, 미호는 사건
에 관심을 가진 데 머물지 않고 계속 들여다보기 시작했다. 어
느 순간 미호는 자신이 이미 흠뻑 빠져버렸다는 걸 깨달았다.
마치 어떤 사명을 가진 사람처럼 사건에 집착하고 매달리고
있었던 것이다.

신문기사를 죄다 찾아 읽는 건 물론, 사건 사고를 분석하는
커뮤니티에 가입도 했다. 새로운 게시글이 올라오면 알림이
울리도록 설정한 터라, 자다 깨어나 컴퓨터 앞에서 아침 해를
맞이하기도 했다.

"경찰은 남편 주변인들을 집중적으로 조사 중인가 봐. 금전
관계나 원한 관계 중심으로."

세경의 말에 미호가 고개를 들었다.

"유진이 주변은? 범인이 집 안 곳곳을 끌고 다닌 건 남편이
아니라 유진이잖아. 유진일 베란다에 전시해놓기까지 했고."

미호는 이 비극이 남편이 아닌, 유진에게서 비롯된 것 같다

는 생각을 지울 수 없었다.

"오유…… 유진인 결혼하고 바로 직장 관뒀나 봐. 출산 이후
로는 쭉 육아에만 전념했고. 그러니 경찰 쪽에서는 유진이 주
변에 이해관계로 얽힐 만한 사람이 없을 거라 판단한 거지."

미호가 세경의 이야기에 반박하려는 찰나, 두 명의 여자가
장례식장 안으로 들어왔다.

한 명은 단발머리에 서늘한 인상이었고, 다른 한 명은 긴
웨이브 머리에 귀여운 인상을 가진 여자였다. 생김새는 전혀
달랐지만 저만치 앞쪽에 앉은 여자들과 비슷한 분위기가 풍
겼다.

아니나 다를까, 그녀들의 말소리가 순식간에 그쳤다. 마치
음소거 버튼을 누른 듯했다.

두 명의 여자는 굳은 얼굴로 장례식장에 발을 들여놓았다.
두 여자가 분향을 하고 맞절을 하는 동안 앞쪽에 앉은 여자
들의 시선이 집요하게 따라붙었다. 저들끼리 수군거리기도
했다.

"정아 씨, 나영 씨도 왔네."

앞쪽에 앉은 여자들이 두 여자에게 다가왔다.

단발머리에 서늘한 인상이 정아, 긴 웨이브 머리에 귀여운
인상이 나영인 듯 보였다.

어느 쪽도 선뜻 먼저 말을 꺼내지 못했다. 여자들은 서로가

서로를 탐색하는 눈길로 쳐다봤다. 아직 상대에게 어떤 태도를 취할지 결정하지 못한 느낌이었다.

이내 정아, 나영이라고 불린 두 여자가 굵은 눈물방울을 흘렸다. 그 순간 여자들 사이에 팽배하던 긴장감이 사라졌다. 여자들은 한데 얼싸안았다. 장례식장 안에 여자들의 울음소리가 한동안 길게 울려 퍼졌다.

다 함께 한 무리가 된 여자들이 넓은 자리로 옮겼다. 공교롭게도 미호와 세경의 뒷자리였다.

누구 맘, 누구 엄마 하는 걸 보니 유치원 엄마들인 것 같았다.

한동안 여자들은 이 비극적인 사건에 대해 통탄하는 말을 주고받았다. 사건이 얼마나 끔찍한지, 자신들이 이 사건에 대해 얼마나 마음 아파하는지. 우아하고 정갈한 언어로 표현했다.

미호는 저도 모르게 입을 닫고 여자들 말에 귀 기울였다.

"하늘도 무심하시지. 저렇게 예쁘고 선한 사람을."

"그런 미모도 없었죠. 난 유진 씨 처음 봤을 때 연예인인 줄 알았다니까요. 나랑 동갑이라는 걸 알고 얼마나 놀랐던지."

"마음씨도 정말 고왔죠. 천사가 따로 없었어요."

유진의 외모와 인성에 대해 맹목적인 찬사가 이어졌다. 온갖 휘황찬란한 수식어를 붙였지만, 내용은 두루뭉술하기 짝이 없었다.

"누가 그런 끔찍한 짓을 저질렀을까요? 빨리 범인이 잡혀야 할 텐데."

"유진 씨한테 원한을 가진 사람이겠죠."

누군가의 확신 어린 음성에 미호는 뒤로 고개를 돌렸다.

마지막 발언자를 확인하고 싶었지만 여자들은 이미 다음 화제를 들먹이고 있었다.

유진에게 원한을 가진 사람.

마지막 발언자 역시 사건의 원인이 유진에게 있다고 생각하는 걸까.

아니면 유진이 누군가에게 원한 살 만한 일을 했다고 확신하는 걸까.

미호는 마지막 발언자의 말을 흘려들을 수가 없었다.

"그런데 지예 씨가 안 보이네요?"

정아가 물었다.

그새 정아는 다른 엄마들과 불편했던 처음의 감정은 모두 잊은 듯했다.

"그러게요. 그래도 장례식장에는 올 줄 알았는데……."

여자들 중 하나가 말을 보탰다.

"하긴 무슨 낯으로 여길 오겠어."

"그래도 사람이 최소한의 도리는 해야 할 거 아니에요."

"최소한의 도리를 아는 사람이라면 그러질 말았어야지. 난 아무래도 그때 지예 씨가 일부러 그런 것 같아."

정아와 여자들은 손발을 미리 맞춘 듯 대화를 주고받았다.

'지예 씨'에 대한 화제는 금세 불이 붙었다. 여자들은 모두 저마다 '지예 씨'에 대한 속마음을 꺼내놓았다. 그다지 우호적인 내용은 아니었다.

내부를 공고히 하기 위한 가장 좋은 방법은 외부의 적을 상정하는 일일 것이다. 미호는 정아가 왜 갑자기 '지예 씨'에 대한 이야기를 꺼낸 건지 알 것 같았다.

"……그래야만 돼. 미호야, 장미호."

세경의 목소리가 귓가를 파고들었다.

그 순간 정아와도 눈이 마주치며 미호는 고개를 제자리로 돌렸다.

"어, 세경아."

"내 말 듣고 있던 거야?"

"미안, 무슨 얘기 했어?"

세경은 대답하지 않았다. 그저 체념한 눈길로 고개를 흔들 뿐이었다.

"미안."

미호는 한 번 더 사과했다.

"일어나자. 이따 윤 기자님 만나러 가봐야 해."

세경이 바닥에서 일어났다. 미호는 그제야 세경이 무언가 결심한 표정이라는 걸 알아챘다.

미호와 세경은 장례식장을 빠져나왔다. 세경은 곧바로 택시를 잡아탔고, 미호는 흡연구역으로 향했다.

희뿌연 안개에 휩싸인 흡연 부스는 검은 옷을 차려입은 사람들로 북적거렸다. 흡연 부스 안에는 묘한 공감대가 형성되어 있었다. 모두가 하나같이 어둡고 메마른 얼굴로 담배를 피우고 있었다.

미호 역시 담배 한 대에 마음을 잠식하는 무겁고 복잡한 심경을 태워 없애고 싶었다. 미호는 담배 한 개비를 꺼냈다. 그리고 막 불을 붙이려던 참이었다.

장례식장 출입구에서 한 무리의 여자들이 우르르 나오는 모습이 보였다. 뒷자리에 앉아 있던 유치원 엄마들이었다.

인사를 나눈 뒤 몇몇은 도로 장례식장 안으로 들어가고, 몇몇은 주차장으로 향했다. 정아와 나영만이 남겨졌다.

두 사람은 한 발짝 떨어진 채 정면만 바라보고 있었다. 한 마디 말조차 오가지 않았다. 곧 외제차 한 대가 출입문 앞에 멈춰 섰다. 나영은 인사조차 않고 차에 올라탔다.

그동안 정아는 고집스럽게 정면만 응시했다.

고민은 길지 않았다. 미호는 담배와 라이터를 가방 안에 도로 집어넣고 흡연 부스를 빠져나왔다. 정아가 선 자리까지는 몇 걸음이면 충분했다.

"안녕하세요."

미호가 인사를 건넸다.

"아, 네……."

경계하는 눈빛이던 정아가 곧 미호를 알아봤다. 장례식장에서 마주친 얼굴임을 떠올린 모양이었다.

"저희 유진이 장례식장 안에서 뵀죠? 전 유진이하고 제일 친했던, 고등학교 동창 장미호라고 해요. 여쭤볼게……."

"제일 친했다고요?"

정아가 눈을 가늘게 뜨며 말을 끊었다. 도도하고 서늘한 인상 때문인지 무례하다기보다는 쌀쌀맞게 느껴지는 태도였다.

"네, 다른 게 아니라……."

"고등학교?"

"네."

"아닌데……."

정아는 미호가 말을 건 이유보다 미호라는 사람에 관해 관심을 드러냈다. 한참이나 미호의 얼굴을 빤히 쳐다보기도 했다. 그녀의 표정에 의아함이 짙어졌다.

뭐가 아니라는 건지 미호는 되레 그녀에게 묻고 싶어졌다.

"내가 잘못 봤나. 아, 신경 쓰지 말아요. 혼잣말한 거니까."

그녀는 점점 더 알 수 없는 소리를 했다.

"아무튼 무슨 일 때문인데요?"

저 나름대로 해답을 찾았는지 정아는 호기심을 갈무리하며 물었다. 미호는 방금 전 정아가 보인 반응이 마음에 걸렸지만 의문을 접었다.

"제 소개를 마저 안 드렸네요. 저는 시민저널에서 SNS 시민 기자로도 활동하고 있어요."

미호의 입에서 거짓말이 흘러나왔다. 세경의 허락도 없이 그녀의 상황을 빌려 온 건 미안했지만, 어떤 구실로 이야기를 진행시켜야 할지 몰랐기 때문이었다.

"시민기자?"

정아가 미간을 찌푸렸다. 마치 거짓말을 꿰뚫어보는 듯한 눈치였다.

반응이 예상을 빗나갔다. 짐짓 당황하면서도 미호는 한번 시작한 거짓말을 멈출 수 없었다.

"오늘 전 고등학교 동창들을 대표해서 왔어요. 유진이 가는 길이 쓸쓸할까 걱정했는데, 그래도 유치원 어머니들이 이렇게……."

"제일 친했다면서. 자꾸 아까부터 친구가 아니라 동창이라고 하시네."

"제가…… 그랬나요?"

정아의 지적에 미호는 난처한 표정을 지었다. 한때는 절친했지만 17년 동안 절연한 친구와의 관계를 어떻게 정의해야 할지 난감했던 고민이 단어 하나에 드러난 셈이었다.

"안 슬퍼요? 꽤 가까운 친구였던 것 같은데. 되게 덤덤하게 얘기하신다."

미호의 얼굴이 순식간에 굳었다. 아까처럼 그냥 모르는 척 넘길 수가 없었다.

날 알고 있나?

처음 대화를 주고받았을 때도 그녀는 '장미호'라는 인물을 이미 알고 있는 것처럼 굴었다. 자신을 알고 있는지, 만약 알고 있다면 어떻게 알게 된 건지. 정보가 전무한 상황에서 미호는 무슨 말을 해야 할지를 몰랐다.

"혹시 절 아세요?"

미호가 물었다. 정아는 미호를 빤히 쳐다봤지만 대답은 하지 않았다.

"용건이 뭔데요?"

대화가 이리 튀고 저리 튀었다. 스스로 또 무언가를 납득했는지 정아는 원래의 화제로 돌아왔다.

대화를 주도하고 자신의 의견을 관철하는 데 익숙한 사람처럼 느껴졌다. 미호는 어떻게 자신을 아냐고 캐묻고 싶었지만 이렇게 마냥 정아에게 휘둘릴 순 없었다. 마음속에 치미는 의문은 접어둔 채 다음 말을 이어가는 수밖에 없었다.

"고등학교 동창, 아니 친구라는 이유로 유진이 사건을 제가 담당하게 됐어요. 이 사건에 대해 어떤 생각을 가지고 있는지 피해자 주변 분들의 입장에서 얘길 들어보고 싶거든요. 치안 문제로 지역 주민에게 불안감을 조성하는 만큼 심각성이 큰 사건……."

"지금요?"

또 한 번 정아가 미호의 말을 끊었다.

이쯤 되니 남의 말을 끝까지 듣지 않는 건 그녀의 버릇인 모양이었다. 미호는 다시 자신의 행동을 설명할 기회를 잃었다.

"지금 바쁘시면 나중에 따로 봬도 좋고요. 어려울 거 없어요. 간단한 인터뷰예요. 피해자가 생전 어떤 사람이었는지, 지금 감정이 어떤지, 그런 걸 간략하게 코멘트 해주시면 돼요."

잠시 생각하던 정아는 고개를 흔들었다.

"죄송해요. 안 할래요. 좀 불편하네요, 그런 인터뷰."

"많이 어려울까요? 그냥 간단한 질문 몇 가지인데. 제가 다른 분들과 얘기할 기회를 놓쳐서……."

"제일 친했던 친구라면서요. 그럼 다 알고 온 거 아니에요? 연기가 어설프네."

"네? ……뭘요?"

정아는 한동안 미호를 빤히 쳐다보더니 '재밌네' 하고 혼잣말을 중얼거렸다.

"아무튼 친구고, SNS 시민기자라면서요."

"네."

"그럼 유진 씨 SNS 보면 다 알 수 있을 텐데. 거기 다 있어요. 웬만한 건 전부."

때마침 정아의 앞에 외제차 한 대가 멈췄다. 정아는 미호에게 고개를 한 번 까닥인 후 차에 올라탔다. 그녀는 남편을 향해 환한 미소를 지었다.

미호는 지체 없이 멀어지는 차 뒤꽁무니를 쳐다봤다. 그제야 원하는 정보는 아무것도 얻지 못한 채, 이상한 의문만을 떠안게 됐다는 걸 깨달았다.

정아라는 여자.

장례식장에서 처음 그녀는 왜 다른 엄마들과 대립각을 세웠을까.

왜 함께 온 나영과는 한마디 말조차 하지 않는 걸까.

무엇보다 날 어떻게 알고 있는 걸까.

그리고 문득 씁쓸해졌다.

왜 아무도 순수하게 유진의 죽음을 슬퍼해주지 않는 걸까.

물론 그 문제에 있어서 자신과 세경 역시도 자유롭지 못했다.

불현듯 잠잠했던 흡연 욕구가 치밀었다. 미호는 흡연 부스 안에서 담배 세 개비를 연이어 피웠다. 하얀 연기 속에 태워 보낸 건 아무것도 없었다.

일상, 감정, 인간관계에 관한 기록의 총체.

SNS를 들여다보는 것만으로도 그 사람이 어떤 사람인지 짐작이 가능하다. 마케팅부에서 오래도록 SNS 마케팅을 담당한 미호가 손쉽게 접근할 수 있는 방법이기도 했다.

집으로 돌아온 미호는 소파에 앉아 핸드폰으로 SNS 어플에 접속했다.

검색란에 '오유진' 이름을 입력했다. 유진의 계정은 쉽게 찾을 수 있었다. 유진의 아이디는 'O_su_zzzzi', 팔로워는 3만 명, 게시글은 2천여 건에 달했다.

인기도 많고 활발하게 활동하는 계정이라는 뜻이었다.

미호는 가장 최근 사진을 클릭했다. 살인사건 당일의 것이었다. 거실에서 촬영한 셀카로 유진은 민낯에 하얀색 홈웨어 차림이었다. 사진 속 배경으로 테이블에 올려놓은 샴페인이 보였다.

O_su_zzzzi

오늘은 부부의 날. 애들 다 친정 보내고 뜨거운 밤을 보낼 예정이에요. 무슨 이상한 생각 하세요? 우리 그냥 영화 볼 건데. 에이, 왜 못 믿고 그러세요?

#여보야사랑해 #애들은저리가라 #십구(이모티콘)한밤 #DomPerignon(돔페리뇽) #BelugaCaviar(벨루가캐비어)

자신의 마지막 날을 짐작조차 하지 못한 유진은 밝은 미소

를 짓고 있었다. 얼굴에는 한 점의 그늘도 없었다. 동그란 눈
동자에는 행복이 가득했다.

사진 아래로는 삼가 고인의 명복을 빈다는 댓글이 줄지어
있었다.

일부는 유진과의 추억을 상기하며 긴 슬픔을 토해내기도 하
고, 일부는 범인에 대한 분통을 터뜨리기도 했다. 유진의 사진
과 댓글들은 지독히도 이질적이었다. 그 간극 때문에 사진은
섬뜩해 보이기도 했다. 삶의 이면은 죽음이라는, 잊고 있던 근
원적인 공포를 환기시킨다는 점에서도 그러했다. 주위에 도
사리고 있는 비극이 언제 어떻게 닥칠지 알 수 없다는 사실을
불현듯 실감 나게 했다.

다음 사진은 유진의 두 딸이 식탁에 앉아 있는 사진이었다.

식욕을 자극하는 알록달록한 색감의 요리들이 고급 식기
에 담겨 있었다.

O_su_zzzzi

우리 지율이, 하율이 어렸을 때부터 쓰던 에르메스 그릇. 색감 있는 음
식에는 안 어울린다고 하는데도 굳이ㅠ 딸들, 간식 먹고 미학 공부 좀
하자, 응?

#토마토양배추롤 #크림브륄레 #에르메스 #안예쁘면안먹는우리아가들
#덕분에요리실력느는구나

요리를 클로즈업한 사진도 두어 장 이어졌다.

유진이 남편과 차 안에서 같이 찍은 셀카도 있었다. 둘은 얼굴을 나란히 한 채 환한 웃음을 짓고 있었다. 남편 역시 훤칠한 외모를 자랑했다.

O_su_zzzzi

산부인과 다녀왔어요! 괜찮다는데도 셔틀을 자청한 우리 남편ㅠ 우리 셋째 꼬물이 아주 건강하게 잘 자라고 있대요. 걱정해주셔서 감사해요!

#이참에양평데이트 #팔불출우리남편 #병원진료는누가하나 #메르디엔산부인과

미호는 또 다른 사진을 클릭했다. 이번에는 호텔 수영장 카바나에 누워 발만 보이도록 찍은 사진이었다. 사진 배경으로 유진의 남편이 두 딸의 튜브를 밀어주는 모습이 보였다.

O_su_zzzzi

어제 새벽에 퇴근하고도 딸들하고 놀아주는 울 남편ㅠ 난 카바나에서 꼼짝도 못 하게 하네. 고생이 많아요, 토닥토닥. 딸들, 크면 이 은혜 갚을 거지?

#남편좀말려줘요 #수영장은호텔에만있는줄 #워터파크가본지한오백년 #올여름도반얀트리에서

다음, 또 다음 그리고 다음. 거의 모든 사진이 이와 비슷한 느낌이었다. 유진의 SNS는 행복한 일상들로 빼곡하게 채워져 있었다. 사진들마다 '좋아요'는 몇백 개가 넘었고, 그 아래로 부러움에 찬 댓글들이 줄지어 있었다.

jjoojjooo_mom 율맘 너무 부럽당. 이 세상 행복 혼자 다 가진 여자ㅠ
kim_ms_yy 이 와중에 남편 복근만 보이는 거 실화?ㅋㅋ
sumin_love22 @kim_ms_yy 나두 슬쩍ㅋㅋㅋ
hs_yunalina 율맘, 퍼렐이랑 콜라보한 샤넬 비치백 어떻게 구했어?ㅠ
카바나에 있는 백, 그거 맞지? 요즘 프리미엄 붙은 리셀가로도 못 사
는 건데.
O_su_zzzzi @hs_yunalina 전 얼마 전에 샤넬X퍼렐 셀러브리티 파티 초
대받았을 때 구입한 거예요. 남편 지인분이 초대장 주셔서 남편이랑 갔
다 왔거든요. 도움이 못 돼서 미안요ㅠ

미호는 비슷한 내용의 댓글을 하나씩 꼼꼼하게 읽어 나갔다. 수십 개의 게시물을 연속해서 보다 보니 자주 등장하는 아이디도 눈에 들어왔다. 댓글과 아이디를 보는 것만으로도 유진을 둘러싼 관계가 어렴풋이 짐작됐다.

유진이 SNS에서 가장 활발하게 교류하는 집단은 헤리티지 영어유치원 엄마들이었다.

모두 반포동 하이프레스티지 아파트에 살며 나이대나 삶의 조건과 환경들이 비슷해 보였다. 그들은 유진이 게시물을 올

리면 우르르 몰려와 댓글을 달았다.

유치원 엄마들 모임 이름은 '미인계'.

얼마간 돈을 모은다는 의미에서 계모임이라 부르지만, 실제로는 친목 모임이었다. 12명 정도로 구성된 '미인계' 엄마들은 함께 비싼 레스토랑을 찾아다니고, 질 좋은 교육 프로그램에 참여하고, 이런저런 정보를 공유했다.

온라인뿐 아니라 오프라인상에서도 돈독한 관계였다.

미호는 장례식장에서 유치원 엄마들이 언급했던 '지예 씨'를 떠올렸다. 그녀 역시 '미인계' 소속이 아닐까 생각했지만, 게시글 어디에서도 지예라는 이름은 찾아볼 수 없었다. 사진을 보는 것만으로는 누가 '지예 씨'인지 판단하기도 힘들었다.

미호는 다음 게시물을 열었다.

프리미엄 영화관에서 찍은 유진과 남편의 사진이었다.

이번에도 사진 아래로 유치원 엄마들의 댓글이 나열되어 있었다.

jjoojjooo_mom 못 살아. 이렇게 행복한 티 자꾸 낼 거야? 질투 나게, 흥흥.

kim_ms_yy 남편 눈에서 꿀 떨어지는 것 좀 봐. 눈에 양봉장 차릴 기세네ㅠ

hs_yunalina 나도 저저번 주 거기 갔다 왔는데, 진짜 좋지?

댓글들을 획획 넘겨보고 있는데, 문득 어떤 댓글 하나가 시선을 사로잡았다. 가지런한 언어들 속 모나게 튀어나온 말이었다.

chloe_mom 지랄하고 자빠졌네. 아주 꼴값을 떨고 있어요.

이것만이라면 누군가의 시기, 질투라 생각하고 넘어갔을 것이다.

그러나 아래로 갈수록 댓글은 더욱 기묘해져 갔다.

chloe_mom 뱀 세 마리가 한집에 있어.
chloe_mom 아빠 뱀, 엄마 뱀, 애기 뱀.
chloe_mom 뱀 세 마리가 한집에 있어.
chloe_mom 아빠 뱀, 아빠 뱀, 아빠 배ㅁ.
chloe_mom 아빠 뱀은 엄마 뱀은 미친년. 애기 뱀은 돌은 년.

그 아래로 달린 댓글은 없었다.

사진을 게시한 날짜는 6개월 전, 댓글을 단 날짜는 3주 전이었다. 일부러 예전 게시물에 찾아들어가 악담을 퍼부었다는 말이었다.

미호는 아이디를 확인했다. 눈에 익은 아이디. 가장 빈번하게 출몰하다 3주 전을 기점으로 방문이 뚝 끊긴 아이디였다.

3주 전 유진과 chloe_mom의 사이가 험악해졌다는 뜻이었다.

chloe_mom은 누굴까.

장례식장에서 본 엄마들 무리 중 하나일지도 몰랐다. 누구건, 유진의 사망과 가까운 시점에 사이가 틀어졌으니 눈여겨볼 필요성이 있었다.

미호는 chloe_mom의 SNS에 접속했다.

가장 최근 게시물의 날짜가 3주 전이었다. 미호는 chloe_mom의 얼굴을 즉시 알아봤다.

긴 웨이브 머리에 귀염성 있는 얼굴. 장례식장에 정아와 함께 나타났던, 나영이라 불리던 여자.

정아에 비해 나영의 인상은 이상하리만큼 흐릿했다. 둘 다 화려한 생김새인데도 그러했다. 왜 그럴까 생각하던 미호는 그 이유를 금방 알아챘다. 정아와 달리, 나영은 장례식장에서 거의 말을 하지 않았다. 어둡고 그늘진 얼굴로 허공만을 응시했다.

당장 3주 전 사진과 비교해도 몰라보게 달라진 얼굴이었다. 3주 전 사진만 하더라도 나영은 통통한 뺨을 붉게 물들이며 싱그러운 미소를 짓고 있었다. 눈 밑의 도톰한 애교살 때문에 나이보다 훨씬 어려 보였다. 그런데 그사이 무슨 일이 있었는지, 장례식장에서 본 나영은 초췌하고 우울해 보였다.

초췌하고 우울한?

아니다, 그것보다는 조금 더 뚜렷한 감정이 느껴지는 얼굴이었다.

그래, 겁먹은. 겁먹은 얼굴이었다.

망설이던 미호는 나영에게 메시지를 보냈다. 정아에게 했던 말을 조금 더 다듬었다.

더불어 유치원 엄마들에게도 개별 메시지를 보냈다. '지예 씨'의 연락처를 알고 싶다는 내용이었다. 누구 하나라도 답변을 보내주길 바랐다.

장시간 핸드폰을 들여다보고 있자니 눈이 시큰거렸다. 벌써 창밖으로 새벽이 밝아오고 있었다.

할 일을 마쳤지만 미호는 유진의 SNS에서 눈을 떼지 못했다. 그렇게 침대에 누워 관성적으로 게시물들을 확인하고 있는데, 어떤 사진 하나에 미호의 눈길이 머물렀다.

지금으로부터 8개월 전 게시물이었다.

미호는 사진과 그 아래 글을 번갈아 쳐다봤다.

침침하던 눈이 크게 떠졌다. 잠이 달아났다.

미호는 침대에서 상체를 일으켰다. 잘못 본 건가 싶었지만 착각이 아니었다.

비로소 장례식장 앞에서 정아가 왜 그런 말을 한 건지 이해할 수 있었다.

정아는 이 게시물을 눈여겨본 것이었다.

사진에는 유진과 어떤 여자가 어깨를 나란히 붙인 채 미소를 짓고 있었다. 레스토랑에서 누군가가 찍어준 듯한 사진이었다.

O_su_zzzzi

너 없었으면 고등학교 시절을 어떻게 보냈을까. 고등학교 때부터 절친. 세상 제일 든든한 아군. 내 전부를 아는 그녀. 언제나 사랑하는 거 알지? #우정은이런것 #내베프영혼의단짝 #장미처럼아름다운그녀 #비밀이1도없는사이 #변치말자

어디선가 불어온 서늘한 바람이 목덜미를 스쳤다.

다시 한번 사진 속 여자의 얼굴을 쳐다봤다.

미호는 전혀 모르는 얼굴이었다.

ॐ

하루가 지나도록 나영으로부터 연락이 오지 않았다.

당연한 일인지도 모른다. 나영은 3주 전을 기점으로 SNS 활동을 아예 중단한 것처럼 보였다. '미인계' 엄마들 중 하나로부터 일명 '지예 씨', 황지예의 연락처는 얻을 수 있었으나 연락이 닿지 않았다. 전화 달라는 간단한 용건을 긴 문장 안에

담아냈으나 그녀는 묵묵부답이었다.

　미호는 반포동 하이프레스티지 아파트 산책로를 걷는 중이었다.

　며칠 만에 날씨가 무섭도록 쌀쌀해졌다. 선선한 바람이 옷자락을 파고들었다. 나뭇잎은 붉게 물들어가고 바삭이는 공기 속에서 메마른 나뭇가지 냄새가 났다.

　'내가 죽는다면 분명 자살일 거야.'

　17년 전, 유진이 속삭이던 말이 떠올랐다.

　어디에서 그런 말을 했더라.

　지금처럼 바람이 몹시 불던 날이었다. 그 애의 머리카락이 밤공기 속에 휘날렸다. 새카만 밤을 배경으로 창백하리만큼 하얀 얼굴이 춥고 시려 보였다.

　그래, 놀이터. 유진의 아파트 놀이터였다.

　늦은 시간인데도 유진은 집에 들어가고 싶어 하지 않았다. 혼자 그네를 탔었지.

　'내가 죽는다면 분명 자살일 거야. 미호 네가 내 억울함을 풀어줘.'

　정확하게 기억나진 않지만 유진은 이런 뉘앙스의 말을 했다.

　'억울한데 왜 자살을 해?'

　질문에, 유진은 이렇게 대답했다.

　'방법이 없어서.'

아니다.

'그 방법뿐이야. 내……'

뒷말은 바람 소리에 파묻혔다.

그 애의 핑크색 폴로 카디건도, 목덜미를 훑고 지나간 시린 바람도, 가열하던 풀벌레 소리도. 이제는 선명하게 떠올랐다. 하지만 왜 갑자기 죽음이라는 화제가 나온 건지 머릿속은 안개에 휩싸인 듯했다. 다만, 그날 미호 자신이 몹시 섬뜩하고 불길하고 두려운 기분에 휩싸였다는 것만은 똑똑히 기억했다.

한동안 산책로를 따라 걷던 미호는 아파트 단지 내 위치한 헤리티지 영어유치원으로 향했다.

3층 높이 파스텔톤 건물이 햇볕에 반짝거렸다.

건물 앞에는 자그마한 잔디밭과 모래 터가 있었고, 낮은 담장이 이를 둘러쌌다.

유치원 건물 바로 옆에는 놀이터가 조성되어 있었다. 엄마와 함께 하원한 아이들은 쪼르르 놀이터로 달려갔다. 미호는 산책을 멈추고 벤치에 엉덩이를 붙였다. 앉은 자리에서 정면으로 유치원과 놀이터가 보였다.

미호는 시계를 확인했다. 3시 25분.

헤리티지 영어유치원은 애프터수업이 없었다. 수업이 끝나는 시간은 3시 30분. 수업을 마친 아이들은 놀이터를 그냥 지나치지 않을 터였다. 예상대로 엄마들이 몇 초, 몇 분 간격으로 속속들이 도착했다. 저마다 자전거, 씽씽카도 끌고 나타났다. 금세 놀이터는 엄마들과 아이들로 북적거리기 시작했다.

평화로운 일상의 풍경이었다. 색깔로 표현한다면 아마도 총천연색 무지갯빛. 미호는 밝고 화사한 기운이 넘실대는 광경을 무심히 바라봤다.

그때 자전거를 끌고 터덜터덜 유치원으로 향하는 여자가 눈에 띄었다.

긴 웨이브 머리, 축 처진 눈썹, 동그란 눈.

나영이었다.

자전거를 바깥에 세워놓고 나영은 유치원으로 들어가 제 아이를 데리고 나왔다. 팔랑거리며 걸어 나온 아이는 자전거를 타고 잽싸게 달려갔다.

나영은 순식간에 멀어지는 아이의 뒤를 느릿한 발걸음으로 따라갔다.

미호는 조심스럽게 나영의 뒤를 따랐다. 나영은 놀이터 벤치에 앉은 엄마들 무리를 지나쳤다.

나영이 그들을 스쳐 지나는 순간, 엄마들이 대화를 멈췄다. 시선 다발이 나영에게로 향했다가 제자리를 찾았다.

나영은 그 사실을 아는지 모르는지 자전거 탄 아이들을 쫓아가는 데만 열중했다.

자전거를 탄 아이들 서넛이 놀이터에서 한껏 멀어졌다. 아이들의 웃음소리가 아파트 샛길을 따라 아득하게 사라졌다. 나영과 미호도 샛길로 접어들었다.

높은 아파트 건물들 사이에 난 길로 세찬 돌풍이 불었다. 놀이터에서 고작 얼마 떨어지지도 않았는데 사위가 고요했다.

쏴아아, 나뭇잎들이 바람에 파도치는 소리만이 적막을 갈랐다.

그때였다.

톡, 또르르르, 톡, 또르르르.

무언가 바닥에 떨어지고 구르는 소리가 들렸다.

미호는 고개를 꺾어 위를 쳐다봤다. 우박이 내리는 소리라 생각했다.

하늘에서 쏟아지는 건 없었다. 바람은 불지만 청명한 날이었다.

톡, 또르르르.

또 한 번 같은 소리가 났다. 미호는 귀를 기울였다. 앞에서 들리는 소리였다. 미호는 몇 걸음 앞서 걷는 나영의 뒷모습을 주시했다.

미호는 눈을 홉떴다. 축 늘어뜨린 나영의 주먹에서 무언가 바닥으로 떨어지고 있었다.

자갈이었다.

샛길에 자갈들이 군데군데 놓여 있었다. 모두 나영이 떨어뜨린 자갈이었다. 나영은 마치 헨젤과 그레텔이 숲속으로 들어가는 길에 표식을 떨어뜨리듯 자갈들을 흩뿌려놓고 있었다.

"저기요."

미호는 자갈 하나를 주워들고 나영을 불렀다. 나영이 뒤돌아섰다.

가까이서 본 그녀의 얼굴은 초췌하다 못해 황량했다. 두 눈은 퀭하고 피부는 버석했다. SNS에서 보았던 통통하고 사랑스럽던 얼굴은 온데간데없이 사라지고 비쩍 말라 흉한 몰골만 남아 있었다. 축 늘어뜨린 팔이 덜렁거렸다. 관성으로만 움직이는 게 마치 줄에 매달린 목각인형 같았다.

생기 잃은 흐릿한 눈동자가 미호를 향했다. 나영은 두 눈에 초점을 맞추더니 입술을 살짝 벌렸다. 미호를 알아본 눈동자에 경계심이 서렸다.

"떨어뜨리신 것 같길래."

가까이 다가간 미호가 자갈을 내밀었다. 나영이 빤히 미호의 손바닥을 쳐다봤다.

경직된 분위기를 풀어보고자 농담조로 건넨 말에도 그녀는 가타부타 대답이 없었다.

"잃어버리신 거 아니에요?"

미호는 한 번 더 말을 걸었다. 몇 번이나 달싹이던 메마른 입술이 열렸다. 나영이 한껏 낮춘 목소리로 웅얼댔기에 그녀의 말을 알아들을 수 없었다.

"죄송해요, 잘 안 들려서요."

"……내가 한 거 아니라고요."

나영은 쭈뼛거리며 뒷말을 흐렸다.

추궁한 것도 없건만 이상하게 돌아온 대답에 머쓱함이 일었다. 미호는 개의치 않고 대화를 이어갔다.

"저 기억하시죠? 오유진, 유진이 친구예요. 김나영 씨 맞죠? 유진이 장례식장에서 뵀었는데."

"네."

"유진이하고 같은 유치원 어머니 맞으시죠?"

"네."

나영은 기계적으로 대답하며 아이들이 자전거를 타고 사라진 샛길로 시선을 던졌다.

귀찮은 건지 관심이 없는 건지 대화에 주의를 기울이지 않았다.

아니다. 어쩌면 회피하는 걸지도.

시선을 제대로 맞추지 못했다.

"정말 끔찍한 일이죠. 유진이가 그렇게 가버리리라고는, 상상조차 못 했어요."

미호는 계속 말을 이었다.

"그렇죠. 정말 끔찍한 일이죠."

"어쩌다 이런 일이 벌어졌는지."

"그러게요."

나영은 오른쪽으로 굽어 사라진 샛길에서 눈길을 떼지 않았다. 자전거를 타고 사라진 아이를 기다리는 것 같았다.

"전 요 근래 유진이와 연락 못 하고 살았어요. 그래서 유진이가 어떻게 지냈는지 많이 궁금하더라고요. 혹시 사건이 일어나기 전에 유진이한테 힘든 일이 있었나요?"

"아뇨, 그런 일 없었어요. 유치원 엄마들하고도 다 사이가 좋았어요."

속사포처럼 튀어나오는 뻔하고 성의 없는 대답.

나영은 도통 이 대화를 계속할 마음이 없어 보였다.

초조함이 엄습했다.

"얼마 전에 유진이 SNS를 봤는데……."

그 순간, 나영이 시선을 홱 돌렸다. 바로 정면에서 눈을 마주쳤다. 처음이었다.

"무슨 사진이요?"

나영의 음성이 돌덩이처럼 딱딱해졌다. 관심을 끌어오는 데는 성공했으나 태도가 적대적으로 돌변했다.

"사진이요?"

미호가 물었다.

"사진 봤다면서요."

"아, 네. 사진 봤죠."

미호는 서둘러 맞장구를 쳤다. 유진의 SNS는 행복한 일상 사진으로 도배되어 있다시피 했다. 그중 하나를 말하는 거라면 봤다는 말도 거짓이 아닐 터였다.

그러나 나영의 반응은 미호가 전혀 예상치 못한 것이었다. 얼굴이 꾸깃한 종잇조각처럼 형편없이 일그러졌다.

"당신, 누구야."

나영의 목소리가 떨렸다. 가슴을 크게 들썩거리며 숨을 내쉬기도 했다. 일순 돌변한 태도와 다짜고짜 던져진 반말에 미호는 당황했다.

"아까 말씀드렸는데……. 유진이 친구라고요."

"어, 언제 적 친구?"

"고등학교 때 친구요. 제일 친했던."

나영의 동공이 흔들렸다. 눈빛에는 후회의 기색이 서렸다.

"아니야."

"……네?"

"아니라고!"

나영은 새빨개진 얼굴로 소리를 버럭 질렀다. 부릅뜬 두 눈에는 핏발이 서 있었다.

"쓰, 쓰레기 같은 년, 내 이럴 줄 알았지. 아무한테나 그 천박한 주둥일 놀려?"

"이봐요, 대체 무슨 얘길 하시는……."

"똥통에 머리 처박고 뒈질 년! 세상 고상한 척은 혼자 다 하지. 배를 가르면 더러운 진물밖에 안 나올 년이. 추악해, 더러워, 추악해, 더러워. 소름 끼친다고!"

나영은 전신을 바들바들 떨며 피를 토하듯 악다구니를 썼다. 움켜쥔 주먹을 마구 휘둘렀다. 속에서 응집되고 단단하게 굳은 감정들이 일시에 폭발한 것 같았다. 무언가를 집어던지는 시늉을 하기도 했다.

미호는 주춤 한 걸음 물러섰다.

"속이 다 시원하다. 죽어도 싼 년."

거친 호흡과 함께 내뱉어진 마지막 말에, 이제껏 그녀가 누구를 향해 분노를 쏟아냈는지가 밝혀졌다. 미호는 도무지 이 상황을 이해할 수 없었다. 한편으로는 불편한 감정이 꿈틀대기 시작했다.

왜, 대체 왜…….

똑같은 일이 반복되는 건데.

"말씀이 좀 심하시네요. 이미 고인이 된 사람을 왜 그렇게 능멸하시는데요?"

나영이 싸늘한 눈길로 쳐다봤다.

"능멸? 산 사람이 능멸당하는 건 상관없고? 이봐요, 댁 친구가 벌려놓은 추잡하고 더러운 짓거리나 생각해요. 난 그년이 죽어서 팬티 바람으로 춤이라도 추고 싶은 심정이니까."

"유진이가 뭘 어쨌길래요."

"당신이 고등학교 절친이라며. 모르면 안 되지."

이건 또 뭐야.

"대체 무슨 소릴 하시는 거예요?"

"발뺌하는 게 똑같네. 유유상종이라는 말은 이럴 때 쓰는 건가?"

미호가 따지려 드는 찰나, 샛길 저 멀리서 자전거를 탄 아이들이 나타났다.

서너 명의 아이들은 저들끼리 깔깔거리고 휘청휘청대며, 샛길을 따라 놀이터 방향으로 향하고 있었다. 모두 유치원생들이라 운전이 능숙하진 않았다.

미호는 대화를 멈추고 길가에 바짝 붙어 섰다. 아이들이 지나가길 기다렸다. 나영 역시 반대쪽 길가에 섰다. 둘은 서로에게서 시선을 떼지 않았다.

그때 미호의 핸드폰이 울렸다. 액정 위 표시된 발신자를 보고 미호는 눈을 커다랗게 떴다.

황지예였다.

하필 이 타이밍에.

유난히도 날쌔게 달려온 민트색 자전거가 나영 앞에서 끽, 급제동을 했다.

"엄마! 나 타는 거 봤어?"

여자아이는 나영에게 제 자전거 운전 실력을 조잘거리며 자랑했다. 나영은 언제 악다구니를 썼냐는 듯 덤덤한 모습을 가장했다. 미호의 핸드폰은 힘껏 진동하며 어서 받으라는 재촉을 거듭했다. 미호는 핸드폰을 말아 쥔 채 다정한 모녀에게서 눈길을 거두지 않았다.

"아린아, 가자."

고개를 끄덕인 아린이 민트색 자전거에 올라탄 뒤 쌩하니 출발했다. 나영은 아린을 쫓아가기 전 미호에게로 몸을 틀었다.

휙, 던지는 몸짓과 함께 무언가가 미호의 발밑으로 굴러왔다.

자갈이었다.

그녀가 내내 움켜쥐고 있던 자갈.

문득 악다구니를 쓰며 주먹을 휘두르던 나영의 몸짓이 떠올랐다. 자신에게 자갈을 던지려던 몸짓인지도 몰랐다.

동시에 아이의 비명소리와 함께 우당탕, 자전거 엎어지는 소리가 들렸다. 미호가 뒤돌아봤다. 넘어진 아이가 목청껏 울음소리를 높이고 있었다. 샛길은 놀이터 방향으로 내리막길이었다. 가속도가 붙은 상태에서 아이는 제대로 중심을 잡지 못한 모양이었다. 아니면 자전거 바퀴가 자갈을 밟았다거나.

놀이터 벤치에 있던 아이 엄마가 허겁지겁 달려왔다.

엄마아……. 나 넘어졌어. 아파. 그러게 조심히 좀 타라니까.

엄마아, 그게 아니야. 그게 아니라고…….

미호는 넘어진 아이, 달래는 엄마와 샛길에 군데군데 놓인 자갈을 번갈아 쳐다봤다.

마지막으로 시선이 향한 곳은 점점이 멀어지는 나영의 뒷모습이었다.

놀이터 벤치에 앉은 엄마들은 경계심 없이 이야기를 풀어냈다.

'글쎄요, 미인계 엄마들 일은 잘 몰라요. 자기네들끼리 워낙에 똘똘 뭉쳐 다녀서.'

'저도요. 그런데 한 달 전쯤인가, 3주 전쯤인가. 지율 엄마, 민성 엄마, 아린 엄마가 싸웠다는 얘긴 들었어요. 항상 셋이서 같이 다녔는데, 언제부턴가 같이 안 다니더라고요. 아, 누구냐고요? 유진 씨, 정아 씨, 나영 씨요. 그 셋이 모임의 중심 축이었거든요.'

'나영 씨는 사람이 완전히 변했어요. 사랑스럽고 애교도 많은 사람이었는데, 어느 순간부터 넋이 빠진 것처럼 저러고 다니더라고요. 얼굴도 퀭해지고 말수도 줄고. 언제부터였더라. 3주 전? 어머, 그러네요. 유진 씨, 정아 씨랑 싸운 시기하고도 맞물리네요.'

'잘 아는 사람이요? 글쎄요, 누가 알려나.'

엄마들은 관련 있는 정보든, 없는 정보든 뭐 하나라도 더 알려주기 위해 기억을 짜냈다. 서로 말을 맞춰보며 정보의 정확성을 확인하기도 했다. 자신들과 전혀 관계없는, 가십거리기에 가능한 태도였다. 회피하거나 악다구니를 써대던 정아, 나영과는 전혀 달랐다.

다음 날 점심 무렵, 미호는 서초역으로 향했다.

높다란 건물 층층마다 법무법인 간판이 햇빛에 반짝거렸다. 정오를 목전에 둔 터라, 도로는 출입증을 패용한 사람들로 바글거렸다. 모두 점심 식사를 위해 거리로 쏟아져 나온 직장인들이었다.

불과 며칠 전까지만 하더라도 미호 자신도 저들 중 하나였다. 하지만 이제는 업무 얘기를 나누며 걸어가는 사람들을 보니 이질적인 감정마저 느껴졌다.

인파를 따라 걷던 미호는 멈춰 서서 눈앞의 건물을 바라봤다. 건물 2층에 위치한 한정식 집이 예약해둔 장소였다.

미호가 안내 데스크로 향하자 직원이 안쪽 룸으로 안내했다. 의자에 앉아 숨 돌리기가 무섭게 미닫이문이 열렸다.

"안녕하세요, 제가 늦은 건 아니죠?"

시원한 목소리가 룸 안에 울려 퍼졌다.

숏컷에 까무잡잡한 피부, 쭉 찢어진 눈에 커다란 입. 매부

리코 때문에 인상이 다소 강해 보이는 여자. 지예가 룸 안으로 성큼 들어섰다.

"저도 지금 막 도착했어요."

습관처럼 명함 지갑을 뒤지던 미호는, 필요 없다는 걸 깨닫고 머쓱하게 말했다.

"여기까지 오시게 해서 죄송해요. 제가 점심시간 외에는 도저히 시간이 나질 않아서. 전 이 건물 맞은편 법률사무소에서 일해요. 전화 못 받은 거 이해하시죠? 요즘 스팸전화 너무 많잖아요."

말투가 호방하고 시원시원했다. 낯선 사람 앞에서도 주저하거나 꺼려하는 기색이 없었다. 항상 바쁘게 돌아가는 그녀의 삶을 반영하듯 말하는 속도가 몹시 빠르기도 했다.

"이렇게 시간 내주신 것만으로도 감사드려요."

"사실 문자 받고 조금 놀랐어요. 유진 씨가 그런 말을 했을 줄은 생각도 못 했거든요."

지예는 어색한 웃음을 지으며 물 잔을 들이켰다.

어제 오전, 지예로부터 연락이 없자 미호는 그녀에게 문자 하나를 남겼다.

'자꾸 귀찮게 해서 죄송합니다. 전 유진이 고등학교 친구 장미호라고 해요. 오래도록 연락 못 하고 지내던 유진이가 죽기 전 힘들다고 저한테 SNS로 쪽지를 보냈더라고요. 자기가 겪

은 일에 대해서는 황지예 씨한테 물어보라고 하던데……. 그
래서 유진이가 어떻게 지냈는지 알고 싶어서 연락드립니다.'

장례식장에서 정아와 유치원 엄마들은 지예를 표적 삼아 이
런 이야기를 나누기도 했다.

'그런데 지예 씨가 안 보이네요?'

'그러게요. 그래도 장례식장에는 올 줄 알았는데…….'

'하긴 무슨 낯으로 여길 오겠어.'

'그래도 사람이 최소한의 도리는 해야 할 거 아니에요.'

'최소한의 도리를 아는 사람이라면 그러질 말았어야지. 난
아무래도 그때 지예 씨가 일부러 그런 것 같아.'

갑작스런 유진의 죽음에 그녀는 어떤 감정을 느꼈을까.

미호는 그 감정이 죄책감이길 바라며 문자를 남겼다.

거짓말했다는 생각에 뜨끔하기도 했지만 정아, 나영과는 달
리 정상적인 대화를 나눌 수 있을지 모른다는 기대감도 있었다.

"유진 씨 고등학교 친구분이라고 하셨죠? 참 끔찍하고 안
타까운 일이에요. 신문이나 영화 속에만 나오는 얘긴 줄 알았
지, 바로 근처에서 이런 일이 일어날 줄은 상상도 못 했어요.
얼마나 충격적이고 마음이 아프던지. 저도 이런데 친구분은
오죽 하시겠어요."

런치 메뉴를 주문한 후 지예가 먼저 본론을 꺼냈다. 시계를
보고 주어진 시간을 가늠해보던 와중이었다.

"연락 않고 지내온 시간이 길긴 하지만······ 가슴이 많이 아프죠. 여전히 충격적이고요."

미호가 지예의 말을 똑같이 반복했다.

가슴이 아프다, 충격적이다. 그런 간단한 말로 표현될 수 있는 감정이라면 차라리 나을 것이라 생각하며.

씁쓸함이 입안에 번졌다.

"오늘 절 찾아오신 이유가 헤리티지 엄마들 때문이라고요?"

"유진이가······ 어떻게 지냈는지 알고 싶어서요. 유진이 SNS를 보니, 헤리티지 영어유치원 엄마들과 교류가 많았더라고요."

더하거나 뺄 것 없이, 미호는 있는 사실 그대로를 털어놨다. 지예는 정아, 나영과는 달리 고등학교 친구라는 말에 별다른 반응을 보이지 않았다. 그들만큼 유진과 가깝진 않지만 다툼을 벌일 수 있을 만큼의 관계이기도 했다. 딱 그 정도 위치에서 객관적인 이야기를 들어보고 싶었다.

"절 의심해서 찾아오신 건 아니고요?"

지예가 시원스러운 웃음을 지으며 말했다.

"네?"

미호는 당황했다.

"괜찮아요. 유진 씨하고 저 사이에 무슨 일이 있었는지 헤리티지 엄마들이라면 죄다 알 텐데요. 아마도 떠들어댔겠죠. 그렇게 서로 못 잡아먹어서 안달이더니, 황지예는 지금쯤 신나서 춤이라도 추고 있겠다 하면서."

미호는 장례식장에서 정아와 유치원 엄마들이 나눈 대화를 엿듣고, 지예를 유진에게 원한이 있는 사람으로 분류했다. 그런데 이렇게 제 입으로 유진과 사이가 좋지 않았다고 말하는 걸 보니, 그들 사이의 원한은 그다지 심각한 종류는 아닌 듯했다.

"실은 장례식장에서 다른 엄마들이 지예 씨에 대해 얘기하는 걸 들었어요."

지예는 기가 막히다는 듯 콧방귀를 꼈다.

"나도 장례식 갔거든요. 일부러 피해서 갔으니까 당연히 못 봤지. 하여간 그 아줌마들은 세상이 자기네들 중심으로 도는 줄 안다니까."

"가셨군요."

"당연하죠. 그런…… 일이 생겼는데. 그리고 유진 씨하고는 다 풀었어요, 3주 전쯤에. 그쪽에서 먼저 연락이 왔더라고요. 얘기 좀 했으면 싶다고. 막상 이런 일이 생기고 나니까, 그때 화해하길 잘했다는 생각이 들더라고요."

3주 전쯤.

여러 사람의 입에서 반복해 등장하는 시기였다.

3주 전 유진, 정아, 나영에게 무슨 일인가 생겼고, 세 사람은 크게 다투고 갈라섰으며, 나영은 유진의 SNS에 욕설을 남겼고, 유진은 지예에게 화해를 청했다.

정아, 나영과 사이가 틀어진 유진이 자기 세력을 확보하기 위해 지예를 회유하고자 했을 가능성도 컸다. 자신에 대한 부정적인 여론을 잠재우고 엄마들 사이에서 정아, 나영보다 우위를 점하고자.

이렇게 생각한다면 너무 뒤틀린 걸까.

미호는 알 수가 없었다. 사내정치를 익숙하게 봐왔기 때문에 이런 생각을 하는 건지, 고등학교 시절의 유진과 연관되어 자연스럽게 떠오른 생각인지를.

"지예 씨하고 유진이 사이에 무슨 일이 있었는지 여쭤봐도 될까요?"

"별일 아니었는데 나만 그렇게 생각했나 봐요. 유진 씨한테는 큰일일 수도 있었는데. 그땐 몰랐지. 지금 와서 생각해보니 많이 미안하네."

허공을 응시하며 혼잣말을 중얼거리던 지예는 머쓱해하더니 말을 이었다.

"6개월 전쯤이었을 거예요. 골드반 아이들 야외 활동 날에 제가 도시락을 담당하게 됐어요. 그런 건 늘상 미인계 엄마들이 준비했는데, 아마 말이 좀 나왔던 것 같아요. 워킹맘들 배려해주는 것도 한두 번이지 너무한 거 아니냐 하는 말들이요."

"헤리티지 골드반 엄마들 단체 채팅방에서요?"

"아뇨, 그런 데서는 말 못 하죠. 미인계 엄마들끼리 따로 만든 채팅방에서 그런 말들이 나왔던 거 같아요. 저더러 도시락을 준비해달라고 얘기하더라고요. 그래서 알았다고 했죠."

도시락 업체를 선정하는 것부터가 난관이었다. 엄마들은 비싸고, 건강하고, 예쁜 도시락을 만드는 새로운 업체를 원했다. 지예는 직장 상사에게 결재를 올리듯, 다른 엄마들에게 자신이 알아본 도시락 업체가 괜찮은지 허락을 구해야 했다. 거긴 저번에 주문했던 곳이라서, 거긴 싸구려 플라스틱 용기를 사용하는 곳이라서, 거긴 유기농을 쓰는 곳이 아니라서. 서너 번의 퇴짜 끝에 지예는 어렵사리 업체를 선정했다.

지예는 제일 비싸고 좋은 메뉴를 주문했다. 닭강정, 감자 크로켓, 문어 소시지볶음, 메추리알 조림 등이 예쁜 용기에 담겨 야외활동지로 배달됐다.

모든 일이 순탄하게 진행되는 것만 같았다. 지예는 배달이 무사히 완료됐다는 안내를 받고 한시름을 놓았다. 이제 업무에 집중할 수 있겠구나 생각했다.

하지만 지예가 깜빡한 것이 있었다.

절대 잊어서는 안 될, 중요한 문제였다.

"지율이가 땅콩 알러지가 있다는 건 유치원 엄마들 모두가 아는 사실이에요. 땅콩을 먹으면 즉시 두드러기가 올라오고 열이 심하게 난다고. 도시락 주문할 때, 유진 씨가 땅콩 빼달라고 신신당부하기도 했고요. 오후 2시 넘어 한창 일하던 도중 문득 그 생각이 떠오르는데, 눈앞이 하얘지더군요."

"······깜빡하신 거예요?"

"네, 저도 제정신이 아니었죠. 깜빡할 게 따로 있지 어떻게 그런 걸······. 식은땀이 다 흐르더라고요. 헐레벌떡 업체 사장님께 전화를 드렸어요. 혹시 닭강정에 땅콩을 뿌렸냐고 물었죠. 사장님은 아이들이 먹기 좋도록, 형체도 못 알아볼 만큼 아주 잘게 빻아서 뿌렸다고 하셨어요."

놀란 지예는 서둘러 유치원 담임 선생에게 전화를 걸었다. 혹시라도 땅콩 향을 맡은 담임 선생이 지율의 도시락에서 닭강정을 빼줬기를 바랐다. 그런데 담임 선생은 엉뚱한 소리를 했다. 아무 일도 없었단다. 지율이 닭강정을 모두 먹고 두 시간이 흘렀는데도.

"어떻게 된 일이에요?"

미호가 물었다.

"거짓말이었던 거죠."

그때의 기억이 떠올랐는지 일순 지예의 표정에 짜증이 스쳤다.

"누구 말이요?"

도시락에 땅콩이 들어갔다는 말에 한바탕 진실 공방이 벌어졌다. 담임 선생은 몇 번이나 지예에게 사실 여부를 확인했고, 지예도 도시락 업체 사장을 닦달했다. 모두 사실이었다. 도시락에 땅콩이 들어간 것도, 지율이 닭강정을 먹은 것도. 그러자 엄마들과 담임 선생은 당황하기 시작했다.

"결국 유진 씨가 야외 활동 장소로 와서 지율이를 데리고 갔어요. 다음 날 지율이는 유치원에 결석했죠. 병원에서 정밀 검사를 받는다고 하더군요. 그날 밤 엄마들 단체 채팅방에서 유진 씨는 이렇게 말하더라고요. 지율이의 땅콩 알러지가 다 나았다고."

"그 말을 안 믿으시는군요."

미호가 이야기를 마친 지예의 야릇한 표정을 보며 말했다.

"유감스럽게도 전 바로 알겠더라고요. 유진 씨가 거짓말을 했다는 걸. 저뿐만이 아니에요. 당시 몇몇 엄마들도 비슷한 소리를 했어요."

"그래서 결국 유진이와 사이가 틀어진 거고요."

"맞아요. 거짓말이 들통나버렸으니 유진 씨도 얼마나 당황스러웠겠어요. 그런데도 크게 화를 내거나 하진 않았어요. 아시잖아요, 유진 씨가 어떤 타입인지."

"뭐라던가요?"

"엄마들 단체 채팅창에서 이렇게 얘기하더라고요. '지예 씨가 일부러 그런 거라고 생각하진 않아요.' 참 교묘한 말이죠?

그때부터 다른 엄마들은 제가 일부러 그랬다고 생각하기 시작했으니."

어떤 프레임을 부정하는 순간, 그 프레임이 활성화되는 역효과를 불러일으키기도 한다. 그래서 '일부러 그러지 않았다'고 할수록 사람들은 '일부러 그랬다'고 생각하게 되기도 한다.

유진은 간단한 말 한마디로 '땅콩 알러지가 거짓인가'에 대한 문제에서 '지예가 일부러 한 짓인가'에 대한 문제로 엄마들 생각의 틀을 이동시켰다.

유진은 과연 교묘한 말로 다른 엄마들을 부추긴 것일까. 그녀가 의도한 일이었을까.

"그런데 유진이는 왜 그런 거짓말을 한 거죠?"

미호의 질문에 지예의 눈이 가늘어졌다.

그녀는 시선을 피하며 의자에 등을 기댔다. 티슈로 입가를 슥 한 번 닦기도 했다. 말을 고르기 위해 시간을 끄는 것 같았다.

"그러게요, 왜 그랬을까요."

지예는 의뭉스런 말투로 말하며 테이블을 손가락으로 두드렸다.

톡, 톡, 톡, 톡톡, 톡톡톡톡.

"진짜 왜 그랬을까."

미호는 점점 빨라지는 손가락의 움직임을 응시했다. 지예는 여전히 눈길을 저 멀리 던져둔 채였다.

"자기 아이가 특별해 보이고 싶었나…….."

지예의 말이 바람 소리에 파묻히듯 사그라졌다. 공기 중으로 휙 던져진 말들이 후다닥 자취를 감췄다. 한없이 무심한 말투인데 반해 테이블을 두드리는 리듬은 거슬릴 정도로 빨라졌다.

"예민하고 섬세한 아이 뭐, 그렇게…….."

덧붙인 말들 역시 깃털처럼 가벼웠다.

어디선가 차가운 바람이 미호의 목덜미를 스쳤다. 한 가지 의문이 뒤따랐다.

지예는, 땅콩 빼는 걸 정말 깜빡했던 걸까.

미호는 그 어떤 반응도 하지 않았다.

테이블을 두드리던 소리가 멈췄다. 밀도 높은 공기 속에 톡톡 소리가 이명처럼 울렸다.

3주 전, 유진과 지예는 정말 화해를 한 걸까.

모두 그녀의 주장일 뿐이다.

지예가 고개를 돌려 미호를 쳐다봤다. 잠깐 동안 부풀린 시선들이 오갔다.

때마침 미닫이문이 열리며 종업원이 카트를 밀고 들어왔다. 소담하게 음식을 담아낸 그릇들이 테이블 위에 차려졌다.

"식사부터 할까요, 우리? 배고프네요."

지예가 빙긋 웃으며 침묵을 깨뜨렸다. 미호 역시 웃음으로 화답하며 고개를 끄덕였다.

식당과 메뉴 선택은 무난했다.

두 사람은 정갈하고 담백한 음식들로 허기를 채웠다. 식사 동안에는 가볍고 두루뭉술한 화제들만이 오갔다. 날씨, 영화, 사건 사고와 같은.

종업원이 빈 그릇을 치우고 매실차를 내왔다. 본론을 시작하기 위한 적절한 신호였다. 지예는 매실차로 목을 축인 다음 입을 열었다.

"시간도 얼마 안 남았는데 지금까지 쓸데없는 얘기만 했네요. 정작 듣고 싶었던 건 다른 얘기였을 텐데."

지예는 자연스럽게 화제를 틀었다. 미호는 유진에 대한 지예의 생각을 더 엿보고 싶었지만 시간이 부족했다. 그녀의 말마따나 주어진 시간은 20분도 채 되지 않았다.

"송정아, 김나영 씨와는 사이가 어땠나요?"

화제가 정아와 나영에게로 향하자, 지예의 눈빛에 대번에 이채가 감돌았다. 본인 이야기를 할 때와는 사뭇 달랐다. 놀이터 벤치에 앉아 있던 엄마들이 가십거리 대하듯 할 때와 비슷한 태도였다.

"오유진, 송정아, 김나영. 이 세 사람이 헤리티지 골드반 엄마들의 중심인 건 아시죠? 따로 몇몇 엄마들과 뭉쳐 미인계라는 모임도 만들고. 근데 그게 다가 아니었어요."

지예는 가볍게 코웃음 친 다음 말을 이었다.

"그 세 사람, 좀 재밌는 걸 했거든요."

"뭘 했는데요?"

"행복배틀이요."

"행복배틀?"

"보세요, 모두가 대한민국 최고라는 하이프레스티지 아파트에 살아요. 모두가 벤틀리나 페라리를 몰죠. 모두가 에르메스 백을 종류와 색깔별로 가지고 있어요. 모두가 다 예쁘장한 미모를 가지고 있고요. 그걸로 다게요? 남편들이 의사, 변호사, 사업가이기도 하죠. 이렇게 이미 다 가졌는데, 얼마나 부유한지나 자랑하는 건 무의미한 일이에요."

"그럴 테죠. 다들 비슷비슷하니까."

"그럼 뭘 자랑해야 할까요? 뭘 자랑해야 내가 다른 사람보다 우위에 있다는 걸 증명할 수 있을까요?"

"그게 행복이라는 말씀이신 거예요?"

미호가 대답했다.

"네, 맞아요. 돈으로도 살 수 없는 것. 그 여자들은 행복을 경쟁하기 시작했어요."

행복배틀.

남편이 나를 얼마나 끔찍하게 사랑하는가.

시댁에서 얼마나 대우와 존중을 받고 있는가.

아이 키우기는 얼마나 수월한가. 육아 스트레스에서 어느 정도 자유로운가.

아이들이 얼마나 똑똑하고 사랑스러운가.

얼마나 풍부하고 탄탄한 인간관계를 누리고 있는가.

이 모든 것들이 행복배틀의 주요 지표로 작용했다. 그리고 행복배틀이 벌어지는 주요 무대는 SNS였다.

미호의 머릿속에 행복한 일상들로 점철되어 있던 유진의 SNS가 떠올랐다.

지예의 이야기를 듣고 보니 멘트 하나, 태그 하나 허투루 단 것이 없었다. 유진은 철저하게 자신이 어떻게 보일지를 계산하며 자신의 삶에 대한 이미지를 구축해 나갔다. 더불어 왜 엉뚱한 여자와 함께 찍은 사진에서 그 여자를 미호, 자신으로 둔갑시킨 건지 이해가 갔다.

너 없었으면 고등학교 시절을 어떻게 보냈을까. 고등학교 때부터 절친. 세상 제일 든든한 아군. 내 전부를 아는 그녀. 언제나 사랑하는 거 알지? #우정은이런것 #내베프영혼의단짝 #장미처럼아름다운그녀 #비밀이1도없는사이 #변치말자

행복의 조건 중 하나, 풍부하고 탄탄한 인간관계.

고등학교 시절 친구들과 절연했다는 사실을 들키고 싶지 않았던 거다.

입안에 쓴 물이 도는 듯했다.

"더 재밌는 건 뭔 줄 아세요? 그 세 엄마 모두 콘셉트라는 게 있었어요. 일종의 스토리가 있었단 말이죠. 유진 씨는 요리 면 요리, 육아면 육아, 모든 걸 완벽하게 해내는 슈퍼맘 콘셉 트였고요, 정아 씨는 본인은 무관심한데 남편과 아이가 귀찮 을 정도로 자신을 사랑하고 집착한다는 콘셉트였어요. 나영 씨는 요리, 육아, 살림 뭐든지 서투르고 실수가 많은데도, 남편 과 아이들이 자신을 끔찍이도 사랑해준다는 콘셉트였고요."

"이런 말이 적절할진 모르겠지만, 묘하게…… 어울리네요."

전형적인 미인이며 차분하고 이지적인 인상의 유진은 슈퍼 맘 콘셉트와 잘 어울렸고, 도도하고 차가운 인상의 정아, 귀엽 고 동안인 나영 역시 제 외모에서 풍기는 이미지를 적절하게 활용한 느낌이었다.

"맞아요, 그래서 유진 씨가 좀 힘들게 됐죠. 슈퍼맘은 그야 말로 모든 것이 완벽해야 했으니까. 유진 씨가 왜 셋째를 임 신했는지 아세요?"

"왜요?"

"정아 씨는 아들 하나예요. 어때요? 귀찮맘 콘셉트 정아 씨 에게 어울리지 않아요? 나영 씨도 딸 하나죠. 서툰맘 콘셉트 엄마한테도 그럭저럭 나쁘지 않아요. 하지만 유진 씨는 딸만 둘이에요. 완벽맘 콘셉트 엄마한테는 그게 하자처럼 보였던 거예요. 딸 둘? 자식 성별이 고르지 못하잖아? 아들도 있어야 하는데. 이런 식으로요. 사실 자식 성별은 돈이 있다고 선택할 수 있는 게 아니잖아요. 그런데 이런 식의 운마저 자신의 편이라면 진짜 행복한 사람처럼 보이지 않을까요?"

진짜 행복한 사람.

돈으로 어찌할 수 없는 운마저 내 편인 사람.

"여하튼 시작은 사소한 경쟁이었는데, 점점 양상이 치열해졌어요. 저는 시간이 없어서 SNS를 잘 보진 못했지만, 다른 엄마들 말을 들어보니 나중에는 남편의 진실된 사랑을 시험한다고 SNS 몰카 라이브 방송도 하고 그랬다더군요. 이런 상황이 이제껏 쭉 이어져왔던 거예요."

"그러면 지예 씨는 3주 전 세 사람의 다툼이 행복배틀과 관련이 있다 생각하세요?"

"더 이상 참을 수 없는 어떤 일이 발생한 거라 생각해요. 점점 팽팽해지던 긴장의 끈이 탕, 하고 끊어지게 된 어떤 일이."

"어떤 일이었을까요?"

"글쎄요, 세 사람의 SNS를 잘 살펴보면 알 수 있지 않을까요? 행복배틀이 벌어졌던 전장이었으니까요."

이야기를 마친 지예는 시계를 확인했다. 어느덧 시계 바늘

이 한 시를 가리키고 있었다.

매실차까지 깔끔하게 비운 지예는 자리에서 일어났다. 따라 일어난 미호는 감사의 인사를 건넸다.

"살인사건의 주요 동기가 돈과 치정이라죠? 그런데 말이죠, 사람 행위의 동기를 그렇게 간단하게 분류할 순 없을 거 같아요. 질투, 연민, 두려움, 소유욕, 지배욕. 아주 미묘하고 사소한 감정들이 거대한 살의를 낳기도 하더라고요."

유진 씨 죽음에서 그런 냄새가 났어요.

지예는 마지막으로 이 말을 남기곤 자리를 떴다.

O_su_zzzzi
지율이, 하율이 하고 백화점에 놀러왔어요! 이모님 없이 오랜만에 엄마와의 데이트. 양손에 새로운 인형 하나씩 쥐여주니 세상 천사 같은 우리 딸들ㅠ 어때요? 종업원이 세 자매 같아 보인다는데. 우리 모녀, 정말 그래 보이나요?ㅎㅎ
#시크릿쥬쥬만백만개 #이모님돌아와요 #딸들과행복한데이트 #20년후세자매예약 #애비뉴엘VIP라운지

_____

jjeong_ah_ssong 지율이 하율이 옷 너무 귀엽다. 그러게, 여자애들은 나중에 커서 엄마 친구가 된다고는 하더라고. 그래도 난 우리 아들 민성이만으로 만족. 여자애들 예민하게 굴고 징징거리는 거 견딜 자신이 없네.

O_su_zzzzi @jjeong_ah_ssong 일부 여자아이들이 그렇다곤 하지만 일반화는 곤란해요. 우리 지율이 하율인 예민하지도 않고 징징거린 적도 별로 없답니다.^^ 어찌나 키우기 수월한지, 아주 순둥이들이 따로 없어요.

jjeong_ah_ssong @O_su_zzzzi 그래? 저번에 하율이 드러눕는 거 보니까 장난 아니던데. 쬐그만 게 어찌나 표독스럽게 울어대던지, 유진 씨 참 고생 많구나 싶었어.

chloe_mom 오동통한 하율이 볼살 너무 귀엽당ㅎ 대체 누구를 닮았지? 엄마 아빠 하나도 안 닮았어도 건강하게만 자라면 됐지, 뭐!

O_su_zzzzi @chloe_mom 아이들은 자라면서 얼굴이 열두 번도 더 바뀐다잖아요. 우리 하율이 저 어렸을 때랑 똑같아요. 얼마나 예쁘게 자랄지 기대가 된답니다.^^

chloe_mom @O_su_zzzzi 어머, 그랬구나. 난 유전자 검사라도 받아야 하는 거 아닌가 생각했네.

jjeong_ah_ssong
엄마 생각났다며, 민성이가 놀이터에서 꺾어온 꽃. 어제 아빠가 꽃 사온 걸 보고 따라한 모양. 하여간 애비나 자식 놈이나 껌딱지인 건 똑같음.
#부전자전 #엄마스토킹은이제그만 #어제도오늘도꽃선물 #달콤한남자들

O_su_zzzzi 민성이 정말 스윗하네요. 나중에 여자 친구 만나면 정말 잘해주겠다. 그런데 어제 경비 아저씨가 누가 화단 밟아났다고 화내시던데……. 스윗한 것도 좋지만, 생명을 사랑하는 법부터 배우면 좋을 듯해요.

jjeong_ah_ssong @O_su_zzzzi 맞아. 하율이가 화단 다 밟아났다지? 정말 하율이는 생명을 사랑하는 법을 배워야겠더라. 이래서 가정교육이 정말 중요하다는 말씀.

chloe_mom 남편이 꽃 선물 줬엉? 정아 씨 짜증났겠당. 난 꽃 선물 정말 싫더라고ㅠㅠㅠㅠ

jjeong_ah_ssong @chloe_mom 어제 주연 엄마도 꽃 선물 받았던데, 지금 주연 엄마 들으라고 하는 얘긴 거야?

chloe_mom

아악! 또 실패ㅠㅠㅠ

오늘 오빠 승소 기념으로 깜짝 케이크 짜잔 하려고 했는데 장렬히 실패ㅠㅠㅠㅠㅠ

오빠는 손에 물도 묻히지 말라는데, 왜 자꾸 난 일을 크게 만들까?ㅠ

+

이 엉망진창 케이크가 제일 맛있다는 울 오빵ㅠㅠ

사랑행 그리고 고마웡♡

#레시피가이상한거라는울남푠 #오빠의승소축하하며 #아린이는엄마닮지마

jjeong_ah_ssong 이해해. 원래 타고나길 똥손인 사람들이 있더라고. 뭘 해도 안 되는 손.

O_su_zzzzi 어쩐지. 아린이가 우리 집에만 오면 걸신들린 사람처럼 간식 먹더라고요ㅠ 불쌍한 아린이……ㅠㅠ

"서로 제대로 맥이네."

세 사람의 SNS를 살펴보던 미호가 혼잣말을 중얼거렸다.

서초역 인근의 카페 2층. 통유리창 너머로 안온한 햇볕이 비쳐들었다. 직장인들이 한바탕 몰려왔다 휩쓸고 지나간 자리에는 한낮의 나른함만이 감돌았다. 미호는 지예와 헤어진 후 이곳 카페로 장소를 옮겼다. 지예와의 만남을 곱씹어볼 시간이 필요했다.

오유진, 송정아, 김나영, 세 사람의 SNS를 들여다볼 시간도.

세 사람의 행복배틀은 1년 전 시작된 것으로 보였다. 시작은 사소한 경쟁이었지만 양상은 점차 치열해져갔다. 비꼬던 수준의 댓글 역시 상대를 향한 교묘한 험담으로 변질되어갔다.

상대에 대한 부정적인 여론을 선동하거나 다른 엄마들과의 사이를 이간질하는 댓글도 눈에 띄었다.

미호는 그들의 갈등이 어느 정도 수위였을지 생각했다. 과연 살인으로 이어질 만큼이었을까.

상대가 죽이고 싶을 정도로 미운 것과 실제로 살인을 저지르는 건 다른 문제다. 서로 질투하고 헐뜯는 건 흔한 일이었다. 더군다나 세 여자 모두 잃을 게 많은 사람들이었다. 살인이라는 파국으로 치닫기 위해서는 더 결정적인 계기가 필요했다.

아마도 그 결정적인 일이 발생한 건 3주 전.

'3주 전쯤인가. 셋이 싸웠다는 얘긴 들었어요. 셋이서 같이 다녔는데 언제부턴가 같이 안 다니더라고요.'

'나영 씨는 사람이 완전히 변했어요. 어느 순간부터 넋이 빠진 것처럼 저러고 다니더라고요. 언제부터였더라. 3주 전?'

'유진 씨하고는 다 풀었어요, 3주 전쯤에. 그쪽에서 먼저 연락이 왔더라고요. 얘기 좀 했으면 싶다고.'

모두에게서 반복해 등장하는 시기였다. 미호는 그 결정적인 사건이 3주 전 발생한 거라 확신했다.

세 사람이 크게 다투고 갈라서게 된 계기, 나영이 유진의 SNS에 욕설을 남기고 SNS 활동을 접게 된 계기, 유진이 지예를 회유하고자 마음먹게 된 계기.

미호는 뻑뻑한 눈가를 비비며 정아와 나영의 SNS에 접속했다. 이미 몇 번이나 마주한 그때의 게시글들을 꼼꼼하게 살폈다.

3주 전, 정아는 예의 그 시큰둥한 말투로 아들이 영어 스피치 하는 사진에 대해 언급했다.

jjeong_ah_ssong
아들램 스피치 중. 그래도 독수리라고 발음은 네이티브네.
#알고보면미국시민권자 #알고보면골드반대표 #주제는배려와상호존중 #누군가가경청해줬으면

3주 전을 기점으로 SNS를 중단한 나영은 딸과 커플룩 입은 사진을 마지막으로 올렸다.

chloe_mom

엄마 건 죄다 따라하고 싶은 우리 아린이 ㅎㅎ 엄마가 그렇게 좋아용?
엄마도 아린이가 세상에서 젤루 좋아!

#엄마랑쌍둥이하자 #세상에서제일사랑해 #행복은이런거시야

미호는 나영과 아린의 사진을 물끄러미 쳐다봤다.

SNS 속 나영은 딸을 끔찍이도 사랑하는 엄마의 모습이었다.

자신이 과민한 걸까.

아이들의 자전거가 다니는 길목에 자갈을 떨어뜨려놓았던 여자라고 도저히 믿어지지 않았다.

새빨갛게 부풀어 오른 채 악다구니를 쓰던 얼굴도 떠올랐다.

공감 능력을 상실한 듯 보이던, 심하게 불안정해 보이던 여자.

3주 전 어떤 사건이 기폭제로 작용했다면, 불안정한 심리와 응어리진 증오에 불을 붙이는 일이 발생했다면. 나영은 충분히 살인을 저지를 수도 있을 것만 같았다.

미호는 나영에 대한 생각을 갈무리하곤 유진의 SNS에 접속했다. 3주 전 결정적인 사건을 찾는 것이 무엇보다 중요했다.

프렌치 레스토랑에서 남편과 와인 잔을 들고 찍은 사진, 키즈카페에서 딸아이들이 아빠의 양팔에 달라붙은 사진, 전신거울 앞에서 데일리 룩을 선보이고 있는 셀카 사진 등.

그렇게 행복이 범람하는 유진의 일상 사진을 휙휙 넘겨 보고 있는데, 문득 이질적인 가족사진 하나가 눈에 띄었다.

미호는 미간을 찌푸리며 사진을 자세히 들여다보았다.

유치원 발표회 날, 한 여자아이가 강당 앞에서 영어 스피치를 하는 사진이었다. 담임 선생이 여자아이와 한발짝 떨어진 위치에서 발표를 돕고 있었고, 아이의 부모는 강당 맨 앞좌석에서 이를 흐뭇하게 바라보고 있었다.

미호는 처음 이 사진을 봤을 때 유진의 가족사진이라 생각하고 무심히 지나쳤다. 사진 속 아이 부모는 옆모습 절반 정도밖에 보이지 않았다. 유진의 SNS이니, 발표하는 아이가 당연히 지율이라고 생각한 탓도 컸다. 하지만 엉뚱하게도 그 사진은 다른 가족의 것이었다.

나영의 가족사진.

발표하는 여자아이는 지율이 아닌, 아린이었다.

O_su_zzzzi
바라보는 눈길에 사랑스러움이 가득함.
#바라보는 #눈길에 #사랑스러움이 #가득함

보기 드물게 짧은 멘트였다. 태그도 본문의 반복이나 다를 바 없었다. 오히려 뚝뚝 끊어놓으니 강조하는 느낌이었다.

이상했다.

유진은 이전에도, 이후로도 다른 사람의 사진을 자신의 SNS에 올린 적이 없었다.

모든 사진과 글을 철저한 통제하에 두는 유진이 아무 생각 없이 나영의 가족사진을 게시했을 것 같지는 않았다.

미호는 사진을 넘겼다. 게시물에는 다른 사진도 두 장 첨부되어 있었다. 모두 유치원에서 찍은 나영의 가족사진이었다.

비눗방울 놀이를 하고 있는 아린을 나영 부부가 흐뭇하게 바라보는 사진, 할로윈 파티 때 마녀 코스튬을 입은 아린을 향해 나영 부부가 박수를 치고 있는 사진.

지극히 행복하고 일상적인 사진이었다.

멘트도 평범했다.

그러나 이 가족사진의 주인공인 나영은 다른 생각인 모양이었다. 멘트 아래로 날카롭고 단호한 댓글이 적혀 있었다.

바라보는 눈길에 사랑스러움이 가득함.
#바라보는 #눈길에 #사랑스러움이 #가득함

---

chloe_mom 이제 그만해.

O_su_zzzzi @chloe_mom 뭘 그만하라는 거죠? 아직 시작도 안 했는데?ㅎㅎ

jjeong_ah_ssong 정말 눈에서 꿀 떨어지네 ㅋㅋㅋㅋㅋ

언뜻 보면 유진이 나영의 행복한 가족사진을 대신 게시해주고, 이에 대해 나영이 부끄러워하고, 유진은 그런 나영에게 사진을 더 게시해주겠다고 하고. 정아 역시 나영의 행복한 모습을 부러워하는 것처럼 보였다. 하지만 세 사람이 그런 평범한 말을 하고 있을 리 없었다. 그들의 말 속에 숨겨진 속뜻이 있는 게 분명했다.

이 사진에 나영의 비밀이나 약점이 있는 걸까. 유진은 왜 이 사진을 자신의 SNS에 올린 걸까.

미호는 뚫어질 듯 사진을 응시했다. 번뜩이며 머리를 치고 지나가는 생각은 없었다. 보면 볼수록 그저 평범한 사진처럼 보였다. 안경을 벗고 관자놀이를 꾹 눌렀다.

공통점. 그래, 공통점은 없을까?

모두 유치원이 배경이다. 나영과 그녀의 남편, 아린이 등장한다.

그리고…….

불현듯 깜깜했던 머릿속에 불이 켜졌다. 세 사진의 공통점이 머릿속에 떠오른 것이다. 미호는 안경을 끼고 세 사진을 번갈아 살폈다. 스피치 사진, 비눗방울 사진, 할로윈 사진.

카페 안은 포근한 공기가 감도는데 팔에 소름이 돋았다.

"담임 선생…….”

미호가 중얼거렸다.

그래. 담임 선생, 담임 선생이다.

세 사진에 모두 담임 선생이 등장했다.

스피치 사진 속 담임 선생은 아린이로부터 한 발짝 떨어진 곳에서 발표를 지켜보고 있었다.

비눗방울 사진 속 담임 선생은 아린이에게 스틱을 쥐여주는 중이었고, 할로윈 사진 속 담임 선생은 아린이에게 마녀 모자를 똑바로 씌워주고 있었다.

긴 생머리에 피부가 하얗고, 오밀조밀한 이목구비가 귀여운 인상을 자아내는 젊은 여자.

나영과 담임 선생은 퍽이나 비슷한 이미지를 풍겼다.

마치 나영 남편의 취향이라도 반영하듯.

'바라보는 눈길에 사랑스러움이 가득함.'

누가 누구를?

문제는 누가 누구를 바라보는 눈길이냐 하는 것.

세 사진 속 나영 부부의 시선은 모두 아린을 향하고 있다. 그 시선을 나영 남편이 담임 선생을 바라보고 있는 거라고 비틀어도 무방할 것 같았다. 사실이 아니라면 유진이 비꼰다고 해서 나영이 발끈할 필요는 없었다. 근거 없이 음해하고 모욕한다고 분노해야 마땅했다. 하지만 나영은 꼬리를 내렸다.

'이제 그만해.'

바로 이것일 것이다. 3주 전 유진, 나영, 정아, 세 사람 사이가 결정적으로 틀어졌던 사건.

나영 남편과 담임 선생의 불륜.

미호는 곧바로 유치원 홈페이지에 접속했다.

헤리티지 영어유치원은 3년 전 하이프레스티지 아파트 재개발 완공과 함께 설립됐다. 학습식 수업을 지향하는 곳으로 반은 총 3개. 7세 골드반, 6세 다이아몬드반, 5세 플래티넘반으로 구성되어 있었다.

유진, 정아, 나영의 아이들은 현재 7세, 골드반이었다. 골드반 안에도 여러 개의 분반들이 있었으나, 세 사람의 자녀는 모두 같은 분반인 1반에 속했다.

미호는 세 아이의 담임 선생 이름을 확인했다.

'조아라'

나이는 20대 후반이지만 헤리티지 영어유치원 설립 때부터 함께해온 경력자였다.

미호는 다시 핸드폰 SNS 어플리케이션을 클릭했다. 지금부터 필요한 건 인내와 끈기, 집요함이었다. 다행스럽게도 미호는 이 세 가지 모두에 재능이 있었다.

해가 저물었다.

퇴근길을 서두르는 자동차 소음이 창문 너머로 들려왔다.

어스름한 빛 속으로 사람들은 하루를 마무리하는 발걸음을 바삐 내딛고 있었다.

옆 테이블 주인이 여러 번 바뀌는 와중에도 미호는 손바닥만 한 화면에 온 신경을 집중했다. 멀지 않아 노력에 대한 보답이 찾아왔다.

"찾았다."

미호가 탄식하듯 혼잣말을 내뱉었다.

긴장이 일시에 풀린 미호는 의자에 등을 기대고 그제야 식어빠진 커피를 마셨다. 그녀의 핸드폰에는 어렵게 찾아낸 조아라의 SNS 메인 화면이 떠 있었다.

조아라의 SNS는 유치원 엄마들에게 노출되지 않기 위해 신중을 기한 듯 보였다. 그만큼 미호는 그녀의 계정을 찾아내는 데 애를 먹었다. 조아라는 유치원 엄마들에게 노출되지 않을 거라고 확신했는지, 날것 그대로 자신의 전모를 드러내놓고 있었다.

미호는 커피 잔을 내려놓고 핸드폰으로 시선을 돌렸다.

진한 화장을 하고 어깨가 훤히 드러나는 옷을 입은 채 클럽에서 찍은 사진, 래쉬가드를 입고 바닷가에서 서핑하는 사진, 갖고 싶은 명품 브랜드의 가방이나 구두 사진 등.

SNS에는 유치원 선생님 조아라가 아니라 20대 후반의 발랄한 여자 조아라가 고스란히 담겨 있었다.

arara_jo

잠깐, 나 눈물 좀 닦고. 오늘은 대놓고 자랑질 좀 할게. 200일 기념으로 오빠가 사준 거!!!!!!!!! 소원 성취했다ㅜㅜ

#오빠사랑해♡♡♡ #200일기념선물 #샤넬클래식캐비어스몰!!!!!!! #눈물 난다

arara_jo

오빠랑 여행 왔어요! 어렵게, 진짜 어렵게 낸 휴가ㅜ. 푹 쉬고 재밌게 놀 다 돌아갈게요.

#몰디브4박6일 #인오션풀빌라와이드살라 #커플헤나 #선셋크루즈 #스파트리트먼트

조아라의 SNS에는 연애의 기운이 넘실넘실 흘러넘쳤다.

남자 친구가 사준 명품 가방, 남자 친구와 간 레스토랑, 남자 친구와 함께한 여행. 연애 중인 사람들이 으레 그러하듯, 그녀 역시 남자 친구와의 사랑 넘치는 일상을 거리낌 없이 공개했다.

단, 얼굴만은 제외하고.

조아라의 SNS에는 남자 친구의 얼굴이 한 번도 등장하지 않았다.

미호는 나영의 SNS에 접속했다.

chloe_mom

똑땅해용... 울오빠 출장 감. 우째 이럴쑤가 있어! 여름 성수기에 출장이라니! 울오빠를 돌려달라! 돌려달라! 돌려달라!

#제대로큰선물하겠다는남표니 #난무조건비싼거 #그래도선물보단울오빠 #기다릴게요여봉

조아라가 남자 친구와 몰디브로 여행 간 날짜가 7월 25일. 나영 남편이 출장 간 날짜도 7월 25일이었다.

미호는 짧은 한숨을 내쉬었다. 나영 남편과 담임 선생의 불륜은 어렵지 않게 짐작할 수 있었다. 날짜가 겹치는 게 우연의 일치라 하더라도 가능성은 여전히 충분해 보였다.

나영은 남편과 조아라의 불륜 사실을 알고 있었을까?

몰랐다면 유진이 나영에게 둘의 불륜을 알려준 것이고, 알았다면 유진이 나영의 거짓 행복을 깨부순 것이었다.

어떤 경우든 나영으로서는 견디기 힘든 고통이었을 터였다.

이것이 3주 전부터 그녀가 SNS를 중단하고 넋이 빠진 채로 다닌 이유였다.

미호는 허탈하게 의자 등받이에 상체를 기댔다.

문득 예전 동네에서 일가족이 자살한 사건이 떠올랐다. 젊은 부부는 5살, 3살 자식들을 목 졸라 죽이고 목을 맸다. 2008년 금융위기 때 남편이 거액을 투자한 주식이 휴지조각이 되는 바람에 부부가 극단적인 선택을 한 것이다.

그런데 이 사건에는 반전이 있었다. 그렇게 망하고도 그 부부에게는 6억 시세의 아파트가 남아 있었다. 사람들은 아파트를 팔아 얼마간 빚을 갚고 작은 평수로 옮기면 될 텐데 왜 그런 선택을 한 건지 이해할 수 없다고 입을 모았다.

미호도 당시에는 비슷한 생각이었다. 부부의 잘못된 선택이 일가족을 비극으로 내몬 것이라 생각했다. 하지만 이제는 어쩐지 알 것 같은 기분이었다. 그 부부는 생계가 벼랑 끝으로 내몰렸기 때문에 자살을 한 게 아니었다.

실패 자체를 용납할 수 없어서. 부, 명성, 사회적 위치의 나락을 도무지 참을 수 없어서. 그 부부는 죽음보다 더 지키고 싶은 게 있었는지도 모른다.

나영 역시도 그러했을 것이다.

하이프레스티지 아파트, 법무법인을 운영하는 남편, 동안이라 일컬어지는 관리된 미모, 귀엽고 똑똑한 딸아이.

부유하고 행복한 가정. 그 타이틀을 내려놓게 됐을 때 아니, 타인에 의해 그 타이틀이 박살났을 때, 그녀는 얼마나 큰 절망감에 휩싸였을까. 남에게도 차마 털어놓을 수 없는 고통을 끌어안고 있다가 어떤 파괴적인 형태로 발산되지 않았을까.

미호는 다시 유진의 SNS에 접속했다.

'바라보는 눈길에 사랑스러움이 가득함.'

유진은 자신의 SNS에 나영의 가족사진을 올리며 불륜 사실을 조롱했다. 악질적인 행태였다.

유진이 순백처럼 깨끗하고 흠 없는 사람이 아니라는 건 알고 있다. 단아하고 깨끗한 인상, 차분하고 이지적인 성품 뒤에 교활하고 음험한 면이 도사리고 있었다.

17년 전, 세경이 내지르던 비명과 같은 울음소리가 떠올랐다.

'걔 때문에 사람이 죽었어!'

'한주현이 죽었다고.'

'뛰어내렸대, 학교에서.'

'미친년, 그 미친년 때문에!'

세경은 악다구니를 쓰며 통곡했다. 탈진으로 혼절하기도 했다. 텅 빈 유진의 책상, 울음바다가 된 교실을 보며 미호는 아무 말도 못 하고 바닥에 주저앉았다.

화단과 바닥에 말라붙은 혈흔 자국, 엄마에게 악을 쓰던 미호 자신의 모습, 창밖으로 날아오르던 국화 꽃잎, 운동장을 돌던 운구 차량, 통곡, 비명. 현실인지 환상인지 분간할 수 없는 오랜 기억이 머리를 스쳤다.

미호는 생각을 멈췄다. 가슴 한구석이 시큰해졌다. 지우려 해도 끊임없이 되살아나는 지독한 악몽, 마음을 갉아먹는 기생충 같은 감정들. 미호는 유진을 향한 깊은 죄책감 혹은 부채감이라 표현할 수 있는 감정들을 떨쳐낼 수 없었다.

2부

모두가 찾고 싶은

깊은 어둠에 잠긴 밤. 택시 한 대가 아파트 정문에 멈춰 섰다. 탁한 잿빛 하늘에서는 부슬부슬 비가 내리고 있었다.

"사장님, 사장님! 도착했습니다. 댁 앞이에요."

기사가 뒷좌석 차창에 머리를 기댄 채 졸고 있던 남자를 깨웠다.

기사의 계속되는 부름에 남자는 무거운 눈꺼풀을 들어올렸다. 넥타이는 온데간데없이 사라지고, 풀어진 셔츠 앞섶에 꾸깃꾸깃한 재킷 차림이었다. 남자의 머리가 둔중하게 울렸다. 비 내리는 소리가 아스라이 들려오는데 시야는 가물가물했다. 한층 심해진 야맹증 증상 때문에 앞을 분간하기 힘들었다.

술을 너무 많이 마셨나.

원고 측에서 항소를 취하한다는 소식에 피고 아버지는 태호가 속한 법무법인의 변호사 전원을 초청했다. 지역구 의원인

그는 아들 인생에 오점이 생길까 전전긍긍하던 터였다. 술집에서 가벼운 싸움이 일었고, 그의 아들과 한 청년 사이에 싸움이 붙었다. 흥분한 청년은 저 혼자 날뛰다가 발이 꼬였고, 바닥에 머리를 찧어 중태에 빠졌다. 화질 나쁜 CCTV는 현장의 모든 상황을 세세하게 담아내지 못했다.

남자가 한 일이라곤 이 상황을 있는 그대로 법정에 알리는 것뿐이었다.

청년의 동료들은 의원의 아들이 청년을 밀쳤다고 주장했지만 진술은 받아들여지지 않았다. 남자는 당연한 일이라고 생각했다. 그들의 진술은 사실이 아니므로.

고객의 말을 무조건 신뢰해서 나온 결론이 아니었다. 이성적인 판단에 근거한 결론이었다.

사람들은 흔히 돈과 권력이 있는 자들을 악의 편에 세운다. 그들이 정의를 짓밟고 돈과 권력을 휘두른다 생각한다. 하지만 남자는 이 모든 것들이 미디어가 만들어낸 허구에 불과하다 생각했다. 그저 성공한 자들을 향한 못 가진 자들의 질투일 뿐이었다. 남자가 경험한 권력가들은 모두 책임감과 사명의식이 투철한 사람들이었다.

남의 돈으로 먹는 음식만큼 만족스러운 건 없었다.

남자를 포함한 법무법인 직원들은 1차로 한우 오마카세와 값비싼 와인을 한 병씩 거덜 냈다. 이때까지는 제정신이었으나 2차로 청담동 술집에서 어떤 양주들을 어떻게 섞어 마셨는지 도무지 기억이 나지 않았다. 신나게 의원의 카드를 긁어대던 기억만 어렴풋이 남아 있었다.

"사장님, 안 내리십니까."

택시기사가 초조한 음성으로 재촉했다. 그는 이미 다음 콜을 받은 상태였다.

남자는 흐릿한 눈으로 차장을 내다봤다. 자욱한 검은 안개 속으로 드문드문 빗소리가 이어졌다.

"주차장으로 들어갑시다."

남자가 술기운을 털어내며 말했다.

남자에게는 우산이 없었다. 금세 축축하게 바짓단이 젖을 것이다.

빗소리가 선명하게 들리기 시작했다. 남자의 말에 기사는 곤란해했다.

"제가 이미 콜을 받아서요. 요기 몇 걸음 앞이 103동인데 그냥 뛰어가시면 안 될까요? 비 얼마 안 오는데."

남자는 룸미러로 기사의 얼굴을 쳐다봤다. 생활의 고단함으로 자글자글 주름진 얼굴.

거울 속 두 사람의 눈빛이 마주쳤다. 시선이 오갔다.

타닥타닥, 빗방울이 차창을 때리는 소리만이 적막을 갈랐다. 손잡이를 거머쥔 남자의 손에 힘이 들어갔다.

"그래요, 그럽시다."

남자가 시선을 거두며 말했다.

"아이고, 감사합니다, 사장님."

기사에게 2만 원을 건넨 남자는 잔돈도 받지 않은 채 택시에서 내렸다. 기사는 거듭 감사의 말을 전했다.

기사의 말대로 하늘에서는 약하게 빗줄기를 뿌리고 있었다. 남자는 손으로 가림막을 만들곤 아파트 출입구로 뛰어갔다. 비가 내려 깨끗해진 공기가 폐부를 채웠다. 가볍게 달리자 찌꺼기처럼 남은 술기운마저 날아갔다.

아파트 출입구 안으로 들어선 남자는 어깨와 머리에 묻은 빗방울을 털어냈다.

마침 알림음과 함께 엘리베이터 문이 열렸다. 센서등을 밝히고 모습을 드러낸 이는 윗집 부부의 첫째 딸이었다. 올해 대학에 입학한 뒤 안경을 벗고 살을 뺀 아이는 막 피어나는 꽃송이처럼 미모에 물이 올랐다.

"안녕하세요."

아이가 인사하며 다가왔다.

"오, 그래. 민혜구나. 이렇게 늦은 시간에 어딜 가니?"

"엄마 심부름이요."

대답을 마친 아이가 남자를 막 지나치려던 찰나, 센서등이 지지직 소리를 내더니 꺼졌다. 두 사람이 동시에 천정을 올려다봤다. 엘리베이터 불빛마저 문이 닫히며 차단되자 한 치 앞도 보이지 않는 암흑만이 내려앉았다.

"안 되겠네, 저번에도 이러더니만."

남자가 중얼거렸다.

"그러게요. 제가 나가는 길에 경비 아저씨께 말씀드릴게요."

아이는 대답하곤 출입구로 걸어갔다.

"잠깐만."

문득 남자가 아이를 불렀다.

"왜요?"

희미한 빛줄기 너머로 돌아보는 아이의 윤곽이 어른거렸다. 남자는 한 발, 한 발 아이에게 다가섰다. 어둠에 파묻힌 남자의 얼굴에 어떤 표정이 서려 있는지 보이지 않았다. 남자가 아이를 향해 손을 들어 올렸다.

"이걸로 맛있는 거 사 먹고."

남자의 손에는 오만 원권 지폐 한 장이 들려 있었다.

"안 주셔도 되는데."

"어른이 줄 때는 감사합니다, 하고 받는 거야."

아이가 쭈뼛쭈뼛 지폐 끄트머리를 잡았다.

"감사합니다, 아저씨."

"늦은 시간에 엄마 심부름 하는 게 예뻐서 주는 거야. 밖에 비 오니까 조심히 다녀오고."

"네."

아이는 꾸벅 인사한 뒤 뒤돌아 출입문으로 향했다. 남자는 멀어지는 아이의 뒷모습을 유심히 쳐다보다 고개를 제자리로 돌렸다. 엘리베이터 문이 열리며 다시 환한 빛이 쏟아졌다. 엘리베이터에 올라탄 남자는 시계를 확인했다. 이제 고작 밤 10시 30분. 요즘은 워라밸 운동이 한창이라 늦은 시간까지 회식하지 않는다. 지금이라면 아내가 깨어 있을 시간이었다.

유감스럽게도.

기계음이 좁은 공간 안에 울려 퍼지는 가운데 남자는 거울을 보며 옷매무시를 가다듬었다. 두 손으로 마른세수를 하고 소매 깃을 킁킁거렸다. 냄새는 휘발된 지 오래였다.

엘리베이터 계기판 숫자가 하나씩 올라갈 때마다 남자의 마음이 침잠했다. 아내의 사나운 눈초리, 표독스러운 말투를 대면할 생각을 하자 두통이 몰려왔다.

몇 주 전, 아내는 무슨 이야길 듣고 왔는지 남자가 바람을 피운다며 한바탕 요란을 떨었다.

'이 미친 새끼야. 바람을 피워도 왜 하필 그년이냐고, 구역질 나게!'

'병신같이 빌빌거리던 걸 사람 구실하게 만들어놨더니. 이딴 식으로 뒤통수를 쳐?'

'이딴 새끼랑 결혼하다니 내가 미친년이지. 다른 년들 구멍

쑤시고 싶으면 술집 가라고 얘기했잖아! 왜 하필 그딴 년이랑 붙어먹은 거냐고, 사람 쪽팔리게!'

아내는 물건을 집어던지고 난리를 피우더니 주저앉아 통곡했다.

남자는 그 모습을 차가운 눈길로 쳐다봤다.

또 시작인가.

지긋지긋했다.

아내의 조울증 그리고 망상장애.

지방 유지인 집안에서 고명딸로 태어난 아내는 일평생 귀하게만 자랐다. 느지막이 딸자식을 본 장인어른은 간이고 쓸개고 다 빼줄 듯이 굴었다. 사위가 그 꼴을 어떤 눈으로 지켜보는지는 관심도 없이. 아내는 그런 아버지 아래서 다섯 살 때까지 땅에 발 한 번 닿지 않고 커왔다는 이야기를 입버릇처럼 했다.

아내를 처음 만난 건 대학교 소개팅 자리. 남자는 아내의 천진난만하고 해맑은 모습에 첫눈에 반했다. 남자의 장래성을 높이 산 장인어른은 둘의 교제를 인정했고, 두 사람은 대학 졸업 후 이른 나이에 식을 올렸다.

그때까지만 해도 남자는 알지 못했다.

아내의 마음속에 어떤 괴물이 사는지.

아내는 신혼생활을 오래 영위하고 싶다며 아이 갖기를 꺼려

했다. 장인어른은 유산 얘기까지 들먹이며 손주 타령을 했고, 아내는 등 떠밀리듯 임신을 했다. 막상 아이가 생기자 아내도 좋아하는 것처럼 보였다.

첫 검진 날, 남자는 아내와 산부인과에 동행했다. 아내의 손을 꼭 잡고 모니터 속의 콩알만 한 태아를 감격의 눈빛으로 쳐다봤다. 가슴이 벅차오르기도 했다. 하지만 아내가 던진 한마디에 남자의 입이 황망하게 벌어졌다.

'징그러워. 벌레 같아. 저런 게 내 배 속에 사는 거야?'

아내의 얼굴에는 혐오의 빛이 가득했다. 남자는 아직도 아내가 던진 그 말을 잊을 수가 없었다.

아이를 낳으면 아내의 태도도 달라질 거라 생각했다. 그러나 그것은 남자의 착각에 불과했다.

아이의 백일을 앞둔 어느 날, 남자는 평소보다 이른 시간에 집에 도착했다. 그런데 현관문을 여는 순간부터 들려온 아이의 울음소리가 심상치 않았다. 숨이 넘어갈 듯 울어대는 목소리가 집 안 가득 울려 퍼지고 있었다.

남자는 아내를 불렀지만 대답이 없었다. 아내를 찾는 것보다 아이를 진정시키는 게 우선이라 판단한 남자는 서둘러 안방으로 들어갔다.

그리고 발견했다, 아이를.

아이는 옷장 속 바구니 안에 들어 있었다. 얼마나 오랫동안 울어댔는지 얼굴이 온통 새빨갰다. 아이를 안고 거실로 나온 남자는 아내를 신경질적으로 불러댔다. 성난 걸음으로 집 안 곳곳을 뒤진 끝에 작은 방에서 귀마개를 하고 잠든 아내를 찾을 수 있었다.

피가 머리끝까지 역류하는 기분. 무엇이든 손에 잡히는 게 있다면 때려 부수고 싶었다.

처음에는 육아 우울증이라 생각했다. 그러나 아내의 조울증과 망상장애는 점차 강도를 더해갔다. 은밀하고 집요하게 아이를 학대하는 한편, 남자에게도 폭언과 폭력을 서슴지 않았다.

이유는 다양한 듯 보였으나 결국 하나로 귀결됐다.

남자가 바람을 피워서.

말도 안 되는 소리였다. 모두 아내의 망상일 뿐이었다.

맹세코 자신은 바람을 피운 적이 없었다.

남자는 생각을 털어내곤 현관문을 열었다. 아가리를 크게 벌린 구덩이 속으로 빨려드는 듯했다. 거실로 향하는 좁은 복도의 센서등이 켜졌으나 집 안은 캄캄했다.

"나 왔어."

남자는 낮은 목소리로 아내를 불렀다. 아이는 초저녁부터 잠이 들었을 터. 오늘 회식이 있다는 걸 알고 있는 아내는 이를 갈고 있을 게 빤했다.

거실 불을 켰다. 밝은 불빛 아래 살풍경한 거실이 드러났다. 아내의 모습은 보이지 않았다.

그때 어디선가 작게 쿵, 하는 소리가 들렸다. 남자의 입 밖으로 술 냄새가 섞인 한숨이 새어 나왔다. 화가 난 아내가 저를 찾아달라는 듯 시위하고 있는 게 분명했다.

아니면 또 우울증이 도져 어딘가에 처박혀 있거나.

남자는 브리프케이스를 거실 바닥에 내려놓고 서재로 향했다.

"여기 있어?"

서재 문을 열고 불을 켰다. 사방이 책장으로 둘러싸인 공간. 중후한 마호가니 책상과 텅 빈 의자만이 남자를 반겼다. 남자는 인상을 찌푸린 채 서재 문을 닫았다.

작은 방, 아이 방, 화장실, 다용도실을 차례로 뒤졌다. 그 어느 곳에서도 아내는 보이지 않았다.

남자는 치밀어 오르는 짜증을 다스리며 안방 문을 열었다. 불을 켜려던 순간 드레스룸 문이 반쯤 열려 있는 게 보였다.

스위치로 향하던 남자의 손이 멈칫했다.

아내는 우울증에 시달릴 때 밝은 불빛 아래서 표정이 드러나는 걸 좋아하지 않았다. 남자 역시 꼬투리 잡힐 게 뻔한, 흐트러진 차림을 보여주고 싶지 않았고.

방 안이 온통 캄캄한 터라 사물을 분간할 순 없었지만 어렴풋한 형체와 경계선은 보였다. 남자는 드레스룸으로 다가 갔다.

"뭐 해? 거기서."

아내는 문에 등을 기댄 채 꼼짝도 않고 앉아 있었다. 울고 있었던 모양인지 고개는 푹 숙인 채였다.

"또 왜 그러는데?"

남자는 한 걸음 아내에게 가까이 다가갔다. 무릎을 굽혀 쪼그리고 앉아 아내와 시선을 맞췄다. 얼굴 사이가 한층 더 가까워졌다.

그 순간, 남자는 얼굴을 확 떼고 바닥에 엉덩방아를 찧고 말았다. 아내가 눈을 부릅뜨고 있었다. 비로소 목을 칭칭 감싼 가느다란 줄이 보였다.

"으, 으……아악!"

남자는 벌벌 떨며 엉덩이 걸음으로 물러섰다.

심장이 미친 듯이 뛰었다. 다리에 힘이 풀려 일어날 수조차 없었다.

아내의 시신이 남자를 노려보고 있었다.

ᘒ

미호는 눈을 떴다.

밤새 고약해진 빗줄기가 창문을 때리는 소리였다. 사방은 짙은 어둠에 휩싸여 있었다. 시계를 확인했다. 새벽 1시 20분. 기상 시간까지 한참이나 남은 시각이었다.

미호는 핸드폰을 내려놓고 다시 침대에 누웠다. 이불을 덮고 뒤척거렸지만 잠은 쉬이 오지 않았다.

모로 누워봤지만 잠자리가 불편했다. 마음이 불편한 걸지도. 아니, 낮에 떠오른 생각이 머릿속을 지배한 탓이다.

17년 전, 미호의 모교인 서라고등학교 5층에서 사람이 추락했다. 즉사였다. 뒤통수부터 떨어져 목이 부러진 탓이었다. 화단과 시멘트 바닥은 검붉은 피와 뇌수, 붉은 살점들과 잔해들로 어지럽혀져 있었다. 시신을 가장 먼저 발견한 건 학생 중 하나였다. 소문은 감출 새도 없이 발 빠르게 번져 나갔다.

명백한 자살이었다. 그러나 사회적 타살이기도 했다. 광기와 집단 심리에 물들었던 모두가 그를 죽인 것이나 다름없었다.

미호는 머릿속에서 한주현의 생각을 지워내려 애썼다. 그를 떠올리면 금세 속이 울렁거렸다. 더 이상 잠이 올 것 같지도 않았기에 미호는 침대에서 일어났다.

차가운 물을 마시며 좁은 거실을 빙글빙글 돌았다. 마음이 끝없이 심연 속으로 가라앉았다.

그때 어디선가 부스럭거리는 소리가 들렸다. 얇은 재질이 마찰하는 소리였다. 17평, 넓지 않은 오피스텔 공간 속에 낯선 소리가 또렷이 공명했다. 미호는 어둠 속에서 귀를 세웠다. 침대 방? 작은 방? 미호는 작은 방으로 발걸음을 내딛었다.

밤이라는 시간은 일상적인 공간에서 낯선 감정을 불러일으킨다. 때로는 사람을 감성적으로 만들기도 하지만 대개는 생경하고 두려운 감정을 느끼게 한다.

미호는 조심스럽게 작은 방 문을 열었다. 끼익, 소리와 함께 암흑 속에 움츠린 공간이 드러났다. 불을 켰다. 옷장과 책장, 빨래대 등 창고 용도로 쓰는 방은 온통 짐 더미뿐이었다.

잘못 들은 건가.

돌아서려던 찰나, 또 한 번 부스럭거리는 소리가 났다. 옷장 안이었다. 그제야 긴장감으로 등허리가 뻣뻣해졌다.

미호는 발소리를 죽이며 뒷걸음질 쳤다. 작은 방의 문을 열어둔 채 거실 불을 켰다. 달칵, 소리가 유난히도 크게 울려 퍼졌다. 그리고 침대 방으로 달려가려는 순간, 찢어질 듯한 소리가 공기를 뒤흔들었다.

미호는 소스라치듯 놀랐다. 심장이 격하게 튀어 올랐다. 떨어뜨릴 뻔한 물 잔을 가까스로 움켜쥐었다.

핸드폰 벨소리였다.

새벽 1시 반. 전화가 걸려오기에 적절한 시간이 아니었다. 미호는 요동치는 가슴을 진정시키며 침대 방으로 들어갔다. 회사에서 야근 중인 김 대리로부터 급히 걸려온 전화인 것 같왔다. 미호는 핸드폰을 집어 들었다.

황지예.

발신자를 확인한 미호가 움찔했다. 예상치 못했던 인물이었다.

무슨 일이지? 이 새벽에.

미호는 통화 버튼을 눌렀다. 핸드폰 너머로 다급한 말소리가 흘러나왔다.

서울성모병원 본관 남문 출입구 앞에 택시 한 대가 급정거했다.

미호는 헐레벌떡 택시에서 내렸다.

이른 아침, 산발한 머리에 창백한 낯빛, 단출한 옷차림에 슬리퍼를 신은 행색이 사람들의 눈길을 끌었다.

돌아보는 시선을 뒤로한 채 미호는 출입문 안으로 뛰어 들어갔다.

엘리베이터를 타고 15층으로 이동하는 동안에도 놀란 심장이 격하게 요동쳤다.

'어떡해요. 나영 씨가…… 나영 씨가 자살을 시도했대요.'

지예의 목소리가 귓가에 웅웅거렸다.

나영의 앞집에 살던 지예는 구급차 사이렌 소리에 눈을 떴다고 했다. 다급한 발소리와 외침 소리. 한밤의 소란에 현관문을 나선 순간 나영의 남편 태호와 마주쳤고, 얼결에 아린이를 맡게 됐다는 게 그녀의 설명이었다.

미호는 핸드폰을 붙든 채 날밤을 꼬박 새웠다. 나중에 연락을 주겠다는 지예의 말 때문이었다. 새벽녘 지예로부터 다시 전화가 걸려왔다.

'방금 나영 씨 남편한테서 연락 왔어요. 다행히 생명에 지장은 없대요. 응급실에서 수액 맞고 바로 일반 병실로 옮겼대요.'

미호는 지예가 알려준 병실로 가는 중이었다.

엘리베이터가 15층에서 멈춰 섰다. 보안 문이 VIP 병실로 향하는 길을 가로막고 있었다. 때마침 누군가의 출입으로 문이 열리는 바람에 미호는 호출 없이 보안 문을 통과했다.

1502호실로 향하는 동안에도 심장이 시종일관 날뛰었다.

나영이 자살을 시도했다.

유진의 죽음에 대한 죄책감 때문인 걸까. 아니면 나 때문인 걸까.

지예는 그렇게 생각했기 때문에 나영의 자살 시도 소식을 자신에게 전해준 것이다. 당신이 심하게 불안정한 그녀를 자극한 거라고.

나영이 유진을 죽인 범인일 수도 있다. 그러나 만약 엉뚱한 사람을 의심한 거라면 그녀에게 사과해야 마땅했다.

미호는 호흡을 가다듬고 병실 문손잡이를 잡았다. 땀에 젖은 손바닥이 축축했다. 자꾸만 예상치 못한 방향으로 일이 진행됐다. 이 문 너머에는 또 무엇이 기다리고 있을지 알 수가 없었다. 미호는 손잡이에 힘을 주었다. 문이 열리려는 바로 그때, 병실 밖으로 말소리가 새어 나왔다.

"야, 이태호!"

"그 말을 누가 믿겠냐고."

차분한 남자의 말투가 나영의 고함 소리를 잘랐다.

이태호라 불린 남자는 나영의 남편인 듯했다. 이후 나영이 태호에게 몇 마디 대꾸했지만 웅얼거리는 소리만이 들렸다.

"증거는…… 없잖……. 아직까지 상황 파악이 안 돼?"

드문드문 태호의 말이 이어졌다. 미호는 손잡이를 놓고 문가에서 귀를 세웠다.

증거가 없다니.

무슨 증거를 말하는 걸까.

나영이 또 한 차례 웅얼거렸다. 문에 바짝 귀를 갖다 댔지만 염불을 외우듯 중얼거리는 소리는 도무지 알아듣기 힘들었다.

"그러니까 일…… 벌이지 마. 당신만 입 다물면…… 일이야. 그 여자는 내가 알아서 해."

얇은 문의 경계 너머로 두 사람은 무언가를 도모하고 있었다.

혹은 은폐하거나.

'그 여자'는 누구를 말하는 건지…….

낮게 읊조리는 나영의 말만 알아들어도 맥락을 파악할 수 있을 텐데.

문 너머로 들려오던 대화가 뚝 끊겼다.

문가로 귀를 더 바짝 갖다 댔지만 들려오는 소리는 없었다. 대화가 멈춘 타이밍에 위화감이 든 순간, 저벅이는 발걸음 소리가 들렸다. 남자의 구둣발 소리는 지척에서 울려 퍼졌다.

문 바로 뒤에서.

미호가 한 발짝 물러서는 것과 동시에 문이 열렸다.

사나운 소음과 함께 남자의 얼굴이 정면에서 나타났다.

"안녕하세요."

미호의 입에서 반사적으로 인사가 튀어나왔다. 심장이 요란스럽게 반응했다.

태호는 탐색하는 눈길로 미호를 머리부터 발끝까지 훑어봤다.

그는 왜소하고 체구가 작은 사람이었다. 쭉 찢어진 눈, 예리한 얼굴선 때문에 전체적으로 뾰족뾰족한 느낌이었다. 둥근 안경이 그나마 날카로운 인상을 완화해주고 있었다.

미호는 슬쩍 곁눈질로 병실 내부를 살폈다.

탁 트인 시내가 내려다보이는 VIP 병실 침대에는 나영이 상체를 세우고 앉아 있었다. 목에 스카프를 두르고 있지만, 병실에 있는 게 어색해 보일 만큼 멀쩡한 모습이었다. 나영은 붉어진 얼굴로 거센 호흡을 몰아쉬고 있었다.

두 사람이 무언가를 도모하던 중에 의견 차이 때문에 다툼을 벌인 걸까?

왜 하필 병실에서.

자살 시도한 아내를 대하는 태도라기엔 태호의 반응이 지나치게 냉정해 보이기도 했다.

"저……."

"당신이 송정아…… 씨?"

미호가 자신을 소개하려던 찰나, 태호가 먼저 입을 열었다.

갑자기 튀어나온 정아의 이름에 미호는 손부터 내저었다.

"아, 아닙니다. 장미호라고 해요."

태호는 추가적인 설명이 필요하다는 듯 집요한 시선으로 미호를 쳐다봤다. 미호는 먼저 나서서 나영과의 관계를 털어놓고 싶지 않았다.

"아는 사람이야?"

태호가 나영을 돌아보며 물었다. 나영은 흐리멍덩한 눈길로 미호를 쳐다보더니 말없이 돌아누웠다.

"사고가 있었다는 소식을 들었어요. 괜찮으신지 여쭤보고 또……."

"괜찮습니다, 보다시피."

태호가 미호의 말을 잘랐다.

"그렇군요. 빈손으로 와서 민망하네요. 연락 받고 급히 달려오는 바람에."

"왜요?"

"네?"

"왜 연락을 받고 급히 달려온 건데요?"

미호가 망설이는 동안 태호는 대답도 기다리지 않고 말을 이었다.

"죄송하지만 지금 면회할 만한 상황이 아닙니다. 돌아가주세요."

정중하지만 단호한 말투였다.

돌아누운 나영에게서도 가타부타 말이 없자 미호는 한 걸음 물러섰다. 병실 안으로 발 한번 내딛지 못한 채 코앞에서 문이 닫혔다.

미호는 제 슬리퍼 끝만 바라보다 발걸음을 돌렸다. 나영의 자살 시도, 병실 안의 기묘한 대화, 태호의 경계 어린 태도까지. 깊은 곳에 똬리를 튼 의문은 점점 부피를 키워갔다.

태호는 왜 자신을 보고 정아라 생각했던 걸까.

알아서 하겠다는 '그 여자'는 정아를 지칭하는 걸까.

미호는 장례식장 부근에 설치된 흡연 구역으로 향했다.

깊숙이 빨아들인 담배 연기를 내뿜는데, 장례식 출입구에서 나오는 여자들의 무리가 보였다. 그녀들의 치장한 차림새와 웃는 모습을 보니, 유진의 장례식 날 목격했던 정아가 자연스레 떠올랐다. 단발머리에 서늘한 인상, 도도하고 차가운 말투.

친하게 지낸 이의 장례식장에 다녀가면서, 자신을 데리러 온 남편에게 환한 미소를 짓던 그녀.

이 모든 일에서 정아 역시 자유로울 수 없을 터였다. 더 이상 나영을 자극할 순 없었다. 다음 만나볼 이가 있다면 정아일 것이다.

미호는 담배 연기를 내뿜으며 나영에게 사과 한마디 못 했다는 사실을 떠올렸다. 뒤늦게 나영에게 문자라도 보내고 싶었건만 그녀의 핸드폰 번호를 몰랐다.

이 역시 자기기만일까? 진짜 그녀의 안부가 걱정되기라도 한 건지…….

아니다. 이제껏 자신의 행동은 나영을 만나기 위한 변명일 뿐이었다. 한 손으로 맨들맨들한 핸드폰 액정만 어루만지고 있는데 불현듯 핸드폰이 진동했다. 전화인 줄 알았건만 문자가 여러 통 연이어 도착하는 신호였다.

미호는 담배를 비벼 끄곤 핸드폰을 켰다. 화면에 문자가 나타났다. 미호는 미간을 찌푸렸다. 저도 모르게 벌린 입술 사이로 야트막한 신음이 흘러나왔다.

— 거래를 해.

— 원하는 걸 줄게.

— 밤 11시. 지하주차장 2층 D구역. 잊지 말고 가져와.

발신인을 알 수 없는 문자였다.

미호는 남은 휴가가 며칠이나 되는지 세어보았다. 주말을 포함해 7일이 주어진 시간이었다. 휴가가 끝나면 인사 발령이 예정되어 있었다. 새로운 부서와 업무, 환경에 익숙해지려면 많은 시간과 에너지가 소요될 터. 이렇게 개인적인 시간을 낼 수 있는 것도 이번 주가 마지막이었다.

미호는 헤리티지 영어유치원과 놀이터가 동시에 보이는 산책로 벤치에 앉아 시계를 확인했다.

밤 10시 30분.

문자 발신인과의 약속 시간까지는 아직도 30분이나 남아 있었다.

'거래를 해.'

'원하는 걸 줄게.'

'밤 11시. 지하주차장 2층 D구역. 잊지 말고 가져와.'

오늘 이른 아침 도착한 문자였다.

무슨 거래를 말하는 걸까.

핸드폰 번호는 어떻게 알아냈을까.

이런 식의 문자를 보낼 만한 사람은 나영, 태호, 정아뿐이었다. 점점 깊이를 알 수 없는 늪 속으로 빠져드는 기분이었다.

잠시 고민하던 미호는 문자 발신인에게 전화를 걸었다. 머릿속으로 어떻게 이쪽의 무지를 드러내지 않으면서 저쪽의 정보를 캐낼 수 있을까 고민했다. 그러나 고민이 무색하게도 핸드폰 너머로는 묵묵부답이었다.

다섯 통이나 전화를 걸었지만 모두 연결되지 않았다.

결국 미호는 문자를 발송했다.

— 누구시죠?

오래도록 잠잠하던 핸드폰은 한 시간 가량 지난 후에야 진동을 했다.

— 오늘 가져와. 그럼 알게 될 거야.

— 뭘 가져오라는 건지 모르겠네요.

미호는 치솟는 궁금증을 잠재우며 답문을 보냈다.

— 아주 친구끼리 똑같지, 발뺌하는 게. 협박할 생각 마. 경찰에 신고해버릴 거니까.

문득 문자에서 묘한 기시감이 느껴졌다.

덩달아 나영과 처음 대면한 날이 떠올랐다.

'쓰레기 같은 년, 내 이럴 줄 알았지. 아무한테나 그 천박한 주둥일 놀려? 똥통에 머리 처박고 뒈질 년. 세상 고상한 척은 혼자 다 하지. 배를 가르면 더러운 진물밖에 안 나올 년이. 추악해, 더러워, 추악해, 더러워. 소름 끼친다고! 속이 다 시원하

다. 죽어도 싼 년.'

'당신이 고등학교 절친이라며. 모르면 안 되지. 발뺌하는 게 똑같네. 유유상종이라는 말은 이럴 때 쓰는 건가?'

이 문자는 나영이 보낸 것일까.

하지만 상대의 말을 전혀 듣지 않는 화법은 정아의 것과 가깝다.

정아와 나영.

두 사람을 처음 만났을 때, 그들은 모두 자신을 이미 알고 있는 것처럼 굴었다.

정아는 미호가 유진의 고등학교 시절 제일 친했던 친구라는 걸 확인하며 한참이나 의아해했다. 나영은 고등학교 친구라는 말을 듣고 난데없이 욕설을 퍼부었다.

처음 미호는 유진이 엉뚱한 여자와 함께 찍은 사진을 SNS에 올리며 절친이라 언급한 사실 때문에 정아와 나영이 자신을 알고 있는 거라 생각했다. 그랬기에 정아는 사진 속 여자의 얼굴과 다른 걸 알아차리고 의아해하기도 했고. 그러나 그렇게만 생각하기에는 두 사람의 말이 몹시도 수상했다.

'제일 친했던 친구라면서요. 그럼 다 알고 온 거 아니에요?'

정아의 말.

'당신이 고등학교 절친이라며. 모르면 안 되지.'

나영의 말.

두 사람은 '고등학교 시절 제일 친한 친구'인 '미호'가 무언가를 '알고' 있다고 생각했다.

덩달아 두 사람 중 하나일지도 모를 문자의 발신자는 '미호'가 무언가를 '가지고' 있다고도.

'거래를 해. 원하는 걸 줄게. 밤 11시. 지하주차장 2층 D구역. 잊지 말고 가져와.'

왜 그렇게 생각하는 걸까.

유진이 그들에게 무슨 이야기를 한 걸까.

다리를 까닥거리며 생각에 잠겨 있던 미호는 시간을 확인하고 벤치에서 일어났다.

밤 10시 40분.

꽤 긴 시간이 흘렀을 거라 생각했건만 고작 10분 지났을 뿐이었다. 미호는 지하주차장으로 발걸음을 옮겼다.

3년 된 신축 아파트의 주차장은 끝이 보이지 않을 만큼 넓었다. 지하주차장 1, 2층은 주민 차량을, 3층은 외부 차량을 위한 공간이었다. 컴컴한 굴 속 같은 공간에는 서늘하다 못해 시린 공기가 감돌았다.

대부분의 차량은 아파트 출입문 근처에 주차되어 있을 뿐, 드넓은 주차장에는 여분의 공간들이 많았다. 문자 발신인이 약속 장소로 지정한 D구역은 출입구와 멀찍이 떨어져 있었다.

미호는 D구역에 어정쩡하게 서서 주위를 둘러보았다. 늦은 밤이라 출입하는 차량은 거의 없었다. 미호를 따라 주차장으로 들어오던 차 두 대도 진작 다른 곳에 주차를 한 이후였다. 외딴 장소인 D 구역에는 주차가 서툴러 넓은 공간이 필요한 차량만이 주차선을 밟은 채 비뚜름하게 세워져 있을 뿐이었다.

밤 10시 55분.

이제 곧 문자 발신인이 도착할 시간이었다.

미호는 시선을 바닥에 둔 채 같은 장소를 맴돌았다. 문득 주차장 바닥에 적힌 103-1304-4라는 글자가 보였다. 103동 1304호의 네 번째 주차 공간이라는 뜻 같았다. 한 세대에 무슨 차가 네 대씩이나 필요할까, 생각하던 미호의 머릿속에 불이 켜졌다.

103동 1304호는 나영의 집이었다.

그 순간, 어디선가 찢어지는 듯한 마찰음이 들렸다. 타이어가 바닥을 짓이기는 소리였다.

미호는 퍼뜩 고개를 들었다. 부앙, 하는 엔진소리가 지척에서 울려 퍼졌다. 사방을 살폈지만 소리가 공명하는 주차장에서 진원지를 단번에 파악하긴 힘들었다.

당황한 미호가 주춤하는 사이 강렬한 헤드라이트 불빛이 찌르듯 쏟아졌다.

미호는 손으로 가림막을 만들고 눈살을 찌푸렸다. 앞쪽이었다. 바로 앞에서 자동차 한 대가 상향등을 켜고 엔진 소리를 높이고 있었다. 먹이를 앞둔 포식자처럼 그르렁거리던 자동차는 이내 팽팽하게 당겨진 활시위에서 튕겨 나오듯 속력을 높였다.

미쳤어.

미호는 뒤돌아 힘껏 달리기 시작했다. 미호의 달음질이 신호탄이 된 듯 자동차가 돌진해왔다.

넓은 주차장에 바닥을 때리는 구둣발 소리와 차량 엔진소리, 타이어가 마찰하는 소리가 연이어 메아리쳤다.

미호의 심장이 터질 것처럼 뛰었다. 숨이 턱 끝까지 차올랐다. 마치 토끼몰이를 당하는 것 같았다.

자동차는 단번에 들이박을 듯 엄청난 압박감으로 달려와서는 바로 등 뒤에서 속도를 늦췄다. 운전자는 엑셀러레이터와 브레이크를 발 빠르게 바꿔 밟으며 위협을 반복했다. 미호가 기둥을 끼고 코너를 돌 때마다 자동차 역시 찢어지는 마찰음을 내며 급회전을 했다.

다리가 후들거렸다. 달아나는 속도가 점점 느려졌다. 미호는 멈춰 서서 허리를 숙이고 숨을 토해냈다. 다시 자동차가 부웅, 하고 엔진 소리를 냈다. 헤드라이트 불빛이 다시 눈을 찔렀다.

미호가 상향등 불빛 속에 모습을 감춘 운전자를 노려보는 찰나, 자동차가 속도를 높여 달려왔다.

미호가 눈을 감는 것과 동시에 끼이익, 하고 자동차가 눈앞에서 급정거를 했다. 허벅지에 부딪치기 바로 일보 직전이었다.

미호는 기둥에 손을 대고 숨을 몰아쉬었다. 다리에 힘이 풀려 주저앉을 것 같았다. 누군가가 운전석 문을 열고 자동차에서 내렸다. 미호는 이제껏 자신을 위협했던 이의 정체를 확인하곤 눈을 부릅떴다.

태호였다.

태호는 상향등 불빛을 뒤로하곤 미호에게로 성큼성큼 걸어왔다.

"이, 이게 무슨 짓……!"

소리를 내지르기도 전, 위협적으로 다가온 태호가 미호의 멱살을 움켜쥐었다. 그는 엇비슷한 키와 체구의 미호를 단번에 기둥 벽으로 몰아세웠다. 차가운 시멘트 벽에 내동댕이쳐진 어깻죽지가 시큰거렸다.

"참을 만큼 참았습니다. 저도 더 이상 참지 않아요."

태호의 목소리가 음산했다. 호리호리한 체형, 예리한 얼굴선, 찢어진 눈매. 스마트한 인상을 자아낸다 생각했건만 지금은 더할 나위 없이 잔악해 보였다.

"무슨 짓이에요, 이게? 다칠 뻔했잖아요!"

미호 역시 날을 세워 그를 노려봤다. 먹살을 움켜쥔 손을 떨쳐내려 했지만 그는 꿈쩍도 하지 않았다. 그의 얼굴이 한 뼘도 안 되는 거리에 있었다.

"무슨 볼일이 있어서, 여길 어슬렁대는 거냐 이 말입니다."

태호는 한 자 한 자 단어를 힘주어 말했다. 원래 말버릇 같기도 하고 분노를 다스리기 위한 행동 같기도 했다.

"그쪽이 물을 말이 아니죠. 나한테 여기서 만나자고 한 건 당신……."

"헛소리하지 말고. 그건 나영이한테나 통할 말이지."

"지금 뭐 하자는 거예요? 이거부터 놓으라고요! 이러고도 무사할 줄 알아요?"

"협박범 주제에 말이 참 많으시네. 내 언젠간 이 사달이 날 줄 알았지. 이봐요, 우리 와이프한테 뜯어낼 건 아무것도 없으니까 포기하라고. 그리고 이건 그쪽 인생이 불쌍해서 얘기해주는 건데, 나랑 조아라 선생이 정말 불륜이라고 생각해요?"

태호가 조아라와의 불륜을 직접 언급하자 미호는 쏘아붙이려던 말을 멈췄다.

"우리 와이프한테 놀아난 사람이 당신뿐인 줄 아냐고."

빈정거리던 태호는 미호가 입을 다물고 있자 나머지 말을 이었다.

"송정아 아니, 오유진인가? 뭐, 누구한테 들었든 상관없고. 아주 신나게 씹어댔겠지, 그 여자들. 내가 유치원 담임 선생이랑 바람피웠다고. 그런데 이를 어쩌나. 사실이 아닌데. 우리 와이프가 좀 미쳤거든. 조울증에다 무슨무슨 망상장애."

먹살을 쥔 태호의 손아귀 힘이 풀렸다. 놀라움에 휩싸인 미호는 그의 손을 쳐낼 생각조차 하지 못했다.

태호와 조아라의 불륜이 사실이 아니라고?

나영의 망상일 뿐이었다고?

그런데 왜……

미호가 당황한 걸 알아챈 태호는 콧방귀를 뀌며 말을 덧붙였다.

"그 선생을 자주 만난 건 사실이지. 근데 그 여자와 내가 무슨 사이라서 그런 건 아니고. 내가 왜 그랬을 거 같아요?"

미호는 침묵으로 태호의 뒷말을 재촉했다.

"우리 와이프가 아린이를 좀 많이 때렸거든. 여기저기. 멍이 들고 피딱지가 앉을 정도로. 선생이란 여자가 계속 아동학대 운운하는 소리를 하길래 돈 좀 주고 입 막았던 거라고."

이제까지의 가정과 추정이 모두 흔들렸다. 미호는 유진의 죽음 뒤에 나영의 앙심이 도사리고 있다고 생각했다. 자기 남편의 불륜 사실을 까발리고 조롱한 것에 대한 보복이 유진의 죽음에 어떤 식으로든 작용했으리라 추측했다. 그런데 태호와 조아라의 불륜이 사실이 아니라니.

그렇다면 조아라의 SNS 속 남자 친구는 태호가 아닐지도. 유진은 태호와 조아라의 단순한 만남을 불륜으로 오인했거나 나영의 망상에 놀아난 걸지도 모른다.

머릿속 생각들이 어그러졌다. 덩달아 아파트 샛길, 아이들의 자전거가 다니는 길목에 자갈을 떨어뜨려 놓던 나영의 모습이 떠올랐다. 아린이의 자전거가 자갈을 밟고 넘어질지도 모르는 상황인데도 나영은 태연해 보였다.

조금도 어색하지 않았다. 그런 그녀에게서 아린을 학대하는 모습을 떠올리는 건.

정말 태호와 조아라는 불륜 관계가 아니고, 이 모든 것이 나영의 망상에 불과하단 말인가.

그때였다.

미호의 시선이 멱살을 움켜쥔 태호의 손목에 머물렀다. 천사의 날개 모양대로 살이 탄 자국이 희미하게 남아 있었다. 어떤 생각이 머리를 치고 지나가는 동시에 허, 하는 기가 막힌 웃음이 튀어나왔다.

arara_jo
오빠랑 여행 왔어요! 어렵게, 진짜 어렵게 낸 휴가ㅠㅠ 푹 쉬고 재밌게 놀다 돌아갈게요.

#몰디브4박6일 #인오션풀빌라위드살라 #커플헤나 #선셋크루즈 #스파트
리트먼트

커플 헤나.

사진 속 조아라는 손목을 살짝 들어 올려 커플 헤나를 자랑
했다. 새하얀 피부에 그려진 천사의 날개 문양이 선명했다. 미
호는 느릿하게 고개를 들어 태호를 쏘아봤다. 가늘게 치켜뜬
태호의 눈에서는 그 어떤 감정도 드러나 있지 않았다. 미호는
속으로 코웃음을 쳤다.

이렇게 멍청할 수가.

그가 만약 진정으로 결백하다면, 이렇게 은밀한 곳으로 자
신을 불러내 이런 위협을 감행할 이유가 전혀 없다. 주절주절
변명을 늘어놓을 이유 역시도. 그 역시 두려운 것이다. 불륜
에 관한 소문이 퍼져 나갈까 봐, 행여나 그 사실을 쥐고 협박
이라도 할까 봐.

아마도 태호의 이야기 중 아동학대에 대한 부분은 사실일
지도 모른다. 태호는 조아라의 입을 막기 위해 그녀를 만나
돈 봉투를 건넸을 것이다. 그렇게 자주 만나던 두 사람 사이
에 다른 감정이 싹튼 건 언제부터였을까. 처음에는 아동학대
를 감추려 만났겠지만 두 사람은 자연스럽게 불륜 관계로 발
전했을 터였다.

그제야 병실 안에서 나영과 태호가 나누던 대화가 무엇이었는지 알 것 같았다.

'그 말을 누가 믿겠냐고.'

'증거는…… 없잖……. 아직까지 상황 파악이 안 돼?'

'그러니까 일…… 벌이지 마. 당신만 입 다물면…… 일이야. 그 여자는 내가 알아서 해.'

모두 불륜에 대한 이야기였다.

대화 속 '그 여자'는 조아라를 지칭하는 걸 테고.

미호는 태호의 눈을 똑바로 쳐다보며 입을 열었다.

"왜 저한테 변명을 하시는 거죠? 굳이 이렇게까지 하면서 말이죠."

사실대로 말하라고, 당신과 조아라는 불륜 관계 아니었냐고 따져 묻는 건 소용없는 짓이었다.

손아귀에 힘을 주던 태호는 이내 거칠게 미호의 멱살을 내려놓았다. 두 발로 버티고 서 있던 미호는 그 힘에 밀려나지 않았다.

"그러니까 쓸데없는 짓거리 하지 말란 말입니다. 내 말 알아들었습니까?"

태호는 위협적으로 눈을 치켜떴지만 이제 미호에게는 우스워 보일 뿐이었다. 미호가 말을 알아들었다고 판단한 태호는 여전히 상향등을 켜고 있는 자동차로 걸어갔다.

"그냥 말씀하셔도 충분히 알아들었을 텐데, 왜 이런 곳까지 절 부르신 거죠?"

태호가 운전석 손잡이를 잡은 찰나, 미호가 소리쳐 물었다. 그가 떠나기 전 한 가지 남은 의문마저 해소하고 싶었다.

"무슨 소리예요? 내가 당신을 왜 여기로 불러요?"

그런데 미간을 찌푸린 태호가 무슨 소리냐는 얼굴로 되물었다.

"그럼 여긴 왜 오신 거예요?"

"무슨 헛소리를 하는 겁니까?"

"오늘 아침에 문자 보내셨잖아요. 지하주차장 2층 D구역에서 만나자고요."

"난 그런 문자 보낸 적 없는데."

태호가 잘라 말했다.

"그럼 왜 저를……."

"난 주차장 내려오다가 우연히 그쪽을 본 겁니다."

태호는 턱으로 미호가 서 있던 방향을 가리키곤 운전석에 올라탔다.

자동차는 이내 속력을 높여 미호의 곁을 스쳐 지나갔다. 미호는 넋이 빠진 얼굴로 지하 1층으로 올라가는 자동차 뒤꽁무니를 바라봤다.

문자 발신인이 태호가 아니라고?

그러면 대체 누구란 말인가.

미호는 시계를 확인했다.

밤 11시 15분.

문자 발신인이 약속대로 왔다면 태호와의 실랑이를 목격했을 텐데. 미호가 사방을 살피고 있자니 D구역에서 시동 걸리는 소리가 들렸다.

문자 발신인이 틀림없었다.

미호는 자동차를 향해 몸을 틀었다. 빨간색 BMW였다.

시동을 건 행위는 위치를 알리려는 의도처럼 보였다. 미호는 느린 발걸음으로 자동차를 향해 다가갔다. 바닥을 치는 구둣발 소리가 작게 메아리쳤다. 썬팅 된 차창을 두드렸다. 차창이 매끄럽게 내려앉았다.

미호는 운전석에 앉은 이의 얼굴을 확인하곤 저도 모르게 숨을 훅 들이켰다.

103동에 사는 사람은 정아와 나영뿐만이 아니었다.

'앞집에서 누가 들것에 실려 나가는 거 같더라고요. 한밤중에 웬 소란인가 싶어서 나가봤다가 나영 씨 남편분하고 마주치는 바람에 얼결에 아린일 맡게 됐고요.'

카랑카랑한 목소리가 이명처럼 귓가에 울렸다.

잊고 있었다.

나영의 앞집에 누가 사는지를.

미호는 운전석에 앉은 이의 얼굴을 확인했다.

지예였다.

미호는 조수석의 손잡이를 잡아당겼다. 걸려 있어 손잡이만 덜컹거릴 뿐 문은 열리지 않았다. 쏘아보고 받아치는 눈길이 공중에서 부딪쳤다. 미호가 손잡이에서 손을 떼자 그제야 달칵 소리가 나며 걸림이 해제됐다.

미호는 호흡을 진정시키곤 조수석에 올라탔다. 문이 닫히자 밀폐된 공간에는 삽시간에 적막이 내려앉았다.

"미안해요, 속이려던 건 아니었어요."

지예가 먼저 입을 열었다.

'거래를 해.'

'원하는 걸 줄게.'

'밤 11시. 지하주차장 2층 D구역. 잊지 말고 가져와.'

정체를 숨긴 채 이딴 문자를 보낸 주제에 뭐가 속이려던 게 아니었다는 건지. 불쾌한 조소가 흘러나왔다.

"사과보다 설명이 필요할 거 같은데요. 지금 이 상황."

"저도 놀랐어요. 갑자기 그…… 나영 씨 남편이 나타날 줄은 예상 못 했거든요."

"아니, 그거 말고요. 왜 나한테 그딴 문자를 보냈냐고요."

미호가 고개를 돌려 지예의 얼굴을 쏘아봤다.

"······알고 싶었어요."

"뭘요?"

지예는 대답이 없었다.

"뭘 알고 싶었냐고요!"

미호의 목소리가 떨렸다. 점차 짜증이 치밀었다.

솔직히 말하자면 처음에는 충격과 단순한 궁금증에서 시작한 일이었다. 때마침 휴가였고 일상의 대부분을 차지하던 일을 강제로 빼앗긴 터라 새로 몰두할 일이 필요했다.

하지만 언제부터였을까. 내면에 오래도록 숨죽이고 있던 감정들이 고개를 내밀었다. 17년 전, 미처 해결되지 못한 채 방치되어 곪고, 썩고, 문드러진 상처였다. 유진의 죽음이 마치 신호탄이 된 듯 그 감정들은 단단하게 응집되어 부피를 키워갔다.

작은 벌레처럼 속을 갉작대는 부채감. 살면서, 언젠가 한 번은 돌아봐야 할 문제였다. 언제가 한 번은 어떤 형태로든 결론을 지어야 할 문제였다. 그렇게 숙제처럼 이 일에 발을 들여놓았건만, 상황은 계속 예상을 벗어났다. 늪 속으로 걸음을 내딛는 건 자신의 의지였어도 이후 자신을 집어삼키는 건 늪의 의지였다.

상황은 점점 미호를 잠식해가고 있었다.

"대답해요. 뭘 알고 싶어서 나한테 그딴 문자를 보낸 거냐고요!"

미호가 목소리를 높였지만 지예는 얇은 입술을 굳게 다문 채 시선을 내리깔았다. 다그쳐 묻는다고 대답해줄 것 같지가 않았다.

지예는 자신이 '무엇'을 가지고 있다고 생각하는 걸까.

그녀가 직접 거래 운운했으니 거래가 가능할 만큼 중요한 무언가일 테다. 거래가 가능하다면 협박도 가능할 것이고. 그렇다면 누군가의 치부와 관련된 것인지도 모른다.

정아, 나영, 지예는 유진이 자신에게 그것을 넘겼다고 확신하는게 분명했다.

O_su_zzzzi
너 없었으면 고등학교 시절을 어떻게 보냈을까. 고등학교 때부터 절친. 세상 제일 든든한 아군. 내 전부를 아는 그녀. 언제나 사랑하는 거 알지? #우정은이런것 #내베프영혼의단짝 #장미처럼아름다운그녀 #비밀이1도없 는사이 #변치말자

내 전부를 아는 그녀. 티끌 만한 비밀도 없는 사이.

그게 바로 장미호니까.

그들이 한 번 더 그 게시물을 확인했다면 사진 속 얼굴과 다르다는 걸 알아차렸겠지만, 그들은 그런 수고를 하지 않은 것 같았다. 유일하게 정아만이 처음 만났을 때 위화감을 느낀 듯했지만 그녀는 곧바로 무언가를 스스로 납득하곤 의문을 접었다.

먼저 패를 까는 사람이 지는 법이었다. 지예가 쉽게 입을 열지 않듯 미호 역시 이러한 사실들을 섣불리 털어놓을 생각이 없었다.

"할 말 없으면 전 가볼게요. 괜한 시간 낭비를 했네요."

미호는 조수석 문손잡이를 잡고 차에서 내리려 했다. 지예가 다급하게 미호의 가방을 붙들었다.

"잠깐만요."

"이거 봐요. 사람을 이런 식으로 우롱해요? 여기 사는 사람들은 어떻게 죄다……."

지예에게 이야기를 쏟아내던 미호는 일순 입을 다물었다. 지예의 시선이 묘하게 미호의 가방 속에 머물렀기 때문이었다.

미호의 자그마한 손가방은 지퍼 없이 상단이 열린 채였다. 뒷머리가 쭈뼛 설 정도로 소름이 돋았다.

이 여자는 지금 가방을 뒤져볼 작정인 거다.

그 타이밍을 재고 있는 것이다.

"지금 뭐 하는 거예요?"

미호가 날카롭게 소리를 내지르며 가방을 잡아챘다. 조수석 문을 열고 내리려 했지만 손잡이가 덜컥거릴 뿐이었다. 문이 열리지 않았다. 걸려 있었다. 미호는 홱 몸을 돌렸다. 붉게 달아오른 얼굴, 거친 호흡 소리. 지예가 이상한 눈빛으로 자신을 주시하고 있었다.

"잠깐만요. 어차피 미호 씨도 거래할 마음이 있으니까 나온 거잖아요. 내 말 틀려요?"

지예가 외쳤다.

"거래를 할 마음이 있으면 조건을 먼저 제시했었어야죠. 왜 남의 가방을 뒤져보려는 거예요? 이 문 열어요, 당장!"

"잠시만요, 잠깐만이라고 얘기했잖아요!"

지예가 미호의 가방을 낚아채려는 찰나, 미호가 그녀의 손을 쳐냈다. 그러곤 운전석 쪽으로 손을 뻗어 아무 버튼이나 마구잡이로 눌러댔다. 미호의 완력에 밀려난 지예는 운전석에 등을 부딪치곤 비명을 질렀다.

이내 잠금 해제 버튼이 눌렸는지 걸림이 해제되는 소리가 울렸다.

미호는 한 번 더 지예를 운전석 쪽으로 밀어내곤 차에서 내렸다. 소리를 질러대던 지예는 주차된 차량들 사이로 잰걸음을 치는 미호를 허겁지겁 쫓아왔다.

"장미호 씨, 오해예요. 그런 거 아니라고요. 전 그냥 그쪽이 진짜 알고 있는지 확인하고 싶었을 뿐이에요. 직접적으로 묻지 않은 건 내가 먼저 내 치부를 밝히고 싶지 않아서고요."

미호는 지예를 무시하고 성큼성큼 걸었다.

"장미호 씨!"

외쳐 부르는 소리와 동시에 지예가 달려와 미호의 가방을 다시 붙잡았다.

팽팽하게 당겨지는 힘에 끈 하나가 미호의 팔목을 벗어났다. 미호가 멈춰 서자 가방 속 내용물이 와르르 바닥으로 쏟아졌다. 지예가 눈을 희번덕거렸다. 뱀처럼 번들거리는 눈동자가 떨어진 지갑, 자동차 아래로 굴러 들어가는 립스틱 같은 소지품을 집요하게 쫓았다.

뱀 혹은 벌레, 징그러운 그 어떤 것이든 지금 지예의 눈동자보단 못할 것이다.

미호는 지갑으로 손을 뻗는 지예를 세게 밀었다. 악, 소리를 내며 지예가 바닥으로 나동그라졌다.

"뭐 이딴 미친년이 다 있어!"

"그게 아니라니까요."

변명을 해대면서 지예는 여전히 시선으로 소지품들 사이를 헤집고 있었다.

미호는 흘러내린 머리카락을 거칠게 쓸어 넘기며 쓰러진 지예에게 위협적으로 다가섰다.

"너랑은 거래 안 해. 당장 꺼져."

"……."

"안 꺼져?"

벼락같은 음성이 주차장 안에 왕왕 메아리쳤다.

"역시 내 생각이 맞았네."

지예가 비틀린 입술을 열었다.

"닥치고 꺼지라고."

"당신한테 있는 거 맞지?"

미호가 한 걸음 더 다가가자 지예는 입술을 깨물곤 후다닥 뒷걸음질 쳤다.

발걸음 소리가 까마득하게 사라진 뒤에야 미호는 털썩 쪼그려 앉았다.

하룻밤 사이에 몰아닥친 일들 때문에 머리가 지끈거렸다.

아마도 처음 지예는 자신을 떠보기 위해 그런 문자를 보냈을 것이다. 약속 장소에 나온다면 거래를 할 만한, 누군가를 협박할 만한, 그 '무언가'를 가지고 있다는 뜻이니까. 차 안에 몰래 숨어서 약속 장소에 나타나는지만 확인하려 했겠지.

하지만 도중에 태호가 끼어드는 바람에 상황이 변해버렸다. 태호와 실랑이하는 걸 목격한 지예는 그 '무언가'를 태호에게 빼앗겼거나, 태호와 거래했을지도 모른다고 생각했을 것이다. 그래서 그 '무언가'의 현재 행방을 확인하기 위해 이토록 무모한 행동을 했던 거고.

대체 무엇일까.

거래를 할 만한, 협박이 가능한, 작은 손가방에 들어갈 만한 그 '무언가'는.

사진? 블랙박스 메모리? 동영상 파일?

미호는 생각을 멈추곤 흩어진 소지품들을 줍기 시작했다.

혼자 머리를 굴려본들 답이 나오지 않을 문제였다. 핸드폰, 팩트, 지갑, 소지품들을 손가방에 주워 담곤 자동차 아래로 굴러간 립스틱을 찾기 위해 몸을 낮췄다.

멀리도 굴러갔다 생각하며 바닥을 더듬는데 별안간 핸드폰이 요란하게 울렸다.

미호는 상체를 일으키곤 손가방에서 핸드폰을 꺼냈다가 아, 하는 소리를 냈다. 손 안의 핸드폰이 잠잠했다. 자신의 벨소리가 아니었다. 조금 전, 지예가 넘어질 때 핸드폰을 바닥에 떨어뜨린 모양이었다.

미호는 벨소리를 따라 걸음을 옮겼다.

바로 앞 라인에 세워진 자동차 아래로 핸드폰이 미끄러져 들어간 듯했다.

손을 뻗어 바닥을 더듬자 핸드폰의 네모난 귀퉁이가 만져졌다. 핸드폰을 꺼내 들자 최대 볼륨치로 설정한 듯한 벨소리가 주차장 빈 공간에 찢어지듯 울려 퍼졌다. 아주 잠시 미호는 핸드폰을 받을지 고민했다.

문득 미호의 시선이 액정에 뜬 번호에 머물렀다. 미호의 두 눈이 점차 커졌다. 익숙한 번호였다. 핸드폰을 받을지 말지 하는 고민은 단숨에 날아갔다.

"하……."

바람 섞인 웃음이 절로 새어 나왔지만 어떤 감정에 연유한 것인지 알 수가 없었다.

이건 또 무슨 상황일까.

마치 목적지를 알 수 없는 롤러코스터를 탄 것만 같았다.

"여보세요."

미호는 핸드폰을 받았다.

"저…… 황지예 씨 핸드폰 아닌가요?"

"맞아."

"……."

"왜 대답이 없어?"

"……설마 미호니?"

핸드폰 너머로 세경이 물었다.

⚭

17년 전, 고등학교 2학년 미호에게 가장 큰 두려움은 엄마였다. 미호는 아주 어린 시절부터 엄마가 만든 창살 안에서 살아왔다.

그녀는 미호의 모든 것을 자신의 통제하에 두었다. 과외, 학원, 독서실 일정을 분 단위로 체크하는가 하면, 과외 수업을 받을 때 동석하기도 했다. 식사와 간식 메뉴, 옷차림도 엄마의 기호를 따라야 했다. 심지어 연필, 형광펜, 책상 위 스탠드 불빛까지 미호가 선택할 수 있는 건 없었다.

머리카락 한 올도 용납지 않고 단정하게 빗어 넘긴 머리, 화장기 없는 수수한 얼굴, 구김 없이 빳빳한 옷차림, 꽉 다물린 입술, 찌푸린 미간.

미호는 엄마를 생각하면 포근함, 다정함보다는 엄격함이라는 단어가 가장 먼저 떠올랐다. 그녀는 자신만의 기준이 확고한 사람이었고, 그 기준은 대개 완벽에 가까웠다. 외동딸인 미호는 어린 시절부터 그런 엄마의 기준에 도달하기 위해 발버둥치는 삶을 살아야 했다.

답답했다. 숨이 막혔다.

1등 자리를 놓쳤을 때 날아드는 회초리, 통금 시간을 어겼을 때 쏟아지는 비난과 폭언.

'형편 없네. 도대체 날 얼마나 실망시키려고 이러는 거니? 너 같은 애가 내 배 속에서 나왔다는 걸 믿을 수가 없어.'

'왜 엄마 규칙대로 해야 하냐고? 그런 건방진 말이 어딨어! 왜냐니. 엄마가 해야 한다고 하니까 하는 거지.'

사춘기 시절에는 반항도 해봤다. 그러나 엄마라는 사람은 요지부동이었다. 그녀는 이해나 관용, 양보나 타협이라는 말은 아예 모르는 사람 같았다. 그녀는 자신이 절대적으로 옳다는 신념을 포기하지 않았다.

그래서였을 것이다. 혜성과의 일탈이 그토록 즐거웠던 이유가.

남자 친구를 사귀는 것도, 거짓말을 하고 영화관에 가는 것도, 으슥한 골목에서 입을 맞추는 것도. 그 모든 것들 앞에 '엄마 몰래'라는 이름을 붙일 수 있어서였다.

하지만 '엄마 몰래' 하는 일들의 즐거움은 거기까지였다. 위험 수위를 넘긴 순간, 혜성과 첫 관계를 가진 순간부터 미호 내면의 기준점 역시 붕괴되고 말았다. 일탈의 즐거움이 사라진 자리에는 두려움과 공포만이 차올랐다.

첫 관계 일주일 뒤, 미호는 두려움에 바스라질 것 같은 몰골을 하고 약국 앞을 서성거렸다. 인터넷에서 임신 여부 확인은 2주 뒤부터 가능하다고 하지만 마냥 손 놓고 있을 수만은 없었다. 하루하루 기다리는 시간이 지옥 같았다.

혜성은 절대 그럴 일 없을 거라며 대수롭지 않은 일 취급을 했다.

'날 못 믿어? 왜 그런 쓸데없는 걱정을 해! 그것보다 미호야, 오늘 우리 집 비는데 떡볶이 사들고 놀러 와라.'

병신 새끼.

미호는 욕을 한 바가지 쏟아부은 후 전화를 끊었다.

속이 새까맣게 타들어 갈 것 같은데 이야기를 털어놓을 상대가 없었다.

진짜 임신이면 어떻게 하지?

난 이제 겨우 열여덟인데.

엄마가 알면…… 날 죽일지도 몰라.

그날 이후 엄마와 얼굴을 마주할 수조차 없었다. 눈을 똑바로 마주치면 엄마가 모든 비밀을 알아차릴 것만 같았다. 아니, 어쩌면 자신이 엉엉 울며 그녀 앞에 주저앉을지도.

다음 날이 학교 수련회였지만 마음이 들뜰 여유조차 없었다. 미호는 멀찍이 떨어진 변두리 약국에서 임신 테스트기를 산 다음 검은 봉지에 몇 번이나 말았다. 수련회에서 몰래 테스트를 한 다음 화장실에 버릴 생각이었다.

미호가 수련회에 대해 가진 기대는 고작 그것뿐이었다.

아이들을 한가득 실은 대형버스가 불국사, 첨성대, 안압지 같은 관광지를 순회한 후, 저녁 무렵에야 경주 수련장에 도착했다.

수련회 프로그램을 마치고 늦은 밤이 되자 숙소로 돌아온 아이들은 슬그머니 숨겨온 꾸러미들을 풀어냈다. 소주, 맥주 같은 캔으로 된 술이 아이들의 손에 딸려 나왔다. 고3을 앞둔 마지막 수련회. 이것도 다 추억이라며 선생들도 그 정도 일탈은 묵인하던 시절이었다.

미호는 작은 종이컵에 찰랑이는 술을 몇 번이나 들이켰다. 가방 안주머니에 숨겨둔 임신 테스트기를 갖고 나갈 타이밍을 살폈지만 쉽지 않았다. 취기로 얼굴이 벌게진 반 친구들은 미호의 빈 잔에 자꾸만 술을 따랐다. 새벽이 깊어질수록 일탈의 밤은 흥취를 더해갔다. 타이밍을 재는 동안 술을 연거푸 받아 마시느라 취기가 올랐다.

가물거리는 시야로 주위를 살폈다. 술에 취해 뻗은 아이들, 게임이나 고스톱에 열중한 아이들, 주사 부리는 아이들로 숙소 안은 난장이었다.

미호는 슬그머니 바닥에서 엉덩이를 떼고 가방이 두서없이 쌓인 구석으로 향했다. 등을 돌려 혹시 모를 시야를 차단했다. 아이들의 재잘거리는 소리가 등 뒤에서 들려왔다.

미호는 가방을 찾아 지퍼를 열었다. 심장이 두근거렸다. 가방 깊숙이 손을 넣어 안주머니 지퍼를 여는데, 머리 위로 그림자가 졌다.

어딨더라. 여기 넣어둔 거 같은데.

안주머니 속을 더듬거리는데 잡히는 게 없었다.

이상하다. 내 가방이…… 아닌가?

손끝에 무언가가 닿았다고 느꼈을 때 등 뒤에서 인기척이 일었다. 이쪽으로 걸어오는 기척도 느끼지 못했는데 소리는 바로 뒤에서 들려왔다. 미호는 화들짝 고개를 돌렸다.

"뭐 해?"

인기척의 주인은 유진이었다.

"어?"

"우리 잠깐 나갈 건데 너도 같이 안 갈래?"

히죽히죽 웃는 모양새, 흐리멍덩한 눈동자, 복숭아 빛으로
물든 양쪽 빰. 어지간히 취기가 오른 듯 보였다. 세경도 마찬
가지였다.

미호의 등골을 따라 식은땀이 흘러내렸다. 술기운도 단박에
사라지는 느낌이었다.

봤을까.

시선을 다른 방향으로 던지고 있던 세경은 몰라도, 말을 건
유진은 봤을지도 모른다.

"가자."

유진이 미호의 팔짱을 끼며 재촉했다. 미호는 어색하게 웃
으며 고개를 끄덕였다. 유진과 세경이 잡아끄는 통에 가방 지
퍼도 닫지 못한 채 숙소를 빠져나올 수밖에 없었다.

계절은 어느덧 가을의 정점을 향하고 있었다. 맹렬한 무더
위와 지겹도록 울어대던 매미 소리도 자취를 감췄다. 불어오
는 바람에 나무 타는 냄새가 났다. 나지막이 울리는 풀벌레 소
리만이 가을밤의 정취를 더했다.

숙소와 얼마간 떨어졌을 뿐인데 주위가 고요했다.

미호는 느릿하게 걸으며 촘촘하게 별이 박힌 밤하늘을 올려다봤다. 아름다웠다. 평화로웠다. 세상은 이토록 아무렇지도 않은데…… 갑자기 눈물이 날 것 같았다. 가슴 밑바닥에 눌러 담았던 감정들이 마구 날뛰었다.

봤을까, 유진이가.

그래, 봤을 거야. 보고서도 아무 말 안 한 거겠지.

유진이는 그때 혜성이 내 허벅지에 손을 얹는 것도 봤으니까.

저들끼리 조잘대던 말소리가 끊겼다. 앞서 걷던 유진과 세경이 동시에 뒤돌았다.

"너 울어?"

누구의 말이었는지는 중요하지 않았다. 두 사람과 눈이 마주치자마자 미호는 기다렸다는 듯 눈물을 쏟아냈다.

술기운 때문일 것이다. 혹은 낯선 장소, 특수한 상황이 주는 고양감 때문일지도. 판단력이 흐려졌다. 유진이 봤을 거라는 확신만이 가슴속에 가득 찼다. 미호는 당황하는 유진과 세경 앞에서 오래도록 목 놓아 울었다.

얼마나 시간이 흘렀을까.

세 사람은 숙소 뒷길 벤치에 나란히 앉았다. 미호가 머쓱하게 눈물을 닦아낼 때까지도 유진과 세경은 서럽게 울었던 이유를 묻지 않았다.

"나 오늘 여기 뭘 가지고 왔는지 알아?"

미호가 먼저 입을 열었다. 유진과 세경은 갑작스런 질문에 의아해하며 고개를 저었다.

"임신 테스트기."

유진과 세경의 입이 동시에 크게 벌어졌다.

벌어진 입에서 무슨 말이 튀어나올지 몰라 미호가 선수를 쳤다. 최대한 무덤덤한 말투를 가장해 이제까지의 일을 털어 놓았다. 일주일 전, 혜성과 첫 관계를 가졌다는 것부터 임신이 걱정된다는 이야기까지.

"별일 아닌 일로 치부하려고 했었어. 알잖아, 내 성격. 그런 데 말이야…… 별일 아닌 게 아니더라. 솔직히 말하자면 무서 웠어. 후회가 됐어. 하지 말걸. 왜 했을까. 사실 그다지 하고 싶 지도 않았는데."

미호의 눈이 벌게지자 유진과 세경의 눈에도 눈물이 고였 다. 다분히 충동적인 고백이었지만 홀로 끌어안고 있던 고민 을 털어놓자 후련하기도 했다.

"발정난 개새끼. 너 그 새끼랑 당장 헤어져."

세경이 눈물을 훔치며 목소리를 높였다.

"안 그래도 그럴 작정이었어. 내가 미친년이지. 어떻게 그 딴 자식이랑."

"그렇게 생각하지 마. 너 잘못한 거 없어. 알지?"

유진도 미호의 손을 꼭 잡으며 위로를 건넸다.

"알아, 그렇게 생각하려고 노력도 하고 있고. 어쨌든 너희들한테 털어놓고 나니 속이 다 시원하다."

"그동안 얼마나 힘들었어? 혼자 속으로 끙끙대느라. 진작 우리한테 터놓지 그랬어."

세경의 말에 미호는 희미한 웃음을 지었다.

"너희들이 날 발랑 까진 년으로 볼 거 같아서. 니들과 달리 나만 인생에 구정물이 튄 거 같고. 하여간 막 그랬어."

미호는 가라앉은 분위기를 무마할 요량으로 너스레를 떨었지만 유진과 세경의 얼굴은 굳어만 갔다.

"누가 그래? 너만 인생에 구정물이 튀었다고."

조금은 날 선 목소리로, 세경이 물었다.

"넌 남자랑 자본 적 없잖아."

화려한 생김새와 대범한 성격 치고, 세경은 남자아이들과 많이 어울리는 축이 아니었다. 가람단 활동으로 남학교와 교류가 빈번한데도 남자 친구를 만든 적은 한 번도 없었다. 미호는 늘 그 점을 의아하게 생각했다.

"그래, 자본 적 없어. 사귄 적도 없으니까. 그런데 내가 왜 남자 친구 같은 거 안 만든 줄 알아?"

세경의 말에 미호도, 유진도 대답하지 않았다.

"남자 같은 거 지긋지긋하거든. 죄다 우리 아빠 같아서."

주홍빛 가로등 불빛이 세경의 얼굴에 짙은 음영을 드리웠다.

웃음소리도, 행동도 큼지막한 세경은 기본적으로 표정이 다채로운 사람이었다. 그러나 이따금씩 그녀는 놀라우리만큼 아무 감정도 깃들지 않은 표정을 짓곤 했다.

바로 지금처럼.

그럴 때마다 미호는 세경이 밀랍인형 같다는 생각을 하곤 했다.

"기억나? 내가 얼마 전 우리 아파트 주차장에서 어떤 남자랑 여자가 차 안에서 떡 치는 걸 봤다고 말한 거."

미호는 고개를 끄덕였다.

"그거, 사실 우리 아빠야."

미호와 유진의 얼굴에 경악에 가까운 표정이 떠올랐다.

"회사 여직원이랑 대낮에 차 안에서 그러고 있더라고. 그 여자는 심부름 때문에 우리 집에도 자주 오던 직원이었는데. 뭐, 새삼스럽지도 않아. 이런 일이 한두 번이어야지. 심지어 나 어릴 때는 우리 엄마 맹장염 때문에 입원하고 있는 동안 아빠랑 어떤 여자가 안방에서 뒹굴고 있는 것도 봤다? 대단하지? 완전 개막장 콩가루 집안."

미호는 자신이 비밀을 털어놓는 동안, 유진과 세경이 왜 그토록 입을 다물고 있었는지 알 것 같았다.

누군가의 커다란 비극 앞에서는 감히 함부로, 그 어떤 위로조차 건넬 수가 없었다. 공감한다, 이해한다는 말이 명백한 거짓임이 드러나기에.

'그런 것들은 인간도 아냐. 아주 발정 난 짐승들이지. 때와 장소를 못 가리고 붙어먹는 게. 진짜 더럽고 추잡스러워서, 그걸 본 내 눈이 썩는 줄 알았다니까. 둘 다 미친 거 아냐? 대낮에, 그것도 차 안에서.'

그날, 세경이 주차장 남녀를 언급하며 왜 그런 반응을 보였는지도 알 것 같았다.

"세경아……."

"됐어, 위로도 공감도 사절. 이걸로 난 구정물 튄 인생을 증명한 거 같은데. 유진이 넌?"

위로를 건네려던 말을 끊고 세경이 장난스럽게 유진에게로 화제를 돌렸다. 갑자기 지목당한 유진은 당황하더니 곤란한 웃음을 지어 보였다.

"난 솔직히 얘기할 거리가 없는데……."

"뭐야? 너 혼자만 깨끗한 척하겠다는 거야?"

"진짜 없어."

"어련하실까. 그래, 너 혼자 깨끗한 건 다 해먹어라. 어차피 우리도 넌 그런 거 없을 거라 생각했어."

세경이 장난스럽게 유진의 목을 휘감았다. 미호 역시 웃음을 터뜨리며 세경의 말에 동조했다.

많은 시간이 흐른 뒤, 미호는 이런 생각을 했다.

만약 그때 차라리 자신과 세경이 유진을 강하게 몰아붙였다면 어땠을까.

털어놓으라고, 너도 숨겨둔 비밀이 있지 않냐고 끝까지 캐물었다면 유진의 마음이 달라졌을지도 모른다. 그랬다면 그 이후 벌어질 비극도 없을 테고, 한주현이 자살할 일도 없지 않았을까.

이런 가정이 무의미하다는 걸 알면서도 미호는 오래도록 그 생각을 떨쳐낼 수 없었다.

∿

스메타나의 '몰다우 강'이 부드러운 선율을 드리우며 카페 안에 울려 퍼졌다.

자정이 가까운 시각, 24시간 카페에는 해장 커피를 마시러 온 술 취한 직장인들만이 드문드문 앉아 있을 뿐이었다.

아르바이트생마저 나른하게 하품하는 가운데, 미호와 세경은 대치하듯 마주 보고 앉았다.

뜨거운 김을 내뿜던 커피 두 잔만이 다 식은 채 싸늘하게 방치되어 있었다.

미호는 맞은편에 앉은 세경의 얼굴을 가만히 뜯어보았다. 얼굴에는 표정이 없었다. 밀랍인형 같았다.

그 언젠가처럼.

옛 기억과 함께 의문 하나가 떠올랐다.

지난 17년 동안, 세경과 미호, 둘 사이에 유진의 이름은 금기어나 다름없었다. 그러나 딱 한 번 그 일에 대해 이야기를 나눈 적이 있었다. 한주현이 죽고 난 이후였다.

'걔 때문에 사람이 죽었어! 한주현이 죽었다고. 미친년, 그 미친년 때문에.'

세경은 고래고래 악을 쓰고 통곡했다. 유진에 대해 험한 욕설을 퍼붓기도 했다. 그러나 한 번도 미호에게 묻지 않았다.

네가 얘기한 거냐고.

세경이 마땅히 물었어야 할 질문이었다.

미호는 속에서 치미는 의문을 뒤로하고 식어빠진 커피를 마셨다. 잔을 테이블에 올려놓기가 무섭게 세경이 입을 열었다.

"그거 알아? 나 아주 가끔씩 네가 무서울 때가 있어."

"……."

"언제인지는 너도 짐작하지?"

"……."

"할 말이 있을 텐데도 지금처럼 아무 말 안 하고 있을 때. 난 그때마다 네가 좀 무섭더라고. 뭐랄까, 마치 판결을 기다리는 사형수가 된 거 같아서."

"……."

"……왜 아무 말도 안 해? 너 물어야 하잖아."

"너도 물어야 하잖아. 같은 입장인데 왜 너만 안달 난 것처럼 굴어."

미호의 말에 세경이 얼굴을 찡그렸다. 허를 찔린 탓이었다.

"황지예 씨하고는 어떻게 연락하게 된 거야?"

미호는 세경의 반응을 모른 체하고 커피 잔을 들며 물었다. 둘은 무슨 얘기를 나누었길래.

"어떻게 연락하게 된 거긴. 나도 너처럼 오유진…… 그 사건 조사하고 있었어. 윤 기자님 도와서. 그러다 보니 유치원 엄마들하고 연락하게 된 거고."

"그런데 왜 하필 황지예였어?"

"너도 들었잖아. 장례식장에서 유치원 엄마들이 하는 얘기. 유진이하고 원한 있었던 관계라고 하니까 궁금했던 거지. 어떤 사람일지."

"그래서 이 늦은 밤에 전화를 걸었어?"

미호의 마지막 질문에 세경은 대답하지 않았다. 사실 미호는 이 질문보다 더 묻고 싶은 게 있었다.

왜 나만 물어?

넌 왜 묻지 않는 거야?

17년 전, 그때처럼.

이미 답을 알고, 또 감추고 있는 사람은 묻지 않는 법이다.

그러나 미호는 세경을 채근하지 않았다. 그저 커피 잔을 내려놓고 이제까지의 일들을 간략하게 설명하기만 했다. 아주 오래전 의문은 잠시 미뤄둔 채. 지금 중요한 건 유진이 죽음에 이른 진실에 다가가기 위해 서로가 가진 정보를 공유하는 일이었다.

이야기를 전부 전해들은 세경은 오묘한 표정을 지었다.

"송정아, 김나영과 이태호, 황지예. 이 사람들이 네가 가지고 있는 무언가를 노리고 있다는 말이야? 유진이가 너한테 그걸 줬다고 생각해서?"

"그 사람들은 내가 유진이와 비밀이 없는 절친한 친구 사이인 줄 알거든. 오래도록 연락 안 한 사이라고 설명했는데도, 거짓말이라 생각하는 것 같고. 어쩌면 그것 때문에 날 더 수상하게 생각하는지도 모르고."

"그리고 넌 그 사람들 중 하나가 유진일 죽였을 거라 생각하는 거고."

세경의 조심스런 질문에 미호는 한참 동안 망설인 후 말문을 열었다.

"처음엔 그렇게 생각했지. 그런데 솔직히 이젠 모르겠어. 이태호를 제외하면 모두 여자들이잖아. 과연 여자 혼자서 유진이와 유진이 남편을 동시에 제압할 수 있을까? 나도 의문이야. 또 기사에서 유진이 남편이 빠르게 회복하고 있다며. 그렇다면 진작 경찰한테 범인을 제보했을 텐데, 아직도 경찰은 범인 검거에 아무런 움직임이 없어."

사건이 발생한 지 수 일이 지났다. 주요 피해자이자 목격자가 빠른 회복세를 보이는데도 불구하고 경찰은 수면 아래서 무언가를 조사 중이다. 이러한 이유로 미호는 점차 다른 가능성을 짚어보게 됐다.

유진의 죽음은 타살이 아닐지도 모른다.

그렇다면 사고이거나…… 자살?

그럼에도 정아, 나영, 지예가 찾고 있는 그 '무언가'가 유진의 죽음과 깊은 관련이 있을 거란 생각은 지울 수가 없었다.

"난 진작부터 따로 범인이 있을 것 같지 않았는데."

세경의 말에 미호가 시선을 들었다. 왜 그렇게 생각하느냐는 말이 목구멍까지 차올랐지만 미호는 그 말을 집어삼켰다.

"난 애초부터 누가 유진일 죽였는지 궁금한 게 아니었어."

"그럼?"

"왜 죽었는지가 궁금했지."

세경의 말투에서는 한 점의 유감조차 찾아볼 수가 없었다. 가슴속에 단단히 뭉친 것이 바삭 깨지는 느낌이었다. 미호는 잘게 떨리는 주먹을 말아 쥐었다. 지금 세경이 유진에게 보내고 있는 적의는 자신에게 향해야 마땅한 것이었다.

"아무튼 내 얘긴 여기까지야. 이제 네 차례 같은데."

미호는 가까스로 마음을 가라앉히고 세경에게로 공을 던졌다.

세경은 아무렇지 않은 얼굴로 어깨를 으쓱하더니 자신의 핸드폰을 건넸다.

"말보단 직접 보는 게 빠를 거 같아서."

미호는 세경의 핸드폰으로 시선을 내렸다. SNS 메인 화면이 떠 있었다.

'Lim_sungji_zz'

임성지.

처음 듣는 이름, 처음 보는 얼굴이었으나 묘하게도 친숙했다. 어디에서 봤더라.

SNS에서 본 걸까.

기억을 짜내려 애썼지만 도통 떠오르는 단서가 없었다.

가장 최근 사진 속 여자는 긴 생머리를 늘어뜨린 채 밝게 웃고 있었다. 새하얀 피부에 올망졸망한 이목구비, 상큼하고 발랄한 미소. 유진과는 전혀 다른 이미지였지만 그녀 역시 탄성이 나올 만큼 아름다운 여자였다.

"어디서 본 거 같지 않아? 이 여자?"

미호의 반응을 눈치챈 세경이 흐릿한 웃음을 머금은 채 물었다.

"헤리티지 유치원 엄마들 중 하나야?"

말을 내뱉으면서도, 미호는 정답이 아니라는 걸 알고 있었다. 이 정도의 미모라면 눈에 띄지 않을 리가 아니, 기억에 남지 않을 이유가 없었다.

"아니."

"그럼 누군데?"

"연예인."

"어?"

미호의 얼빠진 얼굴을 보며 세경이 소리 내어 웃었다.

"아이돌이라고 해야 하나?"

"장난하지 말고."

"진짠데. 기억 안 나? 10년 전쯤 스윗버블이라는 그룹명으로 데뷔했었는데."

"스윗버블?"

"한 3년 정도 활동했었나? 크게 뜨진 못했어. 임성지는 '예나'라는 예명의 서브보컬이었고."

세경의 추가적인 설명에 그제야 어렴풋이 걸그룹 하나가 머릿속에 떠올랐다.

"해체한 뒤에 곧바로 결혼했더라고. 그때 나이가 22살인가 그랬을 텐데. 하여간 지금은 서른도 안 된 나이에 압구정에서 제일 큰 통증의학과 병원 원장 사모님 소리 들으면서 잘먹고 잘살고 있지. 애는 둘인 거 같더라고. 여자애 하나, 남자애 하

나. 어떻게 보면 임성지야말로 행복배틀의 정점에 있는 여자 같지 않아?"

"그런데 이 여자가 왜?"

아직도 세경은 그녀가 어떤 관련이 있는지 설명하지 않았다. 조바심이 일었다.

"이 여자도 그 동네 인플루언서야, 유진이처럼. 헤리티지 엄마들이 그들만의 리그에서 노는 사람들이라고 한다면, 이 사람은 좀 더 광범위한 영향력을 행사하는 사람이라고 해야 하나?"

"……왜?"

뒷이야기가 궁금했던 미호는 조급하게 '왜'라는 질문만 반복할 수밖에 없었다. 세경은 그런 미호의 반응을 즐기기라도 하는 목소리로 입을 열었다.

"임성지가 그 동네 맘카페를 꽉 잡고 있거든."

아, 하는 탄성이 미호의 입가로 새어 나왔다.

"반포동 맘카페?"

"아니지."

"그럼?"

"반포동 '프리미엄' 맘카페."

세경은 설명을 이어갔다.

어느 동네마다 하나씩 존재한다는 맘카페. 대부분의 엄마들은 이곳에서 많은 정보를 얻고, 교류를 하고, 속풀이를 하고,

물건을 거래하기도 한다. 성향이나 목적 혹은 분란 때문에 지역당 하나 이상 존재하는 경우도 많다.

세경이 언급한 프리미엄 맘카페는 가입 허들이 높은 폐쇄형 커뮤니티였다. 가입 조건은 까다롭다 못해 살벌하기까지할 정도였다. 특정 아파트 이상 거주해야 했고, 거주 사실을 증명하는 서류도 제출해야 했다. 또한 남편의 재직증명서, 재산세 납부증명서 등 역시 인증해야 하며, 기존 회원의 추천도 필요했다.

그렇게까지 해서라도 프리미엄 맘카페에 가입하려는 이유는 분명했다.

우선 꼽을 수 있는 이점은 다양한 인맥을 형성할 수 있다는 것이었다. 검증 받은 사람들 간의 어울림. 의심하고 경계할 필요 없이 교류할 수 있다는 점이 메리트로 작용했다. 또한 프리미엄 맘카페에서는 어디에서도 얻을 수 없는 고급정보들이 오갔다. 특히 프리미엄 맘카페 신규 회원들이 가장 간절하게 원하는 것은 바로 블랙리스트였다.

병원, 마트, 어린이집, 유치원, 안경점 등. 엑셀표에는 세부 항목이 50여 개나 존재했고, 각 기준에 맞춰 점수가 매겨졌다. 그렇게 만들어진 블랙리스트는 한 달 단위로 업데이트 되곤 했다.

그뿐만이 아니었다. 선생, 아이, 엄마들의 블랙리스트까지 존재했다. 사람에 대한 블랙리스트는 프리미엄 맘카페의 성실회원으로 인정받아야 얻을 수 있는 가장 고급한 정보였다. 블랙리스트에는 개인정보가 없었지만 신원을 짐작할 수 있는 단서, 증거 사진과 자료가 포함된 파일이 존재했다. 이 정보는 카페 매니저를 포함한 극소수만이 보유하고 있었다.

"내가 알아본 바로는 오유진, 송정아, 김나영 모두 그 프리미엄 맘카페의 성실회원이었어."

세경이 이 말을 마지막으로 설명을 마쳤다.

"그런데 그 프리미엄 맘카페가 유진이하고 무슨 관계야?"

미호는 감히 자신은 상상도 할 수 없는 세계의 일이라 생각하면서도 사실관계를 따져 물었다.

세경은 미호에게 주었던 핸드폰을 도로 가져와 간단히 조작을 하더니 다시 핸드폰을 내밀었다.

정아의 SNS를 캡처한 이미지였다.

jjeong_ah_ssong
결혼 10주년 선물이라나 뭐라나. 이런 거 필요 없는데. 하여간 고마워 남편.
#까르띠에 #다이아3캐럿 #11주년에는4캐럿을기대하는걸로 #나름스윗한 남자

정아는 목걸이 다이아 부분을 손으로 잡아 강조하고 있었다. 새침한 표정이었으나 더 없이 만족스러워 보였다.

"이 사진이 왜?"

미호가 물었다. 특별할 것 없는 사진이었다. 그들이 일상적으로 하는 돈 자랑, 행복 자랑의 연장선상에 불과해 보였다.

"댓글을 봐."

세경의 말에 미호는 정아의 게시 글 아래 달린 댓글로 시선을 돌렸다.

sumin_love22 세상에……. 목걸이 너무 예쁜 거 아니야? 민성 맘이랑 아주 찰떡이네. 너무 부럽다. 남편님이 센스도 아내사랑도 장난 아니심.^^

jjoojjooo_mom 흑흑. 난 언제 저런 거 받아보나. 민성 맘 말대로 내년에 정말 4캐럿 받으면 나 배 아파 죽어. ㅋㅋ

jjeong_ah_ssong @jjoojjooo_mom 덕분에 저번 달부터 노리고 있던 롤렉스는 바이바이했어요. 다음 달쯤 슬쩍 얘기 꺼내봐야죠.

O_su_zzzzi 그런데 괜찮겠어요? 많이 무리하는 거 같은데.

jjeong_ah_ssong @O_su_zzzzi 무슨 말이야? 그게?

댓글을 봐도 쉬이 짐작할 수 있는 부분이 없었다. 미호는 다음 게시물을 확인했다. 같은 날 올라온 사진이었다.

jjeong_ah_ssong
포닥 마치고 한국 들어온 정식이. 컴백 기념으로 남편이 선물한 레인지로버 앞에서. 매형이 최고라며 너무 좋아하네.
#통큰매형이최고라네 #누나는보이지도않지? #어쨌든정식웰컴투코리아

#껌딱지가하나더늘었네 #대신민성이랑많이놀아줘 #콜롬비아대학포닥 #이제곧교수님이라불러야하나

사진 속 정아는 남동생 정식과 함께 고급 SUV 차량 앞에서 미소를 짓고 있었다. 남편이 찍어준 사진인 듯했다.

정식은 누나 정아와 외형이 꼭 닮아 있었다. 키도 크고 훤칠한 외모를 자랑했다. 오랫동안 외국물을 먹었다는 느낌이 물씬 풍겼다. 어지간히 사이좋은 남매인지 붙어 있는 모양새가 어색하지 않았다.

아래에 주르륵 달린 댓글들은 축하와 칭찬 일색이었다. 하지만 이번에도 뾰족한 유진의 댓글이 눈길을 사로잡았다.

O_su_zzzzi 진짜 무리하는 거 같은데. 이제 형편 좀 생각해야 하지 않아?
jjeong_ah_ssong @O_su_zzzzi 유진 씨 자기, 자꾸 이상한 얘길 하네.

날짜를 확인하니 모두 한 달 전 게시물이었다. 행복배틀이 한창 정점을 향하고 있을 무렵이었다.

그래서인지 헤리티지 엄마들이 다들 입에 발린 소리를 하는 가운데, 유진만이 은근히 비꼬는 댓글을 달아놓았다.

"이게 뭐?"

미호가 여전히 반문하자 세경은 이번에는 유진의 SNS 캡쳐 이미지를 보여주었다.

O_su_zzzzi

개봉박두. 판도라의 상자.

#꿀잼각팝콘각 #영화제목은3캐럿다이아의비밀과블랙리스트 #는거짓말
#그냥흔한영화같은거짓말 #영화는친구랑보는게제맛

사진에는 엘스전자의 최신형 노트북만이 크게 찍혀 있었다.
본 적 있는 게시물이었다. 당시 미호는 유진이 최신형 노트
북을 자랑하기 위해 사진을 올린 거라 생각했다.

"유진이가 이 게시글 올린 시간을 봐. 송정아가 다이아 목걸
이 사진을 올린 바로 직후잖아. 해시태그에 3캐럿 다이아 어
쩌고 하는 것도 송정아를 저격하는 걸로 보이지 않아?"

세경의 말 대로였다. 지금 유진의 게시글은 정아의 다이아
몬드 목걸이 사진에 대한 피드백으로 볼 수밖에 없었다. 태호
와 조아라의 불륜 사실을 조롱할 때도 '바라보는 눈길에 사랑
스러움이 가득함'이라며 나영의 가족사진을 올리는 교묘한
방법을 사용했던 유진이었다. 허투루, 아무 목적 없이 이런 사
진을 올릴 리 없었다.

"아직 모르겠어?"

세경의 말을 넘겨들으며 미호는 사진을 유심히 관찰했다.

유진이 왜 이 사진을 올렸을까.

도대체 왜…….

그때였다.

번개가 치듯 어떤 생각이 머리를 스치고 지나갔다. 깨닫는 것과 동시에 팔로 자잘한 소름이 퍼져 갔다.

USB다.

노트북에 꽂혀 있는 은색 USB에 시선이 머물렀다.

처음 미호는 이 USB 때문에 유진이 노트북으로 영화를 보려 한다고 생각했다. 물론 SNS에 언급한 개봉박두, 팝콘각, 영화 제목이라는 말 때문이기도 했지만.

그런데 과연 이 USB에 영화 파일이 저장되어 있을까?

정말 유진은 영화를 보려던 걸까?

"USB?"

이런 의문을 담아 미호가 입을 열었다. 세경은 고개를 끄덕였다.

"송정아, 김나영, 이태호, 황지예. 이 사람들이 유진이가 너한테 넘겼을 거라 생각하는 무언가를 노리고 있다는 말을 들었을 때, 난 이 SNS 글이 제일 먼저 생각났어."

손가방에 들어갈 만한 크기의 어떤 것. 누군가의 치부가 담겨 있을 거라 예상되는 것.

"그리고 프리미엄 맘카페에서 극비로 오간다는 선생, 아이, 엄마들의 블랙리스트도."

세경이 덧붙인 말을 들으며 미호는 다시 유진의 SNS로 시선을 던졌다.

개봉박두. 판도라의 상자.
#꿀잼각팝콘각 #영화제목은3캐럿다이아의비밀과블랙리스트 #는거짓말
#그냥흔한영화같은거짓말 #영화는친구랑보는게제맛

한 번 더 읽어보니 많은 뜻을 함축하고 있었다.

판도라의 상자가 의미하는 건 USB. 저 안에 들어 있는 블랙리스트는 선생, 아이, 엄마들에 대한 것일 터였다. 신상정보뿐아니라 증거 사진과 자료까지 첨부된, 카페 매니저를 포함한극소수만이 갖고 있다는 파일.

유진은 교묘한 방법으로 정아가 블랙리스트에 포함되어 있으며, 정아의 말이 거짓이라 주장하고 있었다. 그걸 보는 게 꿀잼, 팝콘각이라는 것일 테고.

또한 '영화는 친구랑 보는 게 제맛'이라는 말 때문에 정아, 나영, 지예는 미호 자신이 유진과 함께 저 파일을 봤을 거라생각한 건지도 몰랐다.

"이 블랙리스트 안에 송정아가 들어 있을 거라는 거지?"

미호가 물었다.

"그렇지 않다면 유진이가 송정아의 SNS에 대한 피드백으로 이런 게시물을 올렸을 리가 없잖아."

하, 하는 바람 빠진 소리를 내며 미호가 의자 등받이에 상체를 기댔다. 드디어 또 하나가 나왔다. 유진이 죽기 3주 전, 세 사람이 완전히 갈라서게 된 이유.

태호의 불륜 때문만이 아니었다. 유진은 정아의 약점 역시 손아귀에 쥐고 이를 교묘하게 조롱한 것이다.

"그런데 저 은색 USB를 노린 건 황지예잖아. 그렇다면 황지예도 블랙리스트 안에 있는 걸까?"

"아마도."

세경이 대답했다.

그렇다면 나영 역시 블랙리스트에 포함되어 있다고 봐야 했다. 지예는 지하주차장에서 태호와 자신이 USB를 놓고 거래를 했을지도 모른다고 생각했으니.

나영은 자녀 학대와 남편의 불륜 때문에 블랙리스트에 올랐을 테고. 그렇다면 정아와 지예는 왜 블랙리스트에 오른 걸까?

"겨우 이딴 블랙리스트 때문에……."

미호는 도무지 이해가 가지 않았다. 주차장에서 손가방을 뒤지려 하고, 떨어진 소지품들 사이에서 USB를 찾으려고 혈안이 되어 있던 지예의 모습이 떠올랐다.

"겨우 이딴 블랙리스트가 아닐지도 모르지. 증거 사진과 자료까지 있다잖아. 게다가 일반적인 범주에서 이 여자들을 생각하면 안 될 거 같아. 김나영을 봐. 자살 시도까지 했어. 뭐, 김나영은 불안정한 상태였기 때문에 그랬다 치더라도, 사회생활을 하는 황지예가 그런 무모한 방법으로 USB를 뺏으려 했다면…… 아마도 황지예와 송정아가 블랙리스트에 오른 건 좀 더 심각한 일 때문이 아닐까."

미호는 세경의 말에 동의하듯 고개를 끄덕였다.

이로써 모든 게 확연해졌다. 남편의 불륜 사실을 조롱당한 나영뿐 아니라, 정아와 지예가 유진에게 품은 원한의 정체가 드러났다. 비단 블랙리스트를 갖고 있기 때문만이 아니라 자기 방식대로 교묘하게 조롱하고 비웃던 유진.

세 사람은 그런 그녀를 어떻게 하고 싶었을까.

죽이고 싶지 않았을까.

"이제 일어날까? 시간 너무 늦었다."

세경이 생각에 빠져 있는 미호를 재촉하며 의자에서 엉덩이를 뗐다. 어느덧 새벽 1시가 넘어 있었다.

"그래, 병준 씨도 걱정하겠다."

두 사람은 커피잔을 치우고 카페를 나왔다.

방금 나온 카페만이 불빛을 밝히고 있을 뿐, 주위 상가들은 짙은 어둠 속에 숨죽이고 있었다. 차량 몇 대가 헤드라이트를 밝히며 뻥 뚫린 도로를 달리고 있었다.

택시 한 대가 두 사람 앞에 도착했다. 미호는 세경에게 택시를 양보했다. 세경은 차 안으로 몸을 집어넣다가 무언가 생각난 듯 돌아보았다.

"근데 말이야, 갑자기 든 생각인데. 유진이 약점은 없었을까?"

미호는 무슨 말이냐는 듯 의아한 얼굴을 했다.

"유진이가 송정아, 김나영, 황지예, 세 사람의 약점을 꽉 쥐고 있었잖아. 근데 세 사람이 틀어쥔 유진이 약점은 없었을까? 왜 보통 분란이라는 것도 서로의 힘이 대등할 때 생기는 거잖아. 만약 유진이가 단순 우위에 있는 거라면 3주 전에 갈라설 이유도 없었을 거 같아서. 그냥 유진이 눈치를 보며 그 앞에 납작 엎드렸겠지."

유진이의 약점?

"그리고……."

택시가 빵 경적을 울리며 얼른 올라타라는 신호를 보냈다. 세경은 미안하다고 말한 뒤 재빨리 뒷말을 이었다.

"세상에 완벽한 행복이 어딨겠어? 그런 건 허상일 뿐이야."

'인간은 본질적으로 행복보다는 고통에 가까운 존재입니다.'

대학 시절 인문학 특강 시간, 강사는 이런 말을 했다.

'자, 떠올려보세요. 행복의 순간과 고통의 순간. 어떻습니까? 행복은 아주 추상적인 데 반해 고통은 매우 구체적인 모습을 가지고 있어요. 당연한 겁니다. 그래서 인간은 고통을 통해 실존을 경험합니다.'

〈행복의 방법〉이라는 진부한 제목의 특강이었다.

강사는 인간이 본질적으로 고통에 가까운 존재라는 걸 피력하면서도, 행복해지기 위해 행복을 '루틴화'하고 '구체화'할 것을 주장했다. 강의 후반으로 갈수록 행복을 루틴화하고 구체화하는 다양한 방법들이 제시됐지만, 여태껏 기억에 남는 것은 없었다.

오히려 미호의 머릿속에 강렬하게 남은 말은, 인간의 삶은 불행의 요소로 가득 차 있고 인간의 실존은 고통에 기반을 둔다는 말이었다.

'세상에 완벽한 행복이 어딨겠어? 그런 건 허상일 뿐이야.'

세경이 마지막으로 내뱉은 말이 강사의 말과 겹쳐 들렸다.

SNS 속 수많은 사람들이 완벽한 행복을 가장하고 있지만 누구나 알고 있다. 완벽한 행복은 존재하지 않는다는 걸. 유진 역시 마찬가지일지 모른다.

미호는 유진에게 부족한 부분이 있다면 과연 무엇이었을지 생각했다.

어제 하루는 폭풍같이 일이 휘몰아쳤던 날이었다. 태호와 지예의 습격이 있었지만 미호는 물러날 생각이 없었다. 오히려 진실을 향해 더 가까이 다가가고 있다는 확신이 들었다.

남은 날짜는 엿새.

오늘 아침에도 일어나자마자 뉴스를 확인했지만 경찰 수사에 진척 사항은 없어 보였다. 미호는 기지개를 켜 찌뿌둥한 몸을 깨우곤 집을 나섰다. 당연하게 발걸음이 향한 곳은 하이프 레스티지 아파트였다.

집을 나서기 전 세경에게 건네받은 정아의 연락처로 전화를 걸었지만 연결이 되지 않았다. 자신 역시 나영의 자살 시도 이후 정아와 연락이 닿지 않는다는 게 세경의 설명이었다. 나영의 자살 시도 이후 정아의 심경에 변화가 생긴 걸까.

어떻게든 정아를 만나야겠다는 생각만으로 미호는 헤리티지 유치원으로 향했다.

지금 시각은 오후 3시. 30분 후면 유치원이 끝날 시간이었다. 유치원 하원 시간에 맞춰 나타난다면 마주칠 수밖에 없을 거라는 게 미호의 계산이었다.

누가 보면 이곳 주민인 양 단지 안을 걷는 발걸음이 자연스러웠다.

미호는 헤리티지 유치원과 놀이터가 동시에 보이는 산책로 벤치에 앉았다. 찬 공기를 한껏 머금은 바람이 산책로를 따라 늘어선 나뭇가지들을 흔들었다. 쏴아아, 파도치는 소리와 함께 낙엽들이 떨어졌다. 빛바랜 나뭇잎들이 바스락거리며 바닥을 뒹굴었다.

인내심을 가지고 기다리는 건 미호가 가장 잘하는 일 중 하나였다. 30분이라는 시간은 금세 흘렀고 엄마들이 하나둘씩 모습을 드러냈다. 유치원을 나온 아이들은 자기 자전거를 찾아 타고 쏜살같이 달려갔다. 놀이터에서 미끄럼틀을 타거나 공놀이하는 아이들도 여럿이었다. 엄마들은 놀이터 벤치에 앉아 수다를 떨었다.

오후 3시 35분.

아직 정아는 나타나지 않았다. 초조한 나머지 미호가 핸드폰으로 시선을 던진 찰나, 또르르, 굴러온 무언가가 발에 닿았다. 노란색 공이었다. 아이 하나가 공을 잡기 위해 후다닥 달려왔다.

미호는 아이의 얼굴을 즉시 알아봤다.

나영의 딸, 아린이었다.

미호는 슬쩍 놀이터 벤치의 엄마들을 쳐다봤다. 이쪽에 신경을 쓰는 엄마는 없어 보였다. 누가 이 장면을 목격한들 수상하다 생각지 않을 것이다. 미호는 아린보다 먼저 발밑의 공을 집어 들었다.

"안녕, 네가 아린이구나."

양 갈래 머리, 하얗고 오동통한 뺨, 오밀조밀한 이목구비. 전반적으로 동글동글하고 귀여운 인상을 주는 여자아이였다. 상냥해 보이게 미소를 지었건만, 아린의 얼굴에는 금세 경계할 때의 굳은 표정이 떠올랐다.

"자, 공 받아. 아줌마가 아린이 이름 어떻게 알고 있는지 궁금하지? 아줌마는…… 지율이 알지? 지율이 엄마의 친구야."

아린에게 말을 걸게 된 건 다분히 충동적인 행동이었다. 어떤 목적이 있어서가 아니었다. 굳이 따지자면 아린에 대한 아주 작은 염려에서 비롯된 것일 테다. 또한 나영이 어떻게 지내고 있는지도 궁금했다.

아는 사람의 이름이 나왔기 때문일까, 아린의 표정에서 경계심이 다소 사라졌다. 우물쭈물하던 아린은 미호가 건네는 공을 얼른 받아 들었다. 그런데 아린은 공을 받고도 곧장 놀이터로 가지 않고 망설이는 것 같았다.

할 말이라도 있는 걸까.

미호는 조금 전 했던 말을 떠올리곤 아린이 지율이라는 이름에 예민하게 반응했다는 걸 알아차렸다.

아마도 걱정이 됐겠지.

엄마들이 오래도록 친했던 만큼, 아린과 지율 역시 친한 사이였을 것이다. 일곱 살이면 마냥 어리지만은 않은 나이. 친구 엄마가 죽고, 친구가 유치원에서 모습을 감춘 뒤로 어른들은 쉬쉬거리기만 했을 테니, 아린은 지율을 걱정했을지도 몰랐다.

아린은 입술을 몇 번이나 달싹거리다가 입을 열었다.

"그럼 지율이 지금 어딨는지도 아세요?"

미호는 살짝 미간을 찌푸렸다. 가슴 한구석에 따끔한 통증이 일었다. 이 어린아이가 걱정하는 바를, 자신은 한 번도 염려해보지 않았다.

"미안, 그건 아줌마도 모르겠다. 그런데 아줌마 생각에는, 지율이가 외할머니 집에 있는 게 아닌가 싶어. 아마 거기서 잘 지내고 있을 거야."

아린의 걱정을 덜어주기 위해 거짓말을 할 수도 있었지만 미호는 솔직하게 털어놓기로 했다. 외할머니 집에 있을 거라는 추측은 유진의 SNS 마지막 글이 떠오른 탓이었다.

O_su_zzzzi
오늘은 부부의 날. 애들 다 친정 보내고 뜨거운 밤을 보낼 예정이에요. 무슨 이상한 생각 하세요? 우리 그냥 영화 볼 건데. 에이, 왜 못 믿고 그러세요?
#여보야사랑해 #애들은저리가라 #십구(이모티콘)한밤 #DomPerignon(돔 페리뇽) #BelugaCaviar(벨루가캐비어)

유진 남편이 아직 병원에 있으니 지율과 하율은 그 상태로 외가에 눌러앉았을 확률이 컸다. 그러나 미호의 설명에도 아린의 얼굴에는 더욱 짙은 근심이 내려앉았다.

"……지율인 외가 가는 거 별로 안 좋아하는데."

"응?"

"지율이 엄마도 싫어하고, 지율이도 싫어하고……."

아린이 뒷말을 흐렸다.

유진이…… 집을 싫어했던가?

고등학교 시절, 유진은 대학 입학 후 독립을 하겠다며 아르바이트를 하기도 했다. 당시 미호는 유진이 완벽한 자유와 일탈을 꿈꾸기 때문에 독립을 하려 한다고 생각했다. 그래서 독립하려는 이유조차 캐묻지 않았다.

기억하기론, 유진의 부모님은 평범한 분이셨다. 아버지는 재력 있는 사업가였고, 어머니는 가정주부였다. 단, 그냥 평범했다고만 하기에는 어머니가 지나칠 만큼 젊고 아름다웠다. 물론 동네 아주머니들 중 몇몇은 살이 낀 나쁜 관상이라고 폄하하긴 했지만.

유진은 그런 어머니의 외모를 꼭 빼닮았다.

유진이 집을 싫어했다니, 미호는 전혀 알지 못했던 사실이었다.

"지율이가 불쌍해요. 엄마도 죽고, 외가에 있어야 한다니."

"……."

"지율이는 무서운 게 많은 앤데. 밤에 불 끄는 것도 무서워하고, 바람 소리도 무서워하고, 또 또, 벌레도 무서워하고, 뱀도 싫어하고."

"아린이는 지율이가 많이 걱정되는구나."

"네."

미호는 망설이다 뻣뻣한 손길로 아린이의 동그란 머리를 쓰다듬었다. 이렇게나마 친구를 걱정하는 고운 마음에 위로를 전하고 싶었다.

"지율인 다시 안 와요? 지율이랑 놀고 싶은데."

"지율이 아빠가 퇴원하면 지율이도 돌아오지 않을까?"

"그런데 왜 지율이 물건이 다 없어졌어요?"

"어?"

"하나도 없어요. 실내화도, 스케치북도, 색연필도. 그림도요."

"하나도…… 없다고?"

"네, 그냥…… 지율이가 갑자기 없어진 거 같아요."

아린의 마지막 말에 미호의 가슴이 덜컥 내려앉았다. 이번에는 그 어떤 대답도 줄 수 없었기에, 미호는 메마른 입술을 달싹거리기만 했다.

그때 어디선가 아린을 부르는 소리가 들렸다. 아린이는 냉큼 뒤돌아 할머니에게 손을 흔들었다.

"공 주워주셔서 감사합니다."

아린은 꾸벅 인사를 하곤 할머니에게로 달려갔다. 미호는 점점이 멀어지는 아린의 뒷모습을 멍하니 바라만 봤다.

'그런데 왜 지율이 물건이 다 없어졌어요?'

'하나도 없어요. 실내화도, 스케치북도, 색연필도. 그림도요.'

'그냥…… 지율이가 갑자기 없어진 거 같아요.'

아린의 말이 귀 끝에 맴돌았다. 그냥 흘려들을 수 없는 말이었다. 단순히 현실과 공상을 구분하지 못하는 나이기 때문이라 치부할 수 없었다. 가끔씩 아이들은 놀라우리만큼 상황을 정확하게 통찰하곤 한다.

지율의 물건이 왜 사라졌을까.

아린은 왜 지율이 갑자기 없어진 것 같다고 느꼈을까.

남겨진 의문은 오로지 미호 혼자만의 몫이었다.

오후 3시 50분.

미호는 여전히 산책로 벤치에 앉아 있었다.

마음에 풍파가 일었으나 잠시뿐이었다. 주어진 단서만으로는 그 어떤 의문도 해결할 수 없었다.

미호는 아린이 던져준 의문은 잠시 뒤로 미뤄놓았다. 그보다 급한 게 있었다. 하원 시간이 20분이나 지났는데도 여태 정아가 나타나지 않았다.

점점 초조해졌다.

설마 아린과 대화를 나누고 있던 사이, 정아를 놓친 걸까.

미호는 그럴지도 모른다고 생각하며 산책로 벤치에서 일어났다. 곧장 103동으로 가볼 생각이었다.

유치원이나 학교가 파하는 시간이었는지 단지 안에는 아이를 데리고 있는 엄마들이 많았다. 그들은 종종걸음으로 집으로 가는 길을 서두르거나, 둥그렇게 모여 얘기를 나누기도 했다.

그들을 가만히 스쳐 지나가는데 문득 엄마들의 말소리가 끊겼다.

왠지 모를 이상한 기분이 들어 미호가 쳐다보자 엄마들이 부자연스럽게 시선을 피했다. 다시 고개를 돌리자 이번에는 등 뒤에서 수군대는 기색이 느껴졌다.

무슨 일이지?

불길한 기운에 휩싸여 103동 앞에 도착했다. 그리고 미호는 왜 엄마들이 자신을 그런 눈초리로 바라봤는지 깨달았다.

출입문 앞에 대문짝만 하게 대자보가 붙어 있었다.

대자보 상단에는 '주민들의 주의요망'이라는 제목이 쓰여 있고, CCTV에서 출력한 것으로 보이는 사진이 붙어 있었다.

수상한 사람이 아파트 단지 안에 버젓이 돌아다니고 있는데 아무런 제재도 없다는 건, 주민들의 안전을 심각하게 위협하는 행위입니다.

요즘 이상한 사람이 헤리티지 유치원과 아파트 곳곳에 출몰한다는 정보가 심심찮게 들려오고 있습니다. 관리사무소에 항의한 바, 적절한 조치를 하겠다고 하였으나 주민들 스스로 주의도 필요해 보입니다. 모두 가정의 안전과 평화를 위해 각별히 유의하시길 부탁드립니다.

미호는 대자보의 글과 사진을 보며 벌어진 입을 다물 수가 없었다. 위에서 내려다보듯 찍힌 사진에는 자신의 얼굴이 똑똑히 박혀 있었다. 일부러 그런 모습을 고른 건지, 사진 속 얼굴은 제법 험악해 보였다.

누가 이런 걸 붙인 거야.

여기까지 오는 동안 엄마들이 자신의 등 뒤에서 수군거렸던 걸 봐서는 103동에만 대자보가 붙은 게 아닌 듯싶었다. 당황스러움에, 어찌할 바를 몰라 하고 있으려니 이쪽으로 한 엄마와 아이가 다가왔다.

정아였다.

눈이 마주쳤다. 대번에 눈빛에 적의가 들끓었다. 제 아이, 민성을 감싸는 손길이 매서웠다. 두려움이 아니라 적의라니. 미호는 그 순간 짐작했다.

이 대자보를 쓴 건 정아라고.

대체 왜.

정아와는 고작 장례식장에서 한 번 만났을 뿐이었다. 그때도 유진을 화제로 두고 평범한 수준의 대화를 나눴다. 왜 대번에 태도가 돌변한 건지 이해가 가지 않았다.

나영의 자살 시도가 그녀의 적의를 촉발시킨 걸까.

"송정아 씨, 얘기 좀……."

미호가 한 발짝 다가가려는 순간, 정아가 미호의 어깨를 넘어보며 다급하게 외쳤다.

"아저씨, 아저씨! 여기요!"

등 뒤에서 다급한 발소리가 들려왔다. 미호가 돌아보기도 전에 누군가 팔을 움켜쥐었다.

"뭐 하는 거예요?"

미호가 소리를 질렀다.

"여기서 뭐 하는 겁니까? 신고 들어왔다고요!"

팔을 잡아끈 건 두 명의 경비원이었다.

"대자보에 붙은 수상한 사람이 바로 이 여자라고요. 아저씨들, 빨리 내쫓아주세요!"

수상한 사람 아니라고, 유진의 친구일 뿐이라고, 미호가 외쳐봐야 소용없었다. 정아는 무슨 일이라도 당한 것처럼 두려워하는 체하며 민성을 감쌌다.

"이거 놔요! 내 발로 나갈 테니까."

미호가 막무가내로 잡아끄는 경비원을 떨쳐냈다. 공손하게 나가달라고 하면 그만일 텐데, 정아가 비명을 지르다시피 하는 통에 경비원들도 과민해진 모양이었다.

미호는 숨을 몰아쉬며 정아를 노려봤다. 도도하고 차가운 인상. 서늘함이 깃든 얼굴은 무슨 생각을 하고 있는지 좀처럼 짐작되지 않았다.

"얼른 나가세요, 얼른!"

경비원이 잡상인을 쫓듯 미호를 밀어냈다.

미호는 치밀어 오르는 화를 누르며 단지 출입구 쪽으로 걸어 나갔다. 몇 발짝 뒤에서 경비원이 계속 따라붙었다. 진짜 나가는지 확인하려는 모양이었다.

미호가 아파트 단지 밖으로 나가자 경비원은 주민들이 불안해한다며, 출입을 자제해달라는 말을 남기곤 뒤돌아섰다.

허탈한 웃음밖에 나오지 않았다. 이런 식의 취급은 부당했다. 미호는 하늘을 찌를 듯 높다랗게 치솟은 아파트를 쳐다보다 발걸음을 돌렸다. 고고하게 고개를 쳐든 견고한 성이 출입을 거부하고 있었다.

돌아가는 발걸음이 허망했다.

이곳에서 더 이상 할 수 있는 일은 없었다. 남은 날짜는 엿새. 벌써 오늘 하루도 절반 이상이 지나고 말았다.

미호는 허탈한 걸음으로 지하철로 향했다. 계단을 내려가 개찰구를 지나 플랫폼에 도착하자 때마침 열차가 도착한다는 안내방송이 들렸다. 퇴근시간을 한참 앞둔 어중간한 시간이라 역사는 한산했다. 아니, 오직 이 아파트 주민을 위해 만들어진 듯한 역에는 애초부터 이용객이 적은 편이었다.

미호는 잠시 의자에 엉덩이를 붙였다가 일어났다. 기다리는 사람들이 드문드문 서 있었다. 바닥을 진동하는 소음이 가까워지며 열차가 멈춰 섰다.

미호는 열차 안으로 발을 들여놓고 출입문 가까운 자리에 앉았다. 승객들이 적었다. 거리를 크게 벌려 앉은 승객들은 저마다 핸드폰에 고개를 파묻고 있었다.

미호도 핸드폰을 켰다. 버릇처럼 유진의 기사를 찾아 정독했다. 사건사고 분석 커뮤니티에 신규 글이 올라왔는지 확인하기도 했다.

여유 시간이 생길 때마다 정해놓은 것처럼 하는 일이었다.

문득 자신을 향한 시선이 느껴졌다.

미호는 고개를 들었다. 휙 시야를 훑었지만 바라보는 사람은 없었다. 수상해 보이는 사람도 없었다. 사람들은 다들 무심한 얼굴로 각자의 핸드폰에 열중하고 있을 뿐이었다.

이상하다. 분명 누가 쳐다보는 것 같았는데.

미호는 다시 제 핸드폰을 쳐다봤다. 하지만 고개를 돌리기 무섭게 또다시 시선이 느껴졌다.

착각이 아니었다. 누군가의 눈길이 따라붙고 있었다.

같이 열차에 올라탄 승객 중 아는 사람이 있었던가?

아니다. 그럴 리가.

만약 그랬다면 알아차리지 못할 이유가 없었다.

재차 고개를 들었지만 때마침 문이 열리며 사람들이 쏟아져 들어왔다. 새롭게 올라탄 승객들은 발 빠르게 흩어지며 곳곳에서 시야를 차단했다. 승객들의 얼굴을 확인하고 싶었지만 불가능했다.

누구였더라.

50대 아주머니와 학생 두 명 그리고 젊은 남자.

30대 정도 되는 여자도 있었던가.

미호는 한숨을 내쉬며 고개를 흔들었다. 사실은 전혀 기억이 나지 않았다. 자신이 만들어낸 환상에 불과한 걸까. 신경이 과민해진 모양이었다. 별것 아닌 일에 점점 날카로워지고 있었다.

한참을 달려 열차가 번잡한 환승역에 도착했다. 한 무더기 쏟아지는 승객들과 함께 미호는 열차에서 내려 다른 라인으로 지하철을 갈아탔다. 퇴근 시간이 가까워질수록 지하철이 붐볐다. 다시 올라탄 열차에는 사람이 많았다.

이제 몇 정거장만 지나면 집이었다. 목적지에 가까워질수록 긴장이 풀렸다. 손잡이를 잡고 선 채 핸드폰으로 기사를 훑어보고 있는데 문득 목덜미가 따가웠다.

미호는 홱 고개를 돌렸다.

또다, 또.

이번에는 착각이 아니었다. 누군가 자신을 집요하게 쳐다보고 있는 게 확실했다. 환승역에서부터 지금까지 줄곧.

심장이 빠르게 뛰었다. 사람이 많았다. 무심해 보이는 얼굴들 속에서 누가 자신을 쳐다보는지 분간해내긴 힘든 일이었다. 익숙한 얼굴조차 없었다.

한 정거장, 두 정거장 그리고 세 정거장.

마침내 목적지에 도착했다. 문이 열리자마자 미호는 열차에서 서둘러 내렸다.

몇몇 사람들이 뒤따라 내렸지만 뒤돌아볼 여력이 없었다. 빠른 걸음으로 계단을 올라 개찰구를 통과했다. 지하철 이용 승객이 별로 없는 역이었다. 더욱이 미호의 집으로 향하는 출입구는 역사 제일 끝에 위치한 한산한 곳이었다.

어두운 밤도 아니건만 괜스레 목덜미가 서늘해졌다. 미호는 숨이 가빠오도록 발을 재게 놀려 출입구 계단을 올랐다. 따라오는 발걸음 소리들이 들렸다. 뒤돌아봤다. 아주머니 한 분이 태연한 얼굴로 걸어오고, 젊은 남자가 시끄럽게 통화하며 뒤따르고 있었다. 모두 본 적 없는 얼굴들이었다.

지하철 역사를 빠져나오자 서늘한 바람이 뺨을 때렸다.

저 멀리 비죽 솟은 오피스텔 건물이 보였다. 익숙한 장소에 도착하고, 집이 가까워졌다는 생각만으로도 안도감이 느껴졌다.

미호는 대로변을 따라 걷다 편의점을 끼고 골목을 돌았다. 한결 느긋해진 마음으로 한 번 더 골목을 도는데 뒤에서 발걸음 소리가 들려왔다. 덩달아 머릿속이 환해지듯 어떤 생각이 떠올랐다.

그 사람들, 그 사람들 중 하나의 얼굴이…….

익숙했다.

분명 본 적 있는 얼굴이었다.

50대 아주머니 그리고 젊은 남자.

어디에서 봤더라.

그 순간, 뒤에서 들리던 발걸음 소리가 빨라졌다. 미호가 몸을 크게 트는 것과 동시에 머릿속에 번쩍 불꽃이 튀었다. 누군가 미호를 벽 쪽으로 세게 밀친 것이다.

단단한 콘크리트 벽에 머리가 부딪치며 미호의 입술로 비명이 새어 나왔다.

찡그린 눈꺼풀 사이로 젊은 남자의 얼굴이 보였다. 모자를 깊게 눌러쓰고 마스크를 쓴 남자가 미호의 가방을 잡아챘다.

"뭐 하는 거예요?"

남자는 막무가내로 미호의 가방을 잡아당겼다. 팽팽하게 잡아당겨진 힘에 우드득, 끈이 떨어졌다.

미호는 발악하듯 소리를 지르며 도움을 요청했다. 저항이 이 정도일 줄 예상치 못한 모양인지 남자가 당황하며 미호의 입을 틀어막았다.

미호는 손을 휘젓고 몸을 뒤틀며 거칠게 반격했다. 아무리 남자라 할지라도 키도 크고 체격도 좋은 미호를 단숨에 제압하기란 쉬운 일이 아니었다. 미호는 한 손으로 가방 끈을 꼭

쥔 채 팔을 휘둘러 남자의 마스크를 잡아뗐다. 남자의 얼굴이 드러났다. 헉, 하는 탄식 소리가 터져 나왔다.

얼굴을 들켜버린 남자가 당황하며 미호의 복부를 주먹으로 가격했다. 미호는 신음을 내며 상체를 숙였지만 끝까지 가방 끈을 놓지 않았다.

"제발 좀. 놔라, 놔!"

남자가 미호의 정강이를 발로 찼다. 미호는 무릎을 꿇고 주저앉았다. 힘이 풀린 손아귀에서 가방 끈이 떨어졌다. 남자는 '에이, 씨' 하고 욕설을 퍼부으며 우왕좌왕했다.

미호는 가까스로 다리에 힘을 주고 일어났다.

"소, 송정식……."

야트막한 말소리가 흘러나오자 뒤돌아선 남자가 얼어붙었다. 미호는 정식의 빈틈을 놓치지 않았다. 다리에 남은 힘을 쏟아부었다. 그러고는 힘껏 정식의 중심부를 가격했다.

"으, 으아악!"

정식이 울부짖는 소리가 좁은 골목 안에 길게 메아리쳤다.

"저, 정식아!"

정아가 지구대 안으로 헐레벌떡 들어왔다. 팔짱을 끼고 앉아 있던 미호가 고개를 들었다. 경찰관은 한시름 놓았다는 얼굴을 했다.

"괜찮아?"

정아는 미호 옆자리에서 고개를 숙이고 있는 정식의 얼굴을 살폈다. 정식은 하얗게 질린 낯빛으로 머리를 끄덕였다.

미호는 차가운 눈길로 눈물겨워 보이는 남매를 쳐다보기만 했다.

"아이고, 왜 이제 오셨습니까? 연락드린 지가 언젠데."

경찰관은 정아를 보며 타박하는 소리를 했다. 그는 한사코 입을 열지 않는 미호와 정식 때문에 곤란해하던 차였다.

경찰에게 양해를 구하고, 미호와 정아는 함께 휴게공간으로 자리를 옮겼다.

미호는 안절부절못하는 정아를 말없이 쏘아보기만 했다.

"저기, 장미호 씨……."

침묵을 견디다 못한 정아가 입을 열었을 때, 미호는 처참하게 끈 떨어진 손가방을 테이블 위에 올려놨다. 정아가 움찔했다.

"아직 경찰한테 아무 말 안 했어요. 동생이 폭행 혐의로 고소당하는 꼴 보고 싶으면 헛소리 지껄이시던가."

"장미호 씨, 그게 아니……."

"묻는 대로 솔직하게 말하는 게 좋을 거예요. 난 지금 눈에 뵈는 게 없으니까."

미호는 그녀의 말을 무자비하게 잘랐다. 묘한 쾌감이 혈관을 타고 전신으로 번졌다.

입술을 깨물고 한동안 미호를 노려보기만 하던 정아가 입을 열었다.

"알았어, 묻고 싶은 게 있으면 물어. 대답할 테니."

난데없는 반말에 미호는 코웃음이 나왔다. 한편으로는 그녀의 의도도 이해할 수 있을 것 같았다. 마지막 자존심이겠지. 모든 걸 들켜버린 상황. 심지어 대화나 상황을 주도하는 것마저 뺏겨버린 처지. 반말로 대거리하는 것만이 지금 그녀가 할 수 있는 최대한의 반격일 터였다.

"내가 궁금한 건 한 가지뿐이에요. 도대체 뭐예요?"

"……."

"당신이 블랙리스트에 오른 이유가."

딱딱한 석고상 같던 정아의 얼굴에 실금이 갔다. 상황이 선뜻 이해 가지 않는지 잠시 무언가를 생각하는 듯했다. 의아하고 혼란스러운 기색이 표정에 나타났다.

"알고…… 있는 게 아니었어요?"

정아가 물었다. 미호는 고개를 저었다.

"도대체 그 착각이 어디서부터 비롯된 건지 모르지만, 유진이하고 난 17년 동안 연락 한 번 안 하던 사이였어요. 그런 내가 유진이의 USB를 가지고 있을 리가 없잖아요. 당신네들은 그 USB가 나한테 있다고 생각하는 모양인데, 틀렸어요. 나한테 없어요."

"유진 씨 USB는 어디에 있는 건데요?"

"그건 나도 모르죠."

"그럼 지금 이 상황은 내가 내 무덤을 판 꼴이란 건가요?"

짧은 단발을 쓸어 넘기는 손길에 짜증이 묻어났다.

"정확한 표현이네요. 어쩌실래요? 동생 손목에 수갑 채우실래요? 아님…… 얘기하실래요."

정아는 한 대 얻어맞은 듯한 얼굴로 연거푸 깊은 한숨을 토해내기만 했다. 고개를 흔들며 부정해보다 이내 헛웃음을 켜며 상황을 납득했다. 결국 그녀는 마지못해 입을 열었다.

"저 블랙리스트에 오른 거 맞아요. 두 달 전쯤에요. 어떻게 안 건지 아니, 유진 씨가 우리 집 등기부등본을 떼본 거 같더라고요. 티 난 건 없다고 생각했는데 그 여자도 어떻게 귀신같이 냄새를 맡았는지, 나 참. 하여간 그게 계기가 돼서 우리가 그 집에 월세로 살고 있다는 걸 알아냈더라고요. 부동산 사장한테 그렇게 신신당부를 했는데."

자존심이 상하는지 정아의 얼굴이 일그러졌다. 입술을 깨물고 말을 고르던 정아는 다시 말문을 열었다.

"무리해서 그 동네로 이사한 거냐고 묻는다면, 아니에요. 원래 우리 집 맞아요. 사정이 생겨서 잠시 집을 팔고 월세로 사는 거고."

"……무슨 사정인지 물어봐도 될까요."

미호의 말에 눈을 치켜뜬 정아는 하, 하고 바람 빠진 소리를 냈다.

"이제 와서 그럴 거 없어요. 사람을 바닥까지 끌어내려놓고 무슨……. 아무튼 우리 신랑, 뷰티 디바이스를 제조하는 회사를 운영해요. 이 년 전쯤 한창 사업을 확장할 때 여기저기 투자금 명목으로 돈을 좀 빌렸죠. 헤리티지 엄마들한테도."

뒷이야기는 듣지 않아도 충분히 짐작됐다. 정아 남편의 사업이 어려워졌을 것이다. 휘청거리는 사업 때문에 집도 팔았을 것이고.

"무슨 생각하는지 알아요. 그렇게 사업이 어려워졌는데도 그 집에 월세로 살고, 사치품을 사대며 허세를 부린다 생각하겠죠. 하지만 그럴 수밖에 없었어요. 우리 집이, 회사가 어려워졌다는 걸 알면 그 여자들이 죄다 투자금을 회수하려고 했을 테니까."

정아는 회사의 사활이 걸린 중요한 순간이었다고 말했다. 일시에 거액의 투자금이 빠져나간다면 회사는 그대로 무너질 터. 거짓말을 해서라도 회사가 번창하고 있음을 증명할 필요가 있었다.

"그런데 오유진이 알아낸 거죠. 우리 회사가 어렵다는 걸."

유진은 블랙리스트 업데이트를 담당하는 프리미엄 맘카페

스텝이었다. 그녀의 손에 폭탄이 쥐어진 셈이었다. 개인정보가 포함된 블랙리스트는 극소수만이 열람할 수 있으나, 소문이 어디에서 시작돼 어디로 퍼져 나갈지 모를 상황이었다.

유진이 자신을 블랙리스트에 올렸는지 올리지 않았는지 알 수 없는 상황이라 정아의 속은 까맣게 타들어갔다.

"회사, 아니 우리 집안의 명운이 달린 일이었어요. 어떻게 내가 가만히 있겠어요?"

유진은 SNS에 '개봉박두, 판도라의 상자'라는 게시물을 올리며 정아를 조롱했다. 때마침 나영도 남편의 불륜 사실을 폭로 당하면서 세 사람은 완전히 갈라서게 됐다는 게 정아의 설명이었다.

"정말 찢어죽이고 싶었죠. 그 게시물을 봤을 때는. 누군들 안 그렇겠어요? 나 같은 일을 당하면."

"그래서, 죽였어요?"

미호는 정아를 흔들어보고 싶었다. 하지만 그녀는 나영처럼 녹록한 상대가 아니었다. 입가에 옅은 비웃음만 띄울 뿐, 표정 변화조차 없었다.

"지금 날 의심하는 거죠? 아니, 나뿐만이 아니었겠네. 나영 씨도. 그죠? 그런데 이를 어쩌나. 난 알리바이가 너무 확실한데. 그날, 민성이 데리고 엄마 집에서 자고 왔어요. 엄마한테 한 번 더 손 벌려야 했거든요."

아주 조금이라도 유진의 죽음을 슬퍼했을까.

때마침 죽어줘서 고맙고 기쁜 마음이었을까.

돌덩이가 들어앉은 듯 가슴이 답답했다.

"아, 이건 내가 되게 착해서 말해주는 건데……. 유진 씨 죽기 전, 좀 이상하게 정신이 나가 있었어요. 유진 씨 죽음이 궁금하다면 우리가 아니라 그쪽을 파야 할 거예요."

유진의 죽음에 다른 원인이 있을 거라고?

화제의 방향이 엉뚱하게 전환되자 미호는 신경을 곤두세웠다.

전혀 예상하지 못했던 이야기였다. 아니, 함정일까. 정아는 나영처럼 쉬운 상대가 아니다. 불리한 상황을 반전시키기 위해 거짓말을 하고 있는지도 몰랐다. 마치 중요한 정보를 쥐고 있는 양.

미호는 의자에서 등을 떼고 상체를 앞으로 기울였다.

"이상하게 정신이 나가 있었다고요? 어떻게요?"

하지만 그렇다고 완전히 무시할 수는 없었다.

"글쎄, 그걸 어떻게 설명해야 하나. 항상 단정하고 이지적인 사람이었는데, 뭔가 나사가 하나 풀린 것처럼 넋을 빼고 다니더라고요. 그리고 죽기 사흘 전쯤인가? 싸운 것도 까먹었는지 나한테 와서 말까지 걸었다니까요."

"무슨 말을 했는데요."

"가만 보자…… 뭘 물었는데. 뭘 물었더라……."

정아는 말끝을 길게 늘어뜨렸다. 생각나지 않는다는 뉘앙스를 풍겼지만 입가에는 희미한 미소가 걸려 있었다.

그녀는 영리했다. 이미 알고 있는 것이다.

조금 전, 자신에게 유리하도록 상황이 반전되었다는 걸.

어리석게도, 미호는 조급함을 들켜버리고 말았다.

"뭘 물었는데요."

"그 전에 나한테 뭘 줄 수 있을지 제안을 먼저 해야 하지 않을까요?"

"없던 일로 할게요."

"……."

"송정식의 폭행."

정아는 입꼬리를 끌어 웃으며 이야기를 시작했다.

"2년 전 헤리티지에서 있었던 일에 대해 묻더라고요. 민성이한테 뭐 들은 얘기 없냐고."

"그때 유치원에서 무슨 일이 있었는데요?"

"별일 아니었어요. 지율이가 유괴된 줄 알고 잠시 소동이 벌어졌었거든요."

정아는 2년 전 헤리티지 영어유치원에서 벌어진 소동에 대해 짧게 요약했다.

가정의 달 공연 날, 유진의 첫째 딸 지율이 사라졌다. 선생과 부모들은 유괴사건으로 인지하고 즉시 경찰에 신고를 했다. 형사들까지 출동해 유치원을 발칵 뒤집어놓았다. 택배원을 유괴범으로 오인하는 일도 발생했지만, 사건의 진상은 황당무계한 것이었다.

담임 선생 조아라가 놀이방 장난감 서랍장에 숨은 지율을 찾아낸 것이다.

지율은 선생님과 숨바꼭질하고 싶었을 뿐이라며 변명했다. 모두들 안도의 한숨을 내쉬었고 공연 행사는 재개되었다.

지율의 장난이 초래한 작은 소동이었다.

"알고 보니 저뿐만이 아니었어요. 그 당시 지율이와 같은 반이었던 아이 엄마들한테도 그 사건에 대해 묻고 다녔더라고요. 지율이가 평소 선생님과 숨바꼭질하는 걸 좋아했냐, 자주 그 장난감 서랍장에 숨었냐, 이런 것들이요. 의심스러우면 물어보세요. 다른 엄마들한테."

"왜 유진이가 그 일에 대해 묻고 다녔는지, 짐작되는 부분이 있나요?"

정아는 단호하게 고개를 저었다.

"전혀요. 왜 묻냐고 물어도 유진 씨는 대답 안 했어요. 하지만 그 문제가 유진 씨에게 절실하다는 건 알겠더라고요. 몇 년을 봐왔지만 그 여자의 그런 표정은 처음이었으니까."

유진이 죽기 사흘 전이다. 유진의 죽음과 관련이 없을 리가 없었다.

미호가 생각에 빠져 있는 동안, 정아는 시계를 확인했다. 이야기를 끝내자는 신호였다.

"가봐야 할 거 같은데. 민성이를 엄마한테 맡겨놨거든요. 알잖아요, 저 이제 어려워서 이모님 못 쓰는 거."

이제 정아는 치부 따위는 아무렇지 않게 드러냈다. 의자가 바닥을 긁는 소음과 함께 뒤로 밀리며 정아가 자리에서 일어났다. 문을 열기 전, 그녀가 갑자기 생각났다는 듯 아, 하는 소리를 내며 뒤돌았다.

다분히 계산된, 연극적인 행동이었다.

"그런데 말이죠, 행복배틀에서 이기려면 어떻게 해야 하는지 알아요?"

이제껏 미호는 정아를 차갑고 도도한 여자라 생각했다. 자기중심적이고, 주도적이고, 직설적인 여자. 그러나 돌아본 눈동자에서 어린아이의 그것처럼 순연한 잔혹함이 번들거리고 있었다.

그녀가 무슨 이야기를 할지 짐작조차 못 하면서도 뒷덜미가 서늘해졌다.

미호는 질문에 대한 답으로 고개를 흔들었다.

"더 행복해질 필요도 없어요."

"……."

"남의 행복을 부수면 되거든요."

섬뜩한 목소리가 공기 중에 흩어졌다.

그래서 남의 행복을 차례대로 부순 유진이 행복배틀의 승자라는 뜻인 걸까.

아니다, 결과론적으로 유진은 가장 처참한 패자다.

그렇다면.

"송정아 씨도 누군가의 행복을 부숴본 적이 있군요."

정아는 빤한 얼굴로 미호를 쳐다보다 입을 열었다.

"글쎄요."

"……."

"물이 담긴 컵에 아주 작은 잉크 방울을 떨어뜨린 적은 있죠."

의심이란, 그런 거거든요.

정아가 덧붙인 뒷말이 연기처럼 흩날렸다.

또각또각, 바닥을 때리는 구두 소리가 이어졌다. 문이 열렸다. 손잡이가 돌아갔다.

"아이들은 그림을 통해 참 많은 얘길 해요."

문 닫히는 소리와 함께 정아가 마지막으로 남긴 말이었다.

정아의 말은 사실이었다.

유진이 죽기 사흘 전, 유치원 엄마들에게 2년 전 소동에 대해 묻고 다녔다는 건 사실로 확인됐다. 유진의 모습이 다른 때와 달랐다는 것 또한.

유진이 SNS에 평소와 다름없이 게시글을 올렸기에 미호는 차마 의심조차 하지 못했던 문제였다.

왜 유진은 2년 전 소동에 대해 묻고 다닌 걸까.

소동의 주인공은 다름 아닌 유진의 딸, 지율이었다. 그 누구보다 잘 알고 있을 터인데 무엇 때문에 그 사건을 다시 들춘 건지 이해가 가지 않았다.

정아가 사건에 대해 요약해서 들려줬으나 그것만으로는 부족했다.

한동안 고민하던 미호는 직접 헤리티지 유치원에 찾아가야겠다고 결론을 내렸다. 하지만 방법이 문제였다. 어떤 방식으로 접근해야 할지, 자신이 그럴듯하게 연기를 해낼 수 있을지 걱정이 됐다.

미호는 결국 세경에게 도움을 요청했다.

"어려울 게 뭐가 있어? 새로 이사 온 척, 유치원 알아보러 다니는 척하면 되잖아."

이 근방에 이사 온 것처럼 위장하자는 게 그녀의 계획이었다.

미호는 오랜만에 정장들 속에 파묻혀 있던 니트 원피스를 꺼냈다. 그 위에 카디건을 걸치고 플랫 슈즈를 신으니 그럭저럭 유치원생 아이 엄마 느낌이 나는 것도 같았다.

마지막으로 가을볕을 막아보려는 듯 헬렌 카민스키를 깊게 눌러써 얼굴을 가렸다.

아파트 단지 초입에서 만난 세경은 미호의 옷차림에 만족해했다.

두 사람은 산책로를 걸으며 시간을 죽인 뒤, 하원 시간이 지난 후에야 헤리티지 영어유치원으로 향했다. 3층 높이 파스텔톤 건물이 친숙하게 두 사람을 반겼다. 놀이터에서는 아이들의 웃음소리가 울려 퍼지고 있었다. 미호와 세경은 벨을 눌렀다.

"네, 나갑니다."

곧 젊은 여자가 모습을 드러냈다.

미호는 무심코 아는 체를 할 뻔했다. 그러다 그녀의 얼굴은 SNS에서만 봤을 뿐이라는 걸 깨닫고 속으로 가슴을 쓸어내렸다.

"어떻게 오셨…… 아, 한봄이 어머니시구나. 안녕하세요, 기다리고 있었어요."

조아라가 상담 예약 전화를 기억해내곤 두 사람을 안으로 안내했다.

쭈뼛거리는 미호에 비해 세경은 주어진 역할을 착실히 해냈다. 세경에게 이 위장 연극의 주연 자리를 맡긴 건 다행스런 일이었다. 미호와 세경은 조아라의 안내를 받으며 유치원 1층부터 3층까지 꼼꼼하게 구경했다. 1층에는 교실과 놀이방, 라이브러리가, 2층에는 강당과 체육실이, 3층에는 미술실, 쿠킹실 등이 배치되어 있었다.

유치원 연혁, 선생들의 경력사항, 프로그램과 커리큘럼, 지향하는 교육적 목표……. 조아라는 친절하면서도 자신감 넘치는 목소리로 설명을 이어갔다. 세경은 중간중간 질문을 던졌고, 조아라는 마땅히 예상한 질문이라는 듯 능숙하게 대답했다.

유치원 아이 엄마 행세를 하는 세경을 보고 있자니 미호는 자신이 너무했다는 생각이 들었다. 세경에게 이런 부탁을 하다니 생각하자면 잔인한 일이었다. 그제야 한봄이라는 이름도 세경이 제 아이 이름으로 생각해둔 거라는 게 기억났다.

벌써 5년째, 세경은 남편 병준과 아이 갖기를 시도하고 있었다. 얼마나 절실한지 세경은 말하지 않았지만, 난임 때문에 직장을 관둘 정도였다. 아버지의 외도로 힘들어 하던 세경은 늘 자신이 직접 꾸려갈 새로운 가정을 꿈꿔왔다. 그런 세경에게 유진의 가족은 어때 보였을까.

완벽하게 행복한 가족. 예쁜 두 여자아이, 배 속에 자라나는 또 하나의 생명.

미호가 생각에 빠져 있는 사이, 세 사람은 골드반 교실로 이동했다. 지율과 아린, 민성이 속한 분반이라는 사실을 깨닫고 미호는 퍼뜩 정신을 차렸다.

조아라는 다른 시설물들처럼 간략한 소개로 마무리 지으

려 했다. 하지만 미호와 세경은 이곳에 머물 구실이 필요했다.

"그런데 선생님, 제가 이리저리 알아보다 들은 얘긴데요."

미호가 교실을 둘러보며 지율의 흔적을 찾는 사이, 세경이 새로운 화제를 꺼냈다.

"네, 어머니. 말씀하세요."

"2년 전, 여기에서 아이가 사라졌다가 찾은 사건 있었다면서요. 사실 여기가 이 동네에서 최고라는 건 아는데, 조금 찝찝한 마음도 들어서……."

세경의 말에도 조아라는 얼굴색 하나 변하지 않았다. 이런 식의 질문과 대응이 익숙한 듯 보였다.

"당연하죠, 얼마나 걱정되시겠어요. 그런 얘기를 들었으니. 그런 소동이 있었던 건 사실인데, 알고 계신 것과 달라요. 실제로 유괴 같은 건 없었어요. 아이가 놀이방에 숨는 바람에 벌어진 일이었어요. 하필 공연 행사가 있던 날이라 초청된 사람들이 많기도 했고, 여러가지 우연들이 겹치는 바람에 유괴라는 말도 안 되는 소동이 일어난 거고요."

둘의 대화를 들으며 미호는 교실을 한 바퀴 빙 돌았다. 조아라는 세경에게 설명하느라 미호의 행동을 크게 신경 쓰지 않았다.

교실 벽면에는 아이들의 그림이 가득 붙어 있었다. 머릿속에 정아와 아린의 말이 떠올랐다.

'그런데 왜 지율이 물건이 다 없어졌어요? 하나도 없어요. 실내화도, 스케치북도, 색연필도, 그림도요! 지율이가 갑자기 없어진 거 같아요.'

'아이들은 그림을 통해 참 많은 얘길 해요.'

미호는 집중해서 지율의 그림을 찾았다.

이아린, 주민성, 최해준, 방소담, 김가희…….

"그랬군요. 그럼 유괴가 없었던 게 확실한 거죠?"

세경이 목소리를 높여 조아라의 주의를 끌었다.

"그럼요. 작은 해프닝일 뿐이었어요."

"그런데 그 아이는 왜 놀이방에 숨은 거예요? 공연 행사면 아이도 많이 기대했을 텐데."

찬물을 끼얹은 듯 갑작스레 정적이 흘렀다. 지율의 그림을 찾던 미호 역시 미세하게 뒤틀린 공기의 움직임을 감지하곤 시선을 돌렸다. 방긋방긋 미소만 짓고 있던 조아라의 얼굴에 실금이 가 있었다.

"아, 그, 그 아이가 숨바꼭질을 좋아했거든요."

자신의 실수를 알아챈 조아라가 서둘러 변명을 내놓았다.

"그래요? 이상하네. 아무리 그래도 다섯 살이면 어느 정도 상황 판단이 가능한 나이가 아닌가? 중요한 공연을 앞두고 있는데, 설마 숨바꼭질이 하고 싶다고 숨었겠어요?"

세경의 말에 조아라의 얼굴이 눈에 띄게 굳었다. 그녀는 입술을 다문 채 무언가를 생각하더니 다시 입을 열었다.

"그 아이의 개인적인 문제라 말씀드리기 곤란한데. 그래도 이렇게까지 물어보시니 대답을 안 할 수가 없네요. 괜히 제 말을 오해하실까 봐 솔직히 말씀드릴게요."

조아라는 이야기를 할 수밖에 없는 이유를 늘어놓더니 본론으로 들어갔다.

"2년 전에도 제가 그 아이 담임이었어요. 엉뚱한 구석도 있었지만 기본적으로 활달하고 영민한 아이였어요. 그런데 그 애가 언제부터인가 뱀이 무섭다면서 자꾸 어디엔가 숨더라고요. 전 설마 공연 당일 날도 그럴 줄은 생각도 못 했죠. 그날, 제가 놀이방 장난감 서랍장에서 그 아일 찾았는데, 그때도 그 아이가 이런 말을 하더라고요."

"……."

"뱀이 자꾸 자기를 쫓아온다고, 뱀이 무섭다고요."

뱀이라.

어디서였지?

분명 어디선가 들은 적 있는 말이었다.

뱀이 무서워. 아니, 뱀 같아.

자꾸 쫓아와. 자꾸 나타나. 뱀이, 뱀이.

머리가 욱신거렸다. 분명히 들은 적 있는 말인데 어디에서, 어떤 상황에서 들은 건지 도무지 기억이 나지 않았다.

그래, 유진이다. 유진이가 그런 말을 했다.

그때…….

"혹시 아이에게 학대의 징후가 있었나요?"

침묵을 가르며, 멀찍이 떨어져 있던 미호가 입을 열었다.

왜 뱀을 떠올린 순간, 학대가 떠올랐을까.

미호 자신도 이유를 답할 수가 없었다.

"아니요, 절대요. 그런 건 없었어요."

조아라가 확신에 찬 음성으로 부정했다.

"그 아이 이름, 강지율 맞죠?"

미호가 묻자, 조아라가 고개를 끄덕였다. 비로소 조아라의 얼굴에 의심의 눈초리가 떠올랐다. 대화가 이상한 방향으로 진행된다는 점을 깨달은 것이리라.

"아직도 여기 유치원 다니는 것 같은데, 지율이 그림만 없네요."

이아린, 주민성, 최해준, 방소담, 김가희…….

지율의 그림이 있을 것이라 추정되는 벽면은 딱 스케치북 크기만큼 비어 있었다.

"얼마 전에 그 애 엄마가 와서 가져갔어요."

유진이가?

"실내화, 스케치북, 색연필. 전부 다요?"

"네……. 그런데 그런 건 왜 물어보시는 거죠? 당신들, 누구죠?"

조아라의 말투가 대번에 날카로워졌다.

"누구긴요, 여기에 아이를 보낼까 말까 고민 중인 엄마들이죠. 하여간 잘 봤습니다. 고민해보고 다시 올게요."

미호는 경계하는 조아라를 내버려둔 채 성큼거리며 교실을 나왔다.

더 이상 살펴볼 것은 없었다. 들을 얘기도 모두 듣고, 확인하고 싶은 것도 모두 확인한 뒤였다.

차가운 바람이 얼굴을 때렸다.

아파트 샛길에는 여지없이 돌풍이 불었다. 서늘한 공기가 옷자락을 파고드는데도, 가슴에서 치솟은 불덩어리 때문에 몸이 후끈거렸다.

"미호야, 천천히 좀 가."

세경이 뒤쫓아 오며 미호를 불렀다.

"갑자기 왜 이러는 건데?"

그러게, 내가 왜 이러는 걸까.

여러 생각들이 마구잡이로 뒤엉켰다. 머릿속이 엉망으로 헤집어진 듯했다.

SNS 행복배틀, 블랙리스트를 둘러싼 유치원 엄마들의 싸움, 2년 전 유치원에서 발생한 소동, 갑자기 사라진 지율.

그리고 뱀.

머리가 깨질 듯 아팠다.

뱀이 무서워. 아니, 뱀 같아.

자꾸 쫓아와. 자꾸 나타나. 뱀이, 뱀이.

17년 전, 일그러진 유진의 얼굴이 자꾸만 겹쳐 떠올랐다.

"미호야, 장미호!"

세경이 부르는 소리에 미호는 재게 놀리던 발걸음을 멈췄다.

"빨리도 걷는다. 뭐가 그렇게 급해?"

"왜 한 번도 묻질 않는 건데."

세경이 말을 채 끝내기도 전, 미호가 딱딱한 음성으로 쏘아붙였다.

"무슨 말이야?"

"17년 전 그때 일. 그 소문 낸 거 나 맞냐고, 넌 물어야 하잖아. 어떻게 한 번을 묻질 않아?"

둘 사이에서 암묵적으로 동의해온 침묵. 그 대가로 얻은 관계의 평화.

미호는 그 평화를 깨부수는 사람이 있다면, 자신이 아닌 세경일 거라고 오래도록 짐작해왔다. 먼저 암묵적인 약속을 깨뜨리는 사람이 자신이 될 줄은 생각지도 못했다. 그러나 가슴 가장 밑바닥에 들끓는 감정을 더 이상 외면할 수 없었다.

분노와 원망이 일었다. 깊은 후회가 가슴을 때렸다. 부채감,

죄책감이라는 감정이 목을 죄어왔다.

"내가 유진이 소문 퍼뜨린 거냐고, 넌 나한테 물었어야 했어."

떨리는 입술을 깨물며, 미호가 같은 말을 반복했다.

"알고 있으니까."

이윽고 세경이 입을 열었다.

"……."

"넌 줄."

"……."

"유진이 얘기 알고 있는 사람은 너랑 나밖에 없었어. 내가 아니니까, 너겠지."

마주 선 미호와 세경 사이로 세찬 바람이 일었다. 바삭하게 마른 나뭇잎들이 바닥을 쓸었다.

두 사람 모두 깨달았다.

지금이야말로 오랫동안 침묵해왔던 일을 입 밖으로 꺼내야 할 때라는 걸.

જી

고등학교 2학년 가을 수련회.

미호가 혜성과 관계를 가졌다는 사실에다 임신했을지도 모른다는 걱정을 밝힌 건 다분히 충동적인 것이었다. 세경 역시 마찬가지였을 것이다. 아버지가 회사 여직원과 차 안에서 관계하는 모습을 봤다는 건 맨정신이었다면 쉽게 털어놓을 수 없는 이야기였다.

청명한 암청색으로 물든 가을 밤, 풀벌레 소리와 나뭇잎들이 바삭거리는 소리만이 건조한 대기 속을 떠돌았다. 낯선 장소, 술기운, 두려움이라는 조합은 아직 풋내 나는 아이들의 입에서 자연스럽게 비밀을 끌어냈다.

"됐어, 위로도 공감도 사절. 이걸로 난 구정물 튄 인생을 증명한 거 같은데. 유진이 넌?"

비밀을 털어놓은 세경이 장난스럽게 유진에게로 화제를 돌렸다. 한결 홀가분해진 얼굴이었다. 느닷없이 지목당한 유진은 당혹스러워 하더니 어색하게 웃어 보였다.

"난 솔직히 얘기할 거리가 없는데……."

"뭐야? 너 혼자만 깨끗한 척하겠다는 거야?"

"진짜 없어."

"어련하실까. 그래, 너 혼자 깨끗한 건 다 해먹어라. 어차피 우리도 넌 그런 거 없을 거라 생각했어."

세경이 장난스럽게 유진의 목을 휘감았다. 미호 역시 웃음을 터뜨리며 세경의 말에 동조했다.

"우리 이제 들어갈까? 여기 너무 춥다."

세경이 일부러 손을 호호, 불며 들어가자는 몸짓을 해 보였다.

우두커니 선 유진은 들어갈 생각이 없어 보였다.

"안 들어가고 뭐 해? 이러다가 얼어 죽겠어."

미호의 말에도 입술을 다문 유진은 두 사람을 빤히 올려다보기만 했다. 가로등 불빛이 유진의 얼굴에 내려앉아 음영을 드리웠다. 빛과 어둠의 경계가 명확한 얼굴은 이 세상 것이 아닌 듯 이질적으로 보였다.

아니, 어쩌면 낯선 표정 때문일지도.

"나도 있어, 할 말."

유진이 본론을 꺼낸 것도 아닌데 기묘하리만큼 분위기가 가라앉았다. 조금 전 세경의 장난이 무색할 만큼 진지해졌다. 유진은 제가 먼저 할 말이 있다고 서두를 꺼내고선 좀처럼 말을 잇지 못했다.

"뭔데?"

미호가 이야기를 재촉했다.

"진짜 비밀이야, 진짜 진짜 비밀."

"당연하지, 절대 얘기 안 해. 우릴 못 믿어? 그리고 뭐 우리는 비밀 안 털어놨니?"

세경의 하이톤 음성도 가라앉은 분위기를 되살리지는 못했다. 유진은 손가락을 꼼지락거리며 말을 고르더니 이야기를 시작했다.

"날 이상하게 쳐다보는 사람이 있어."

선뜻 말뜻을 이해하지 못한 미호와 세경이 의아한 얼굴을 했다.

"정말 너무 기분이 나빠. 얼굴을 가만히 뜯어보고, 몸을 훑어 내리는 시선 같은 거. 징그럽고 소름 끼치는 게 꼭 뱀 같아. 처음엔 착각인 줄 알았는데, 아니었어. 그런 걸 어떻게 착각해. 마주 보고 얘기할 때면 그 사람의 시선이 내 입술을 향해 있어. 그러면서 자기 입술을 핥아, 입맛을 다셔. 그러다 가슴 쪽으로 시선이 향해. 마치 그렇게 뚫어져라 바라보면 옷 속을 파고들어 볼 수 있는 것처럼, 그런 시선으로 날 봐. 발목, 종아리, 무릎 그렇게 올라간 시선이 허벅지께 닿을 때쯤 자기 바지춤을 한 번 슥 만져. 어쩌다 한 번인 일이 아니야. 매번, 매번 그래."

유진의 차분한 음성이 점차 흔들렸다. 가까스로 감정의 동요를 참아보려는 듯했다. 누군가의 시선을 설명하고 있을 뿐인데, 벌레가 몸을 타고 오르는 듯 소름이 돋았다.

"어쩌다 어깨를 감쌀 때는 미묘하게 손가락이 가슴과 겨드랑이 사이를 파고들어. 허벅지를 툭툭 치듯이 잡을 때는 안쪽으로 손가락이 미끄러져 들어가기도 해. 허리를 살짝 잡아 끌 때는 엉덩이 윗부분에 손길이 스쳐. 아, 이런 걸 뭐라고 말해야 할지 모르겠어. 다른 누군가가 본다면 정말 자연스러운 터치 같아 보이거든. 격려나 위로 같은 걸로. 내가 예민해서, 내가 착각해서, 나만, 나 혼자만 그렇게 느끼는 걸까."

유진은 혼란스러워 보였다. 자신이 느끼는 감정마저 확신이 없는 듯 보였다.

"한 번은 이런 적도 있었어. 노트를 떨어뜨렸거든. 그걸 주우려고 몸을 숙이는데, 같이 주워 주겠다며 내 등 뒤에 바짝 붙는 거야. 하체가 느껴졌어. 1초 아니, 2초 정도? ……착각 아니야, 진짜야. 진짜 느꼈다고. 그런데 이런 걸 뭐라고 해야 할지 모르겠어. 성폭행도 아니고 성추행도 아니잖아."

그런 시절이었다. 성추행을 판단할 때 피해자의 감정은 고려되지 않았던 시절.

너무도 은밀하고 교묘해서 그 당시에는 피해자 스스로도 인정하지 못한 학대였다. 유진은 자신에 대한 누군가의 행위에 어떤 이름을 붙여야 할지 몰랐다.

성적 학대가 분명한데도.

"누군데, 그 사람이."

세경이 물었다. 미호 역시 묻고 싶었던 질문이었다. 유진의 이야기에서는 가장 중요한 게 빠져 있었다. 학대의 가해자는 유진에게 부적절한 접촉을 해도 자연스러워 보일 만큼 가까운 사이이면서 유진이 선뜻 거부를 표시할 수 없을 만큼 관계의 우위를 차지한 자로 보였다.

"그건 말 못 해."

"지금까지 네가 한 얘기는 비밀도 뭣도 아니야. 이건 그러니까…… 그래, 범죄 같은 거잖아. 이런 얘길 어떻게 그냥 넘어가!"

세경이 목소리를 높였다.

"너희들이 이렇게 반응할까 봐 얘기 안 하려고 했던 거야. 난…… 얘기할 생각 전혀 없어. 어차피 얼마 후면 다시 볼 사이도 아니야."

유진은 단호했다.

"누군데? 대체 누군 거야?"

"얘기 안 한다니까."

"야, 오유진!"

세경의 압박에도 유진은 꽉 다물린 입술을 열지 않았다. 얼마 후면 다시 볼 사이가 아니라는 말이 미호의 머릿속을 파고들었다. 유진의 생활 반경이야 뻔하디뻔했다.

학교 아니면 학원.

선배 혹은 선생님.

세경이 유진을 몰아세우는 동안에도, 미호는 조용히 가해자가 누구일지를 헤아렸다.

"잊어, 그냥 잊어줘. 날 진짜 위한다면. 난 그냥 오늘 이 더러운 비밀을 털어내고 후련해지고 싶을 뿐이었어."

유진이 원래의 목적을 상기시키자 세경도 더 이상 캐묻지 못했다.

어색하고 불편한 침묵이 흘렀다. 묵직하게 내려앉은 차가운 바람이 발목을 휘감았다. 찌르륵거리는 고약한 풀벌레 소리가 고막을 괴롭게 긁어댔다.

그때였다.

미호는 문득 아래가 축축하게 젖어오는 느낌에 자리에서 일어났다.

"넌 또 왜 그래?"

세경이 물었다.

착각인가. 아니다. 착각이 아니었다.

미호는 대답도 하지 않은 채 엉거주춤한 자세로 숙소를 향해 걸어갔다.

영문도 모른 채 유진과 세경이 쫓아왔다. 미호는 화장실로 들어갔다. 변기에 앉아 바지를 끌어내렸다.

팬티에 생리혈이 묻어나 있었다.

하…… 드디어.

눈가가 젖어들었다. 안도감만으로 설명할 수 없는 눈물이 계속 흘러나왔다. 무슨 일인지 알 수 없었던 유진과 세경은 초조하게 문을 두드렸다.

그래, 죄책감이었을 것이다.

유진에게 느꼈던 죄책감의 시발점.

친구의 불행과 비교하며 안도했을 뿐만 아니라 그 순간, 자신의 고민을 해소해버렸다.

미호는 한참 동안 머물다 화장실을 나왔다. 차마 유진의 눈을 마주할 수 없었다.

생리가 시작되자 우울했던 기분이 씻은 듯이 사라졌다.

술기운에 고취된 감정마저 말끔히 자취를 감추었다. 다음 날 아침이 밝아오자, 미호는 전날 밤의 대화를 모두 잊은 것처럼 아무렇지 않게 행동했다.

오전 일정을 다 마친 버스는 고속도로를 달려 학교로 돌아왔다. 미호, 유진, 세경은 하굣길을 함께 나선 뒤 떡볶이를 먹고 헤어졌다.

집에 돌아온 미호는 씻지도 않은 채 침대에 널브러져 잠에 빠졌다. 가방은 방구석에 처박아놓은 채였다.

1박 2일의 일정이 고된 것도 아닌데 잠이 쏟아졌다. 덕분에 엄마가 방문을 열고 들어오는 소리조차 듣지 못했다.

얼마나 잠들었던 걸까.

짝, 소리와 함께 엄청난 통증이 얼굴을 덮쳤다. 엄마의 고함 소리도 귓가를 때렸다. 미호는 눈을 떠 잠에서 헤어 나오면서도 어쩌된 일인지를 알지 못했다.

"너, 너…… 이게 뭐야……. 이게 뭐냐고!"

벼락같은 호통 소리가 방 안에 울려 퍼졌다. 그제야 미호는 자던 중 엄마에게 뺨을 맞았다는 사실도, 엄마의 손에 들린 게 임신 테스트기라는 사실도 깨달았다.

"네, 네 거야? 어? 말을 해! 왜 이딴 게 네 가방에 들어 있는 거냐고!"

엄마가 발을 구르며 소리를 질러대는 와중에도 미호는 멍한 눈동자로 그녀를 바라보기만 했다. 아직 잠기운에 휩싸인 머리는 제대로 된 반응을 하지 못했다.

"내가 널 이렇게 키웠어? 네가 나한테 어떻게 이래? 너 때문에 내가, 너 때문에 내가 어떻게 살았는데!"

미호가 입을 다물고 있자 무자비한 손찌검이 날아들었다.

뺨은 금세 통통 붓고 얻어터진 입안에서 피가 배어났다. 쏟아지는 폭력 세례에 두려움이 목 끝까지 차올랐다.

"아, 아니야. 엄마, 내 거 아니야!"

침대에서 일어난 미호는 온 힘을 다해 부정했다.

멍청하게도, 잊고 있었다. 생리가 시작됐다는 안도감에 도취돼 버려야 할 것을 잊고 말았다.

엄마가 틈만 나면 가방을 뒤진다는 걸 알면서도 어떻게 이런 실수를 한 건지. 도무지 스스로가 이해되지 않았다.

"거짓말할 생각 마!"

엄마가 버럭 소리를 질렀다. 그러나 내려치는 손바닥에 묘하게 힘이 줄어 있었다. 미호는 때를 놓치지 않았다.

"거짓말 아니야, 진짜 아니라고! 제발 내 말 좀 믿어줘."

"장미호, 엄마 눈 똑바로 쳐다봐."

드디어 엄마의 매질이 멈췄다. 미호는 엄마와 시선을 마주했다.

"진짜 아니야?"

"진짜 아니야."

"그럼 누구 건데?"

"……."

"말 안 해?"

"……."

"이게 왜 네 가방에 들어 있었던 거냐고!"

또 다시 엄마가 미호의 뺨을 후려갈겼다. 벽에 얼굴이 처박혔다. 코 부위가 뜨끈했다. 붉은 선혈이 침대보로 뚝뚝 떨어졌다.

미호는 비스듬히 엄마를 쳐다봤다. 조금쯤은 그녀도 놀랐으리라 생각했건만, 표정에는 미세한 균열조차 없었다.

사실대로 털어놓는다면, 엄마는 날 죽이고 말 것이다.

부엌칼을 뽑아들어 날 찌르고 자살하겠지.

학교 교사였던 엄마, 육아를 위해 휴직을 거듭하다 퇴직한 엄마, 아들을 더 간절히 원했던 엄마, 잘난 딸을 키우고 싶었던 엄마. 지긋지긋해하는 아빠에게 보란 듯이 잘난 딸을 증명하고 싶어 했던 엄마. 그녀의 유일한 꿈은 미호, 자신뿐이었다.

숨 막히는 공포가 몰아닥쳤다. 어떻게든 이 상황을 모면해야겠다는 생각뿐이었다.

"유진이 거야."

미호는 덜덜 떨며 입을 열었다. 코에서 흘러내린 피가 입가를 적셨다.

"유진이 게 왜 너한테 있어."

"유진이가 버려달라고 했는데 깜빡했어."

엄마의 뱀 같은 눈동자가 미호의 표정 구석구석을 살폈다. 거짓말의 징후를 잡아채려는 집요한 눈동자였다.

거짓말을 하려면 완벽하게 해.

엄마의 마음속 소리가 들리는 듯했다.

"유진이한테 이런 게 왜 필요해."

"……유진이가 어떤 남자한테 안 좋은 일을 당했어."

엄마의 뱀 같은 눈이 가늘어졌다. 흥분으로 파들거리던 어깨가 다소 잠잠해졌다. 의심의 경계선상에 머물던 마음이 한쪽으로 기울어져 가고 있었다.

"무슨 일을 당했는데."

미호는 어젯밤 유진에게 들었던 이야기를 고스란히 털어놓았다.

비밀을 지켜달라던 말은 만 하루도 지켜지지 못했다. 미호가 고통스럽게 말을 마치자 엄마의 눈에 다른 결단이 깃들었다.

"그래서 그 남자가 유진이를 성폭행했다는 말이야?"

"유진이는 아무 말 안 했어. 그런데 이런 걸 가지고 있었던 거 보면…… 비슷한 일이 있었던 게 아닌지, 짐작만 하는 거지."

"그 남자가 누군데?"

"몰라. 유진이가 얘기 안 했어."

"너라도 짐작 가는 사람 있을 거 아니야?"

엄마의 목소리가 다시 날카로워졌다.

"선배 아니면 선생님이 아닐까 생각했어."

미호는 결국 추측했던 대상을 털어놓았다.

엄마는 팔짱을 낀 채 임신 테스트기 든 손을 까닥거렸다. 골똘히 생각할 때마다 나오는 습관적인 행동이었다.

"엄마, 이거 진짜 비밀이야. 절대 어디 가서 얘기하면 안 돼. 알겠지? 유진이가 비밀 지켜달라고 신신당부했던 일이야."

"이런 일을 어떻게 그냥 넘겨?"

"안 돼! 엄마, 내가 이렇게 부탁할게. 지금부터 엄마가 하라는 거 다 할게. 이렇게 빌게. 제발 비밀 지켜줘, 응?"

미호는 침대 위에서 무릎을 꿇고 두 손을 모아 빌었다. 눈물이 줄줄 흘러 얼굴을 엉망으로 적셨다.

"그럼 수, 금 밤 12시. 명 선생 과외 하나 더 할 거니?"

"응! 할게, 할게! 나 다 해."

"핸드폰은 압수야. 앞으론 주말 외출도 금지."

"안 해. 공부할 거야. 엄마가 시키는 대로 다 할게."

순진했다. 엄마가 약속을 지키리라 믿었다.

사실 그녀에게는 임신 테스트기가 누구의 것인지 중요하지 않았을지도 모른다. 단지, 자신의 딸을 쥐고 흔들 무기가 필요했을 뿐.

미호는 혜성에게 이별을 통보하고 문자를 삭제한 후, 엄마에게 핸드폰을 반납했다. 과외 시간을 늘리고 공부에만 몰두했다.

얼마 뒤 엄마가 진로상담을 명목으로 학교에 찾아왔다. 미호는 가슴이 조마조마했지만 비밀을 지킬 거라는 엄마의 말을 믿고 싶었다.

기대가 무색하게 며칠 뒤, 야금야금 소문이 번져갔다. 유진이 학교 선생에게 성폭행을 당했다는 소문이었다.

소문의 주범은 교무실 선생들이었다. 선생들이 교무실에서 주의 없이 떠들어대던 이야기가 학생들 귀에 전해졌던 것이다. 범인의 신분에 대한 이야기는 쏙 빠져 있었으나, 모두가 짐작할 수 있었다. 2학년 수학을 담당하던 한주현 선생이 며칠 전부터 결근 상태였다.

소문은 비탈길을 구르는 눈덩이처럼 커져만 갔다.

유진은 사실이 아니라고 항변했지만 누구도 귀담아 듣지

않았다. 선생들은 유진에게서 사실관계를 듣고 싶어 하지 않았다. 한주현이 어떤 식으로 그녀를 추행했는지만 캐물었다.

어느 날부터 소문은 사실이 되었다. 비난의 목소리는 높아져만 갔다.

찬바람이 서럽게 울어대던 11월의 어느 날, 서라고등학교 5층에서 사람이 추락했다. 한주현이었다. 시신은 이른 아침 등교하던 학생이 발견했다. 그가 떨어진 5층 과학실에는 유서 한 장이 남겨져 있었다.

유서에서 그는 결백을 주장하고 억울함을 토로했다. 왜 자신을 믿어주지 않냐고 선생들을 원망했다. 자신의 억울함을 밝힐 길은 이 길밖에 없다며, 뛰어내리는 이유를 절박하게 적었다.

선생과 학생들의 태도가 돌변했다. 운구 차량이 운동장을 도는 시간, 학생들은 창가로 몸을 내밀고 국화를 던졌다. 그렇게 자신들의 죄를 묻어버리고 싶었던 걸까.

창밖으로는 꽃잎만이 바람에 휩쓸려 날아오르고 있었다.

❧

혜성과 만나지 않았더라면.

혜성과 관계를 맺지 않았더라면.

임신 테스트기를 사지 않았더라면.

유진의 비밀을 듣지 않았더라면.

엄마에게 맞아 죽을지언정, 거짓말을 하지 않았더라면.

한주현은 살았을 것이다.

유진, 세경과는 이후 평범한 친구 사이로 지내왔을 테고.

모두 내 잘못이었다.

미호는 손깍지를 풀었다 쥐었다 하며 세경의 눈동자를 바라봤다. 아파트 샛길 사이로 무섭게 몰아닥친 바람 때문에 두 사람의 머리카락이 휘날렸다.

"계속 묻고 싶었어. 유진이 비밀 이야기한 게 너냐고. 그런데 너마저 잃고 싶진 않았어."

세경의 말에 미호는 다리가 후들거려 주저앉고 싶었다.

"네가 왜 17년 동안 유진이 이야기를 외면했는지 알고 있어."

그렇다.

유진의 이름을 금기어로 만든 건, 유진의 이야기를 입에 올리지 않은 건 모두 자신이었다. 세경이 동의한 바가 아니었다. 입을 닫음으로써 내면의 평화를 지키고 싶었던 건 오직 자신, 한 사람뿐이었다.

해일처럼 몰려온 죄책감이 목을 죄었다.

"차라리 나한테 털어놓았으면 싶기도 했어. 네가 왜 결혼을 안 하려고 하는지, 스스로에게 벌을 주듯 행복해지면 안 된다고 생각하는지, 왜 일에만 몰두하는지. 평생 무엇으로부터 그렇게 도망치듯 살고 있는지 알 것 같아서."

깊은 고뇌에서 우러나온 세경의 말을 들으며 미호는 주저 앉고 말았다.

나는 살인자다. 한주현을 죽인 건 다름 아닌 나다.

유진의 인생을 망가뜨린 사람도 나.

그래서 유진의 존재를 지우고 살았다. 하늘의 별처럼 빛나 던 그 아이, 동경하던 그 아이. 마치 그 아이가 처음부터 존재 하지 않았던 것처럼, 그렇게 살았다.

그러다 17년 만에 발견한 유진의 가족사진.

호화 아파트, 자상한 남편, 사랑스러운 두 아이. 번듯한 가정 을 일구고 살고 있어 다행이었다. 17년 전 그 일이 그 애의 인 생에 아무런 흠을 남기지 않은 것처럼 보였다.

그래서였을 것이다. 유진의 죽음에 집착했던 건.

유진의 죽음이 그때의 상처에서 비롯된 것이 아니라는 걸 증명하고 싶었다. 단순한 사고, 제3자의 소행이길 바라고 또 바랐다. 하지만 이것 또한 내 이기심에 불과했다. 죄책감을 던 져버리고 싶은 추악한 속내일 뿐이었다.

"나 때문이었어. 한주현이 죽은 건."

갈라터진 미호의 입술 사이로 물기 어린 목소리가 새어 나 왔다.

"그 일에서 자유로운 사람은 없어."

"내가 엄마한테 얘기하지 않았다면, 소문이 퍼질 일도 없었어."

"선생들은 함부로 입을 놀려댔지. 애들은 소문에 살을 붙여 퍼다 나르고. 교장은 섣부르게 한주현한테 근신처분을 내렸어."

"왜 한주현이 가해자로 지목당한 걸까. 난 엄마한테 가해자가 한주현이라고 얘기한 적 없어. 그냥 선배나 선생님일지도 모른다고 얘기한 것뿐인데."

세경의 꾹 다문 입술이 미세하게 경련을 일으켰다. 그제야 세경 역시 무언가를 참아내고 있을지도 모른다는 생각이 들었다.

그 시절 세경은 아버지를 혐오하면서도, 이상하게도 짝사랑 대상은 전부 성인 남성이었다. 무의식적으로 아버지를 대신할 남자를 원했는지도 몰랐다. 한주현은 세경의 열렬한 짝사랑 상대였다. 한주현이 죽은 뒤 세경은 새빨개진 얼굴로 악을 썼다.

'걔 때문에 사람이 죽었어! 한주현이 죽었다고. 뛰어내렸대, 학교에서. 미친년, 그 미친년 때문에!'

그 당시 원망하고 분노할 대상이 필요했던 세경은 모든 걸 유진의 탓으로 돌렸다. 그러나 많은 시간이 지난 지금도 세경은 줄곧 유진을 원망하는 것처럼 보였다.

왜, 대체 왜.

유진에게 무슨 잘못이 있길래.

"세경아."

세경은 묵묵부답이었다. 세경의 목울대가 울렁거렸다.

"미호야, 넌 그때 유진이가 한 말이 사실이라고 생각해?"

잠시 뒤 입을 연 세경의 얼굴에는 표정이 없었다.

"무슨 말이야?"

"그때 수련회에서 유진이가 했던 말. 믿냐고."

"당연하지. 그런 말을 어떻게 꾸며내?"

수련회 밤, 떨리던 목소리, 창백한 낯빛, 언뜻언뜻 드러나던 수치와 치욕의 감정들. 그 모든 것들이 거짓일 리가 없었다.

"나도 처음엔 그렇게 생각했어. 믿었어. 근데 시간이 꽤 지난 후엔 이런 생각이 들더라? 유진이가 했던 말, 모두 거짓말일지도 모른다고."

누군가 돌덩이로 뒷머리를 내려치는 듯했다.

충격으로 아연해진 미호의 표정에도 아랑곳않은 채 세경은 말을 이었다.

"너도, 나도 성적인 치부와 관련된 제법 큰 비밀을 털어놓은 상황이었어. 듣는 유진이 입장에선 어땠을까. 그 순간 소외감 같은 걸 느끼지는 않았을까. 비밀 하나 없는 자신이 어린애처럼 느껴지지 않았을까."

"말도 안 돼. 그래도 어떻게……."

"밤이고, 술기운도 오르고. 어쩌면 분위기에 휩쓸려서 말을 지어냈을지도 모르지."

또 한 번 돌풍이 미호와 세경 사이로 불어 닥쳤다.

세경은 고개를 들어 허공 어딘가를 응시했다. 그녀의 눈동자는 과거의 어느 한 순간을 헤매는 듯했다. 어쩌면 세경 역시 유진의 죽음을 파헤치며 무언가를 증명 받고 싶었던 건지도 모른다.

유진이 성추행을 거짓말로 꾸며낼 만한 인간이라는 확신.

그 확신을 얻고 싶었는지도.

연이은 충격에 미호는 몸을 떨었다. 얼음 조각을 품은 듯 불어오는 바람에 살갗이 에였다.

그리고 그날 저녁, 경찰은 '반포동 부부 피살사건'에 대한 공식 수사 결과를 발표했다.

3부

어둠에 빠진 발목

경찰은 유진이 칼로 자해한 다음 도준을 찌른 것이라고 사건 전말을 공표했다. 자녀 교육 문제로 생긴 다툼 때문이었다. 유진이 위험할 정도로 많은 피를 흘리면서 왜 집 안을 헤집고 다녔는지는 여전히 의문으로 남았다. 경찰은 유진이 뒤늦게 구조요청을 하기 위해 핸드폰을 찾아 헤맨 것이라 추측했다.

미호는 충혈된 눈으로 관련 기사를 확인하고 또 확인했다. 어느덧 창밖으로 날이 밝아오고 있었다. 경찰 발표는 그다지 큰 충격으로 다가오지 않았다. 어쩌면 이미 알고 있었는지도 모른다. 유진의 죽음이 제3자에 의한 것이 아니라는 걸.

하지만 원인에 대해서는 동의할 수 없었다.

이 모든 비극이 자녀 교육 문제로 인한 갈등 때문에 비롯된 것이라 믿기 힘들었다. 경찰이 유진의 삶을 조금이라도 이해했다면 내릴 수 없는 결론이었다.

문득 그날의 전경이 눈앞에 펼쳐졌다.

학교 창문 밖으로 국화 꽃잎이 흩뿌려졌다. 꽃잎들은 떨어지지 않고 바람에 휩쓸려 날아올랐다. 수백 마리의 하얀 나비들이 날갯짓을 하는 것 같았다. 운구차량이 운동장을 빙 돌았다. 아이들은 눈물을 쏟아냈다. 통곡과 비명이 길게 메아리쳤다.

누군가의 외침이 이명처럼 들렸다.

지난 17년 동안 한 번도 꺼내본 적 없는 기억.

가슴 깊이 똬리를 튼 부채감과 죄책감. 아물 틈도 없이 덧나고 짓무르는 상처.

이제 더 이상 외면하고 싶지 않았다.

가장 간절하게 염원하는 바는 시간을 되돌리는 것이다. 그 시절로 돌아가 비극의 단초가 될 만한 일들을 막고 싶었다. 과거의 죗값을 치르고 유진에게 속죄하고 싶었다.

그 시절, 미안하다는 사과 한마디 하지 못했다.

미안하다고 한마디만 할 수 있다면.

하지만 속죄할 대상은 이미 세상에 없다.

유진의 죽음, 그 진실을 대면하며 속죄하길 원했다. 그녀의 죽음을 이해하고 싶었다. 그녀의 삶을 이해하고 싶었다. SNS 속 가짜 삶이 아닌 진짜 삶을.

결심이 영글자 미호는 소파에서 몸을 일으켰다. 한숨도 자

지 못했지만 머릿속 뿌연 안개가 걷히는 듯했다. 해야 할 일
이 명료해진 탓이었다.

의식을 치르듯 몸을 깨끗이 씻고 검은 옷을 챙겨 입었다. 집
을 나서기 전, 핸드폰 메모장을 확인했다. 주소와 핸드폰 번
호가 적혀 있었다. 세경을 통해 윤 기자로부터 얻어낸 것들
이었다.

어떤 진실을 마주하게 될까 두렵기도 했다. 그러나 유진의
진짜 삶에 대해 이야기해줄 중요한 증인이었다.

미호는 현관문을 열고 집을 나섰다. 시외버스를 타고 한 시
간가량을 달렸다.

도착한 곳은 용인의 한 전원마을이었다. 마을은 불그스름
하게 물든 산을 병풍처럼 두르고 있었다. 청량하고 맑은 공기
가 감돌았다. 일정한 간격을 두고 전원주택이 띄엄띄엄 늘어
서 있었다. 계획적으로 조성된 마을이었지만 인공적인 느낌
은 전혀 들지 않았다.

미호는 핸드폰 메모장에서 주소를 다시 한번 확인한 다음
붉은 벽돌 전원주택 앞에 섰다.

초인종을 누르고 기다리니 잠시 후 대문이 열렸다. 정원을
가로질러 걸어가자 현관문 앞에서 중년 여인이 미호를 맞이
했다.

"안녕하세요. 전화 드렸던, 유진이 고등학교 친구 장미호

입니다."

유진의 어머니는 긴 회색 치마를 입고 숄을 두르고 있었다. 염색을 하지 않아 백발이 성성했다. 17년 전 가끔씩 마주쳤던 모습과는 전혀 달랐다.

유진의 어머니는 미호를 집 안으로 안내했다. 거실 소파에 앉아 기다리고 있자니 그녀가 차와 다과를 내왔다.

"장미호……라고 했죠?"

유진의 어머니가 찻잔을 내려놓으며 물었다.

"네."

그녀는 탐색하는 눈길로 미호의 얼굴을 쳐다봤다. 진한 갈색의 눈동자가 살갗 깊숙이 박혀 들었다. 미호의 심장이 울림을 만들어냈다. 찻잔을 움켜쥔 손도 미세하게 떨렸다. 그녀가 내뱉을 첫 말이 짐작조차 되지 않았다. 한참 동안 미호의 얼굴만 주시하던 그녀가 입을 열었다.

"미안하지만, 기억이 안 나네요."

다행이다.

긴장이 한순간에 흘어졌다. 미호는 조용히 한숨을 내쉬며 찻잔을 들었다.

"괜찮습니다. 고등학교 2학년 때 이후로 17년 동안 연락 못 하고 살았거든요."

미호가 덧붙인 설명에 유진의 어머니는 고개를 한 번 끄덕일 뿐이었다. 차를 음미하는 몸짓이 우아하고 고상했다. 찻잔을 내려놓는 소리조차 나지 않았다.

17년 전 유진의 집에 놀러 갔을 때 두어 번 마주쳤던 유진의 어머니 모습이 떠올랐다. 학부모라는 이름을 붙이기 어색할 만큼 젊고 아름다웠다. 허리까지 길게 늘어뜨린 생머리, 짙은 화장, 짧은 치마와 높은 굽. 다른 아주머니들은 살이 낀 나쁜 관상이라고 헐뜯곤 했지만 누구도 그녀가 아름답다는 사실은 부인하지 못했다.

교육관도 다른 엄마들과는 판이했다. 좋은 말로 표현하자면 자식을 믿고 자유를 허락했으며, 나쁜 말로 표현하자면 자식을 방임했다. 유진보다는 자기 스스로를 우선시 하는 사람이었다.

오래전 유진이 들려준 이야기가 떠올랐다.

'찢어지게 가난했대. 건설회사 다니던 아빠 못 만났으면 평생 그 신세였을 거야.'

'아빠는 키가 작고 왜소한 데다가 조용한 사람이었어. 근데 술만 마시면 사람이 영판 달라졌어. 골프채로 엄마를 후려 팼으니까. 그게 남자다운 거라고 생각했나 봐. 교통사고로 안 죽었으면 엄마는 평생 아빠한테 맞고 살았을 거야.'

'우리 엄만 남자 없인 하루도 못 사는 사람이야.'

미호는 유진의 어머니를 물끄러미 바라봤다. 그때 그 얼굴과는 완전히 다른 얼굴이었다.

"그래요? 그때 이후로 연락이 끊겼군요. 어디 멀리 이사를
갔나 보죠? 우리 유진인 결혼 전까지 방배동에서 쭉 자랐는데.
세명고 같이 다녔던 거 맞죠?"

단순히 궁금해서 묻는 걸까, 탐색하고 의심해서 묻는 걸까.

단정하기 힘들었다. 이런 때는 침묵이 답이다. 서라고등학
교를 입에 올릴 필요는 없었다. 신도시에서 자랐다는 말도 필
요 없었다. 미호는 말없이 찻잔을 입가에 가져다 댔다.

"장례식에는 갔었는데 뒤늦게 후회가 되더라고요. 진작 연
락하고 살걸. 뭐가 그렇게 바쁘다고 옛 친구를 잊고 살았는지.
유진이가…… 그동안 어떻게 살았는지 궁금해서…….."

미호의 말에 유진의 어머니는 이해한다는 눈빛을 보내왔다.

어제 미호는 유진의 어머니에게 먼저 전화를 걸었다. 방문
해도 되겠냐고 조심스럽게 물으니, 그녀는 괜찮다고 흔쾌히
대답했다.

그녀는 유진에 대해 이야기하고 싶어 했다. 17년 동안 연락
이 끊긴 미호는 그런 갈망을 해소하기에 적합한 대상이었다.

유진의 어머니는 소파에서 일어나더니 앨범을 가지고 돌아
왔다. 그녀는 사진 속 유진의 얼굴을 부드럽게 쓸어보며 눈시
울을 붉혔다. 오래도록 눈물을 흘렸다.

"유진이 아빠는 이제 그만 얘기하라고, 묻자고 하는데. 어

떻게 자식을 묻어요? 난 아직도 그 애가 살아있는 거 같은데."

앨범이 한 장, 한 장 넘어갔다.

"미호 씨도 알겠지만 우리 유진인 어렸을 때부터 리더십이 남달랐어요. 어디서나 대장 노릇을 했죠. 학창시절에는 반장, 회장 같은 건 빼먹질 않았지. 이게 고등학교 때 사진이네. 미호 씨도 있으려나."

중학교 시절의 유진을 지나 고등학교 시절의 유진이 나타났다. 친구들에게 둘러싸인 유진은 장난스런 미소를 짓고 있었다. 미호는 앨범을 재빠르게 넘겼다. 심장이 울렁거렸다.

17년 전, 유진은 인기가 많지만 조용하고 차분한 아이였다. 나서는 것도 그다지 좋아하지 않았다.

"연대 들어갔어요. 사회학과. 오케스트라 동아리에서 ……강 서방을 만났고."

'강 서방'이라는 말에는 그 어떤 감정도 실려 있지 않았다. 그녀는 비극에서 홀로 살아남은 도준을 원망하고 있을까. 비극을 초래한 이가 도준이라 생각하는 걸까. 그녀의 감정을 읽어내기 힘들었다.

"유진이가 악기를…… 다뤘군요."

대신 미호는 다른 질문을 던졌다. 그 시절, 유진이 악기를 다뤘는지 기억이 나지 않았다.

"첼로요. 다섯 살 때부터 배웠으니까. 몰랐나 보네?"

깃털처럼 가벼운 말투였지만 묘하게 책망하는 듯했다. 심장이 요동쳤다.

미호는 유진의 어머니를 곁눈질로 살폈다. 그녀는 사진을 보는 데 여념이 없었다.

17년 전 유진과 지금의 유진. 그 사이의 괴리감을 확인할수록 속이 메스꺼워졌다. 시야 속 앨범이 흐릿하게 보였다. 귓가에 이명이 이는 듯했다. 유진의 이야기도 더 이상 듣고 싶지 않았다.

유진 어머니는 그러고도 잠시간 이런저런 옛 추억을 늘어놓았다. 거북함만 커져가는 가운데 갑자기 벨소리가 들렸다. 유진 어머니는 시계를 확인하며 소파에서 몸을 일으켰다.

"벌써 시간이 이렇게나 됐네. 잠깐만 기다려줄래요? 우리 지율이, 하율이 올 시간이라."

미호는 고개를 끄덕였다. 오늘 이곳을 방문한 이유는 유진 어머니를 만나기 위해서만이 아니었다.

놀이터에서 만난 아린은 '지율과 지율의 엄마 모두 외가 가는 걸 싫어한다'고 말했다. 또한 지율이 갑자기 증발한 것처럼 실내화, 스케치북, 색연필, 그림이 사라졌다고도 덧붙였다. 조아라는 유진이 죽기 며칠 전, 유치원으로 찾아와 지율의 물건들을 가져갔다고 털어놓았다.

왜?

유진은 왜 그랬을까.

답은 지율에게 있을 터였다.

잠시 후 유진 어머니가 지율과 하율을 데리고 돌아왔다. 미호는 소파에서 일어났다. 그동안 사진으로 보았을 뿐인 아이들을 처음으로 대면하는 순간이었다.

"안녕, 난……."

중문이 열리고 아이들이 모습을 드러냈다.

평범하게 인사를 건넬 작정이었지만 아이들을 보는 순간 말문이 막혔다. 심장이 내려앉았다. 아니, 그런 말로는 부족하다. 아득한 나락 속으로 추락하는 기분이었다.

엄마를 잃은 아이의 얼굴을 본 적이 없었다. 그 자그마한 아이들 눈에 어떤 상실이 깃들어 있을지 짐작해본 적 없었다. 단순히 아이들을 만나고 싶다고만 생각했다. 교만하고 자기중심적인 생각이었다.

"난……."

미호는 아이들의 텅 빈 눈동자를 쳐다보며 말을 잇지 못했다. 차마 뒷말을 내뱉을 수 없었다.

"이분은 엄마 고등학교 때 친구분이셔. 인사해야지?"

유진 어머니의 말에 지율과 하율은 꾸벅 고개를 숙였다.

"방에 들어가 있어, 배고프지? 미호 씨도 저녁 들고 가요."

유진 어머니는 서둘러 부엌으로 들어갔다. 손녀들을 돌봐

야 한다는 책임감이 그녀의 삶을 아슬아슬하게 지탱하는 것
같았다. 지율과 하율은 미호를 빤히 쳐다보다 방 안으로 들
어갔다.

미호는 부엌 쪽을 돌아봤다. 벽면이 튀어나온 구조가 시야
를 차단하고 있었다. 잠시 고민하던 미호는 슬리퍼 소리를 죽
인 채 아이들 방으로 이동했다.

방문은 열려 있었다.

지율과 하율은 가방을 풀고 있었다. 미호는 노크를 한 뒤 방
안으로 발을 들여놓았다.

"안녕. 지율이, 하율이 맞지?"

평범한 인사가 쥐어짜듯 나왔다. 목구멍이 까슬까슬했다.
입안에 가시가 돋는 듯했다.

"아줌마는 엄마 고등학교 때 친구야."

지율과 하율이 미호를 돌아봤다. 눈빛에는 경계심이 가득
했다.

지율은 유진을 쏙 빼닮은 아이였다. 깊게 쌍꺼풀진 눈매, 오
뚝한 코, 도톰한 입술. 누가 보아도 예쁘다고 할 만한 생김새
였다. 반면 하율은 귀엽다는 말이 더 잘 어울렸다. 오동통한
뺨에 가느다랗게 찢어진 눈. 유진과 도준 둘 모두 닮지 않은
것처럼 보였다.

문득 유진의 SNS에서 본 댓글이 떠올랐다.

chloe_mom 오동통한 하율이 볼살 너무 귀엽당ㅎ 대체 누구를 닮았지? 엄마 아빠 하나도 안 닮았어도 건강하게만 자라면 됐지, 뭐!

O_su_zzzzi @chloe_mom 아이들은 자라면서 얼굴이 열두 번도 더 바뀐다잖아요. 우리 하율이 저 어렸을 때랑 똑같아요. 얼마나 예쁘게 자랄지 기대가 된답니다.^^

chloe_mom @O_su_zzzzi 어머, 그랬구나. 난 유전자 검사라도 받아야 하는 거 아닌가 생각했네.

설마, 하는 생각을 지우곤 미호는 무릎을 굽혀 아이들과 눈을 마주쳤다.

"아줌마가 얼마 전 놀이터에서 아린일 만났어. 지율이가 어떻게 지내는지, 잘 지내는지 궁금하대. 아린이는 지율이가 보고 싶은가 봐."

친숙한 이름을 꺼내자 지율의 두 눈에 서렸던 경계심이 옅어졌다. 그럼에도 얼굴 가득한 슬픔, 상실, 우울감은 여전했다.

이 사건의 가장 큰 피해자는 아이들이었다.

지율, 하율이도, 아린이도, 민성이도.

그 시절 자신도, 유진도, 세경이도.

어른들 욕심에 희생되는 건 항상 아이들이었다. 피해의 몫은 고스란히 아이들이 짊어져야 했다. 어른이 되어가는 시간 속에서, 남은 날들을 살아가는 동안, 상처가 상흔이 될 때까지. 이 아이들은 또 얼마나 과거의 상처와 싸워야 할까 생각하자,

미호는 가슴이 쓰렸다.

"자꾸 엄마 생각이 나요."

지율의 자그마한 입술 사이로 말이 흘러나왔다. 엄마라는 단어를 내뱉고 아차, 싶은 건지 금세 입을 다물었다.

누군가는 이 아이에게 엄마라는 말조차 꺼내지 못하게 한 듯했다. 아니면 아이가 먼저 눈치를 보고 입을 닫았거나. 어떤 경우든 아이의 상처는 방치된 것처럼 보였다.

"엄마 생각하는 거 나쁜 거 아니야. 보고 싶은 것도 당연한 거야. 숨길 필요 없어. 아줌마도 친구가 너무 보고 싶어."

미호는 지율의 작은 머리통을 조심스럽게 쓰다듬었다. 지율은 눈시울을 붉히더니 애처롭게 눈물을 떨궜다. 하율은 돌아앉아 스케치북에 색연필로 그림을 그리는 데 여념이 없었다.

미호는 지율을 살며시 품에 안고 다독였다.

"엄마는…… 우리를 지키고 싶댔어요."

"그렇구나……."

"우리를 보호해야 한대요."

"……."

"그런데…… 나 때문이면 어떻게 하죠?"

지율은 눈물이 얼룩진 얼굴을 들어 미호를 쳐다봤다. 순간 삭막한 한기가 가슴을 파고들었다. 아이의 눈동자에 깃든 감정은 슬픔이 전부가 아니었다.

"뭐?"

미호는 다독이던 손길을 거둬들였다. 지율은 손등으로 눈물을 훔쳐냈다. 아이는 입술을 깨물었다. 입가가 파르르 떨렸다. 슬프기만 한 게 아니다.

두려움. 명백한 두려움이 아이의 감정을 지배하고 있었다.

"엄마가 갑자기 변해버렸어요. 이상해졌어요. 맨날 그 USB만 쳐다봤어요. 계속계속 그것만 봤어요."

USB?

블랙리스트가 저장된 USB를 말하는 건가?

"그거 때문에 엄마가 이상해진 거면 어떻게 하죠? 소원이 엄마가 찾아보라고 했는데, 엄마 물건들 속에도 없었어요. 검정색 막대기 모양인데. 엄마가 화장대에 올려놨던 건데. 아무리 찾아봐도……."

그 순간, 미호는 눈을 부릅떴다.

"잠깐 지율아, 방금 뭐라고 했어?"

"그거 때문에 엄마가 이상해진 거면 어떻게 하냐고요."

"아니, 그거 말고 USB가 어떻게 생겼다고?"

"검정색 막대기 모양이라고요."

그럴 리가.

USB는 은색이었다.

O_su_zzzzi

개봉박두. 판도라의 상자.

#꿀잼각팝콘각 #영화제목은3캐럿다이아의비밀과블랙리스트 #는거짓말
#그냥흔한영화같은거짓말 #영화는친구랑보는게제맛

유진의 SNS 속 엘스전자 최신형 노트북에는 은색 USB가 꽂혀 있었다.

둥그런 모양의 은색 USB가.

"은색이 아니고? 둥그렇게 생긴?"

미호가 재차 물었다.

"아니에요. 엄마가 맨날맨날 보던 건 검정색 막대기 모양이었어요."

거대한 회오리바람을 일으키며 충격이 머리를 강타했다. 눈앞이 아찔해지는 감각에 정신이 혼미했다.

USB는 두 개였다.

블랙리스트가 담긴 둥근 모양의 은색 USB. 그리고 막대 모양의 검정 USB.

혼란 속에서 허우적거리던 미호가 말을 잃은 동안, 그림 그리기를 마친 하율이 스케치북을 번쩍 들어 올렸다.

"다 그렸다!"

하율은 통통한 뺨을 붉게 물들이며 스케치북을 내밀었다. 하지만 미호의 손이 닿기도 전, 지율이 스케치북을 낚아챘다. 검정색으로 칠해놓은 그림이 미호의 시선 밖으로 재빠르게 사라졌다.

"안 돼!"

지율이 앙칼진 말투로 소리쳤다. 지율은 미호에게 그림이 보이지 않도록 스케치북을 끌어안았다. 그러고는 말릴 새도 없이 하율을 밀치고 종이를 뜯어냈다.

"이런 거 그리지 말라고 했잖아! 왜 언니 말을 안 들어!"

지율은 그림을 박박 찢었다. 얼마나 야물게 찢어대는지 그림은 아이의 손에서 형체도 알아볼 수 없을 만큼 조각이 났다.

하율이 울음을 터뜨렸다. 지율은 동생의 울음소리에도 눈 하나 깜빡하지 않았다.

"그건 다 거짓말이야. 그런 거 그리면 안 돼. 알겠어? 안 된다고!"

아이답지 않은 말투였다.

그제야 미호는 지율이 누구 흉내를 내는지 깨달았다. 지율은 제 엄마가 죽기 전 자신에게 했던 행동을 고스란히 따라 하고 있었다.

'엄마는 너희를 지키고 싶어.'

'너희를 보호해야 해.'

'그건 다 거짓말이야.'

'그런 거 그리면 안 돼.'

유진은 왜 그런 말을 했을까.

지율과 하율은 어떤 그림을 그렸던 걸까.

방금 전 눈앞에 스쳐 지나갔던 하율의 그림을 떠올렸다. 자세히 보진 못했지만 검은색의 기다란 무엇이었다.

설마 USB일까.

하율은 바닥에 드러누운 채 악을 쓰며 울었다. 데굴데굴 구르며 발을 동동거리기도 했다. 미호가 말려보려 하율에게 다가선 순간 발걸음 소리가 들렸다.

유진 어머니가 아이들 방으로 걸어오는 소리였다.

아직 물어보지 못한 게 많았다.

미호는 종잇조각에 색연필로 자신의 핸드폰 번호를 휘갈겨 썼다. 그리고 지율의 손에 쥐여주자마자 방문이 열렸다.

"미호 씨, 여기 있었어요?"

유진 어머니의 눈이 방 안을 빠르게 훑었다. 시근거리는 호흡 소리를 내는 지율, 엉거주춤하게 선 미호, 드러누워 악을 쓰는 하율. 그리고 바닥에 흩뿌려진 종잇조각에 시선이 오래 머물렀다.

미호의 심장이 쿵쿵 뛰었다. 지율에게 핸드폰 번호를 건네준 사실을 들키면 안 될 것 같았다. 지율 역시도 비슷한 감정인지 손가락을 꿈지럭거려 주먹 안에 종이를 움켜쥐었다.

"이게 다 뭐야?"

유진 어머니는 성큼 다가와 흩어진 종잇조각을 쓸어 모았다.

미호는 종잇조각을 하나도 빠짐없이 그러모으는 유진 어머니의 뒷모습을 쳐다봤다.

그녀는 알고 있을까.

아이들의 그림이 의미하는 바를.

유진에게 혹은 유진의 가정에 어떤 문제가 있었는지를.

종잇조각을 움켜쥔 채 다시 되돌아선 그녀에게서 표정을 읽기 힘들었다.

"어떻게 하지? 오늘 애들 상태가 이래서 저녁 대접은 못 하겠네."

유진 어머니가 하율을 품에 안고 다독였다. 하율의 울음소리가 점차 사그라졌다.

"일어나야죠. 안 그래도 그럴 참이었어요."

미호는 떠밀리듯 방에서 나왔다.

"하율이 때문에 배웅은 못 하겠네. 그럼 조심히 들어가요."

스르륵, 방문이 닫혔다. 잠시 후 웅얼거리는 유진 어머니의 말소리가 들려왔다.

미호는 거실에서 떠나지 못하고 서 있다 뒤돌아섰다. 집을 나오자 싸늘한 바람이 몸을 감싸고 돌았다. 자꾸만 떠오르는 아이들의 얼굴을 뒤로한 채 발걸음을 돌렸다.

담배가 부쩍 느는 기분이었다.

미호는 오피스텔 단지 안 흡연 구역에서 담배를 꺼내 물었다.

얼마 전 구입한 담뱃갑이 벌써 빈자리를 숭숭 드러내고 있었다. 미호는 몇 개비 남지 않은 걸 주머니에 집어넣고 담배에 불을 붙였다. 내뿜은 연기 사이로 아이들의 얼굴이 떠올랐다.

할 수 있는 건 아무것도 없었다.

그 아이들과는 아무 사이도 아니다.

그래도 저렇게 상처가 방치되도록 내버려두는 게 맞는 일일까.

그저 지켜만 보고 있어야 할까.

이 일의 가장 큰 희생자가 바로 저 아이들이라는 걸 알면서도.

유진에 대한 속죄의 행위가 어디까지인지 가늠할 길이 없었다.

하릴없이 담배 연기만 바라보고 있자니 핸드폰이 울렸다. 모르는 번호였다. 지금 감정 상태로는 그 어떤 전화도 받고 싶지 않았기에 무시하려는 순간, 번뜩 생각이 떠올랐다. 어제 유진 어머니의 집을 나오기 전, 지율에게 핸드폰 번호가 적힌 쪽지를 건넸다. 지율은 제 할머니에게 그 사실을 들키지 않기 위해 주먹 안에 쪽지를 움켜쥐기도 했다.

지율일지도 몰라.

미호는 서둘러 통화 버튼을 눌렀다.

"여보세요."

대답이 없었다. '여보세요' 재차 물었지만, 상대는 고른 숨소리만 내고 있었다.

"······지율이니?"

미호가 조심스럽게 물었다. 숨소리가 거칠어졌다. 핸드폰을 움켜쥔 지율의 두려움, 망설임이 고스란히 느껴졌다.

"지율아, 아줌마한테 할 얘기 있는 거 맞지? 그래서 전화 건 거지? 괜찮아. 아줌마한테 얘기해도 돼."

미호가 조심스럽게 다독였지만 지율은 전화를 끊어버렸다. 핸드폰 너머로는 통화 종료음만이 허망하게 흘러나왔다.

지율은 무얼 알고 있는 걸까.

죽은 유진이 그리고 유진 어머니가 지율의 입을 틀어막고 있는 것 같았다. 아니, 어쩌면 지율 스스로가 본능적인 두려움에 휩싸여 쉬이 입을 열지 못하는 걸지도.

허탈하게 담배를 입에 무는데 다시 핸드폰이 울렸다. 지율인 줄 알고 서둘러 발신자를 확인한 미호는 통화버튼으로 향하는 손을 멈칫했다. 세경이었다.

미호는 담배를 비벼 끄곤 핸드폰을 쏘아봤다. 마지막으로 세경과 대화를 나누다 무너져버린 일이 떠올랐다. 또한 세경이 그 시절 유진을 어떻게 기억하는지도.

'미호야, 넌 그때 유진이가 한 말이 사실이라고 생각해?'

'너도, 나도 성적인 치부와 관련된 제법 큰 비밀을 털어놓은 상황이었어. 듣는 유진이 입장에선 어땠을까. 그 순간 소외감 같은 걸 느끼지는 않았을까. 비밀 하나 없는 자신이 어린애처럼 느껴지지 않았을까.'

'전부 다, 거짓말이었을지도 모르지.'

그 시절 자신의 죄를 실토하고 대면하는 걸로 충분치 않았다. 그 시절의 진실 또한 알고 싶었다. 그러기 위해서라도 한 번 더 세경과 대화를 나눌 필요가 있었다.

미호는 전화를 받았다.

"미호야……."

세경의 목소리에서 취기가 느껴졌다.

"왜?"

"올래? 나 지금 윤 기자님이랑 한잔하고 있는데."

미호는 잠시 망설였다. 세경과 마지막으로 나눴던 대화가 불편하고 껄끄러웠지만, 묻고 싶은 얘기도 많았다.

하지만 세경은 미호의 침묵을 다른 의미로 받아들인 모양이었다.

"여기 오면 네가 그렇게 오매불망 못 잊는 오유진 얘기도 들을 수 있는데. 안 궁금해? 기사에는 없는 뒷단의 이야기."

시니컬한 말투가 귓가를 때렸다. 미호는 짧게 한숨을 내쉬었다. 이런 식의 감정 싸움에 익숙하지 않았다. 의도치 않게 차가운 대답이 흘러나왔다.

"궁금해. 갈게, 어딘데?"

핸드폰 너머로 가타부타 말이 없었다. 술기운이 묻어난 숨소리만 흘러나왔다.

잠시 뒤 논현동 영동시장에 위치한 술집 이름이 들려왔다. 미호는 전화를 끊고 지하철역으로 발걸음을 옮겼다.

밤거리는 휘황찬란한 네온사인으로 번쩍거렸다. 거리의 소음들이 고막을 괴롭혔다. 미호는 건물 지하 계단을 내려갔다. 어두컴컴한 굴 안으로 들어서서 내부를 살피자 윤상렬 기자와 마주앉은 세경이 보였다.

미호와 상렬은 세경의 소개로 몇 번 만난 적이 있었다. 세경은 둘 사이가 다른 방향으로 발전하길 원했지만 그런 일은 일어나지 않았다.

세경과 상렬은 '반포동 부부 피살사건'에 대해 얘기를 나누고 있었다. 미호는 간단히 목인사를 하며 세경의 옆자리에 엉덩이를 붙였다.

"미호 씨가 이 사건에 관심이 많다면서요?"

상렬이 땅콩을 입안으로 던져 넣으며 말했다.

"네, 관심이 많이 가네요. 의문점이 많은 사건이잖아요."

미호는 무난한 답변을 찾아 대답했다. 제3자에게 유진과 친구였다고 털어놓고 싶지 않았다. 상렬은 고개를 과장되게 끄덕이며 말을 이었다.

"맞아요, 여러모로 이상한 점이 많은 사건이죠. 일단 동기가 모호해요. 경찰은 아이 교육 문제로 말다툼을 벌이다 오유진이 홧김에 저지른 일이라고 하는데……. 그건 강도준 병원의 간호사, 한 사람만의 진술일 뿐이거든요."

벌써 몇 번이나 이 이야기를 떠들고 다닌 걸까.

상렬의 입에서는 이야기가 청산유수로 흘러나왔다.

간호사는 경찰에게 도준과 유진이 아이들 교육문제로 많이 다퉜다고 진술했다. 그리고 경찰은 간호사의 진술에서 유진의 동기를 찾아냈다.

미호는 상렬이 제시한 의문점에 동의했다. 경찰이 유진의 삶을 조금이라도 이해하고 있다면 내릴 수 없는 결론이었다. 행복배틀, 검정색 막대 모양 USB, 유치원에서 사라진 지율의 물건들.

분명 유진의 가정에는 다른 문제가 존재했다.

"게다가 그거 아세요? 두 분 다 이 사건이 왜 유명해졌는지 이유 아시죠? 집 안이 온통 피투성이였잖아요? 벽이고 바닥이고 가구고. 그거 때문에 경찰은 처음 외부 침입자가 오유진을 집 안에서 끌고 다닌 거라 생각했고요."

상렬의 목소리에 점차 흥이 붙었다. 이야기를 늘어놓으며 쉴 새 없이 맥주를 마신 터라 그의 얼굴은 벌겋게 달아올라 있었다. 누군가에게는 이 비극이 한낱 흥밋거리일 뿐이다. 신문 매체에 몇 줄로 장식될 일. 그러나 막상 눈앞에서 대면하자 입 안에 쓴 물이 도는 듯했다.

"경찰은 오유진이 뒤늦게 구조요청을 하기 위해 핸드폰을 찾아 헤맨 흔적이라고 설명했는데……."

순간 상렬이 주위를 한 번 돌아본 후 상체를 숙였다.

"그건 경찰이 그럴듯하게 스토리를 짜 맞춘 것뿐이고. 사실 화장실 변기에서 이상한 게 발견됐대요."

그의 목소리가 갑자기 낮아졌다. 반면 눈동자에는 즐거워하는 기색이 서렸다.

"뭐가 발견됐는데요?"

미호가 물었다. 궁금증을 내보이는 게 그가 원하는 반응이라는 걸 알면서도 감출 길이 없었다.

"그림. 아이들 스케치북이요."

그림?

이번에도 그림이다. 설마 그 그림 역시 검은색의 기다란 무엇인 걸까.

목덜미에 자잘하게 소름이 돋아났다.

"무슨 그림이었는데요?"

미호가 물었다.

"몰라요. 잘게 찢어버린 거라 몇 조각 못 건졌대요. 어쨌든 안방이고 서재고 모두 피투성이였지만, 아이들 방과 화장실에 피가 제일 흥건하게 고여 있었어요. 그러니 아이들 그림을 찾아서 변기에 버리기 위해 집 안을 돌아다닌 거라고도 추측해볼 수 있겠죠. 어쩌면 안방, 서재에 피를 묻힌 건 진짜 목적을 가리기 위한 걸지도 모르고."

상렬은 이야기를 끝맺었다. 그가 맥주를 추가 주문하는 동안 미호는 맨들맨들한 나무 테이블만 응시했다.

대체 왜.

죽음을 목전에 두고 유진은 왜 그런 짓을 한 걸까.

머릿속에는 커다란 의문 부호만 가득했다.

"그리고 마지막 의문점."

단숨에 맥주를 들이켠 상렬이 잔을 내려놓으며 말했다.

"오유진은 왜 그런 이상한 자세로, 베란다 난간에 배를 걸친 채로 사망했을까."

상렬이 미호와 세경을 번갈아 보며 질문을 던졌다.

그때 싸늘한 말투가 긴장된 공기를 삽시간에 무너뜨렸다. 세경이었다.

"왜긴 왜겠어요. 베란다에서 구조요청하려다 죽었으니까 그렇죠. 집 안이 온통 피 칠갑이었던 것도 구조요청하기 위해 핸드폰을 찾으려다 그런 거고요. 그만해요. 하여간 카더라는 엄청 좋아해. 이런 식으로 허위사실 유포하면 벌 받아요,

윤 기자님."

상렬에게 집중하고 있던 미호는 그제야 세경의 존재를 깨
닫곤 무심코 그녀를 쳐다봤다. 세경은 차가운 표정으로 묵묵
히 맥주잔만 들고 있었다. 시선을 느꼈으면서도 돌아보는 법
이 없었다.

"허위사실이라니. 진실인 듯 진실 아닌 얘기일 뿐인데. 당
사자도 죽은 마당에 진실이 어딨겠어요? 여하튼 그게 이 사건
의 가장 큰 미스터리라는 점에는 반박할 사람이 아무도 없지."

상렬의 말이 가슴을 파고들었다.

유진에게 속죄하겠다는 일념뿐이었다. 죄값을 치르고 싶었다.

그녀의 삶도, 죽음도 이해하고 싶었으나 가능한 일일까.

진실이 존재하기라도 하는 걸까.

갑자기 목이 죄어오는 느낌에 미호는 의자에서 일어났다.
사방이 밀폐된 지하 공간이라 갑갑증이 일었다.

"잠깐 바람 좀 쐬고 올게요."

미호는 두 사람에게 말을 남기곤 좁고 가파른 계단을 올랐다.

지하 출입구를 빠져나오자 거리의 휘황찬란한 불빛과 소음
들이 덮쳐왔다. 즐거움이 묻어나는 웃음소리, 들뜬 말투가 사
방에서 들렸다. 한없이 이질적인 감정을 느끼며 미호는 골목
에 서서 담배를 꺼냈다. 그런데 담배를 문 채 재킷 주머니를
뒤져도 라이터가 없었다.

바지 주머니를 더듬어도 마찬가지였다. 다시 들어가야 하나 고민하는데, 눈앞에서 불이 켜졌다. 라이터의 불꽃을 틔워 올린 이는 상렬이었다.

미호는 멈칫하다 담배를 불 가까이 가져다 댔다.

"두 사람 싸웠나?"

가벼운 말투로, 상렬이 물었다.

"냉랭해 보이던데."

싸웠다, 냉랭하다는 단순한 말로 자신과 세경 사이의 감정을 표현할 수 있다면 얼마나 좋을까.

"아니요."

대신 미호는 반쪽짜리 정답을 꺼냈다.

잠시간 두 사람은 묵묵히 담배만 피웠다. 시끌벅적한 소음이 두 사람 사이를 채워 침묵이 어색하지 않았다.

"두 사람 언제부터 친구 사이라고 했죠?"

나란히 두 번째 담뱃불을 붙인 그때 상렬이 입을 열었다.

"고등학교 1학년 때부터요."

"혹시 세경 씨 옛날 친구 중에 죽은 사람이 있어요?"

미호는 하마터면 입에 문 담배를 떨어뜨릴 뻔했다. 세경이 다른 사람에게 유진의 이야기를 했을 거라고는 생각지도 못했다.

"갑자기 그건 왜 묻는데요?"

"언제였더라? 며칠 전 술자리에서였는데. 세경 씨가 이런 말을 하더라고요. 지금 생각해도 좀 이상해서. 자기 얘기 원체 안 하는 사람인데 그날은 좀 이상했지. 평소답지 않게 술도 많이 마셨고."

상렬은 평소 말버릇대로 본론을 얘기하기 전 사족을 길게 덧붙였다.

"그러니까 세경이가 무슨 말을 했는데요?"

"이런 말을 하더라고. 죽어버리라고 했더니 진짜 죽어버렸다고."

"……."

"누가? 하고 물었더니 친구라고 하더라고요."

거리의 소음들이 귓가에서 아스라이 멀어졌다.

17년 전, 세경이 내지르던 비명 같은 울음소리가 떠올랐다.

'걔 때문에 사람이 죽었어!'

'한주현이 죽었다고.'

'뛰어내렸대, 학교에서.'

'미친년, 그 미친년 때문에!'

세경은 악다구니를 쓰며 통곡했다. 탈진으로 혼절하기도 했다. 그리고 유진을 향해 이런 말도 쏟아냈다.

'너도 죽어, 너도 죽어버리라고!'

그런데 정말 유진이 죽어버렸다.

세경은 어떤 마음일까. 죄책감은 과연 나 혼자만의 몫인 걸까.

상렬은 까만 밤공기 속으로 시선을 던지며 말을 이었다.

"난 왠지 그 친구가 미호 씨도 아는 친구인 거 같아서."

미호는 대답하지 않았다. 밤하늘을 향해 마지막 담배 연기를 흩날려 보낼 뿐이었다.

그때 골목 쪽으로 다가오는 구두 소리가 들렸다. 세경이었다. 지척에서 이야기를 엿들은 모양인지 발걸음 소리가 갑작스러웠다.

"계산했어요. 시간도 늦었는데 이만 가죠."

세경은 상렬에게 재킷을 내밀었다.

"기자님은 택시 타실 거죠? 저흰 좀 걸을게요."

세경의 말을 알아차린 상렬은 눈치껏 인파 속으로 빠르게 사라졌다.

미호와 세경은 나란히 논현동 골목길을 걸었다.

화려한 불빛과 소음이 멀어지고, 적막이 감도는 골목길로 접어들 때까지도 두 사람은 말이 없었다. 한참 만에 세경이 침묵을 깨뜨렸다.

"수련회에서 유진이가 했던 말 기억나?"

미호는 기억을 떠올리곤 고개를 끄덕였다. 세경은 대답 않는 미호를 개의치 않고 저 혼자 말을 이었다.

"그때 유진이가 털어놨던 이야기, 어지간히 충격적이었나 봐. 아직도 생생하게 기억해."

유진은 어떤 남자가 자신을 쳐다보는 시선이 불쾌하다 말했다. 위로하고 격려하는 것처럼 어깨를 감싸거나 허벅지를 잡는다고도 얘기했다. 바닥에 떨어진 노트를 같이 주워주겠다며 유진의 엉덩이에 자신의 성기를 가져다대기도 했다.

"미호 넌 그 사람이 선생님이나 선배인 거 같다고 생각했지?"

세경의 말 대로였다. 유진에게 부적절하게 접촉해도 자연스러워 보일 만큼 가까운 사이면서 유진이 선뜻 거부하기 힘들만큼 관계의 우위를 차지한 자라 짐작했기 때문이었다.

그 추측이 한주현의 죽음이라는 파국을 불러올 줄 알았다면 차라리 추측하지 말았어야 했다.

"사실 난 그땐 그런 생각을 못 했어. 너처럼 똑똑하질 못해서."

"……."

"그래서 물어봤었어. 유진이한테. 그 사람이 누구냐고."

미호는 걸음을 멈췄다. 느린 화면처럼 서서히 세경을 향해 돌아섰다.

"물어……봤다고?"

"어."

"그럼 넌 누가 유진일 성추행했는지 진작 알고 있었단 얘기야?"

세경은 고개를 흔들었다.

"아니, 유진이 똑똑한 애야. 생각해봐. 수련회 날, 그렇게 술을 마신 상태에서도 가해자 신분이 드러날 만한 얘긴 전혀 하지 않았어. 왜 그랬을 거 같아? 가해자가 누군지 밝혀지면 더 치욕스러워질까 봐 그랬을 거야."

"그러면…… 네가 물었을 때 유진이가 뭐라고 대답했는데?"

"그냥 이런저런 얘기를 많이 했어. 괴롭다고, 어떻게 해야 할지 모르겠다고, 빨리 벗어나고 싶다고. 그러다 유진이가 이런 말을 했어. 그 사람이 다정한 척 안전벨트를 매준 적이 있는데 손등이 가슴을 스쳤다고. 가까이 느껴지는 숨소리도 끔찍했다고."

"안전벨트라면. 유진이가 그 사람의 차에 탄 적이 있다는 말이야?"

단번에 가해자 신원의 범위가 좁아들었다. 아마도 차를 소유한 성인 남성.

"맞아. 난 그 얘길 너한테 하려고 했었어. 그런데 갑자기 한주현 선생님이 유진일 성폭행했다는 소문이 퍼지기 시작했어. 너 기억하지? 나 한주현 선생님 좋아했던 거."

이상하리만치 학교 전체가 광기에 휩싸여 있었다. 광풍이라고 할 만큼 소문은 어느 순간 삽시간에 퍼져 나갔다. 학업과 경쟁, 규율 속에 억눌려 있던 아이들의 감정이 한순간 분출됐다. 유진과 한주현을 향한 무차별적인 비난이 쏟아지고 추악한 소문들이 재생산됐다.

"난 유진이가 거짓말한 거라고 생각했어. 모든 걸 지어낸 거라 생각했어. 유진이가 한주현 선생님 차에 탈 일이 뭐가 있겠어? 유진이는 한주현 선생님 차에 탈 일이 없기 때문에 유진이는 거짓말을 한 거다, 이렇게 생각하자 유진이가 한 모든 얘기가 거짓말 같았어. 한주현 선생님이 죽고 난 이후에는 유진일 죽도록 원망했어. 걔 때문에 한주현 선생님이 죽었다고 비난했어. ……그렇게 17년을 살았어."

세경의 목소리가 물기로 젖어들었다. 늘 당당하고 거침없던 그녀의 목소리가 형편없이 떨리고 있었다.

"그런데 말이야, 미호야. 난 그렇게 믿지 않으면 견딜 수가 없었던 거야."

"……."

"네가 죄책감 때문에 17년 동안 유진이 얘기를 입 닫고 산 것처럼. 나도 유진이가 거짓말한 거고, 모든 게 유진이 탓이라고 생각해야 버틸 수 있었던 거야."

미호는 물끄러미 세경을 쳐다봤다.

자신이 외면하길 택한 거라면, 세경은 미워하길 택한 것이다.

짓무른 상처, 마음을 갉아먹는 죄책감, 쇠사슬처럼 얽어맨 죄의식.

그럼에도 살아가야 했으니까.

대면하지 못했던 상처를 끌어안고 사는 건, 세경도 마찬가지였다.

어두운 골목길에는 짙은 고요만이 내려앉아 있었다. 드문드문 일정한 간격으로 늘어선 가로등이 바닥을 비추고 있었다. 세찬 바람이 바닥을 거칠게 쓸어대는 소리만이 나지막이 들려왔다.

미호는 어색하게 손을 들어 올려 세경의 등을 쓰다듬었다. 어쩌면 그 시절 자신에게 하고픈 위로였는지도 모른다.

세경은 격해진 감정을 가다듬었다. 다시 돌아본 얼굴에는 조금 전 내보였던 상처와 고통이 사라져 있었다. 대신 그 자리에는 어떤 결심 같은 것이 서려 있었다.

"유진이 말은 사실이야."

세경이 미호의 눈을 들여다보며 단호한 말투로 말했다.

"왜 생각이 바뀐 건데. 얼마 전까지만 해도 유진이가 거짓말한 거라 생각했잖아."

"나도 요 근래 끊임없이 생각해봤어. 내 감정, 당시 상황 모든 걸 제대로 보고 싶었어. 그랬더니 17년간 완전히 잊었다 믿었던 게 무색할 정도로 하나둘씩 생각나더라. 그래서 곱씹고 또 곱씹어봤어. 그러다가 한 가지 기억이 떠올랐어."

"무슨 기억?"

"예전에 내가 아파트 지하주차장 차 안에서 누가 성관계하는 걸 봤다고 말했던 거. 사실은 우리 아빠랑 회사 여직원이 었지만."

미호는 당시 일을 또렷이 기억했다. 자신 또한 혜성과의 성 관계로 골머리를 앓고 있었기에 흘려들을 수 없었던 이야기 였다. 당시 세경은 그 사실을 한낱 해프닝처럼, 가십거리처럼 얘기했다. 그 일을 가볍게 치부하며 상처와 고통을 덜어보려 는 마음이었는지도 몰랐다.

"그때 유진이가 어떻게 반응했는지 기억해?"

세경이 물었지만 미호는 기억나지 않았다.

"아니."

"난 똑똑히 기억해. 왜냐하면 나 그때 가벼운 말투로 얘기 했지만 속으로는 너희들 반응 신경 쓰고 있었거든. 니들이 뭐 라고 말할까. 더럽고 추잡하다고 할까. 니들 입으로 그런 얘기 들으면 진짜 상처받을 거 같아서 내 입으로 먼저 더럽고 추잡 하다고 말하기도 했고."

"……."

"그런데 유진이가 제일 처음 한 말이 '그걸 네가 왜 보냐'는 말이었어. 남의 차 안을 들여다보는 내가 더 이상하다고도 했 어. 그때 유진이 표정이 말이야. ……정말 이상했어. 17년이 지난 지금까지 기억할 만큼. 그 애의 그런 표정은 처음이었어. 그러고도 유진이하고 난 악을 쓰며 싸웠어."

미호의 머릿속에도 그 기억은 어렴풋하게 남아 있었다. 그날 유진과 세경은 길거리에서 고성을 지르며 다툼을 벌였다. 차분하고 얌전한 성격인 유진에게서는 보기 드문 일이었다. 당시 미호는 두 사람을 억지 화해시키기 위해 맥도날드에서 제 돈으로 버거를 사기도 했다.

세경은 아버지 일 때문에 감정이 고조된 상태라 할지라도.

유진은 왜 그랬던 걸까.

"그럼 네 말은……."

미호의 목소리가 갈라졌다. 까슬까슬한 가시가 목구멍 속에 돋아난 것 같았다. 발밑으로 불안감이 스멀스멀 고여 들었다.

설마.

세경은 미호의 생각을 알아차린 듯 고개를 끄덕였다. 눈동자에 짙은 두려움이 서렸다.

"난 유진이가 차 안에서 아주 끔찍한 짓을 당한 거라고 생각해."

세경이 말하는 아주 끔찍한 짓이 무언인지 알 수 없다. 유진이 스스로 털어놓은 일에 국한되는 것인지, 그 이상의 무엇인지. 아마 영원토록 알 수 없을 터였다.

발밑이 진득하게 고인 두려움에 잠식될 것만 같았다. 심장은 이미 오래전부터 괴로울 만큼 격렬하게 고동치고 있었다.

세경의 말이 옳았다. 그리고 유진은 차 안에서 당한 끔찍한 일을 누군가 목격했을까 두려워했다. 그런 마음이 날카로운 공격성을 띠고 세경에게 향한 것이다.

대체 누가 유진에게 그런 짓을 한 걸까.

유진을 자신의 차에 종종 태운 사람. 안전벨트를 대신 채워주어도 이상하지 않을 사람.

관계의 우위를 점한 사람. 사소한 접촉이 이상해 보이지 않는 사람.

피해사실을 감춰야만 하는 사람.

문득 바닥만 응시하던 미호는 고개를 들어 세경을 바라봤다. 가로등 불빛이 세경의 얼굴에 어둠을 덧씌웠다. 그럼에도 낯빛이 창백하다는 걸 알 수 있었다.

세경의 숨소리가 거칠어졌다. 코트 앞섶을 움켜쥔 손이 바들바들 떨리고 있었다. 두려움, 공포 혹은 말로 설명할 수 없는 어떤 거대한 감정이 그녀를 압도하고 있었다.

세경아, 넌.

"누군지 알고 있구나."

세경의 눈동자가 사정없이 흔들렸다. 그제야 불과 며칠 만에 눈가가 퀭해지고 뺨이 홀쭉해졌다는 사실을 깨달았다. 세경이 무너져내렸다. 두 뺨이 눈물로 흠뻑 젖어 있다는 사실도 인지하지 못한 듯했다.

세경이 대답했다.

"……그래. 그리고 이젠 너도."

❧

가장 먼저 눈에 들어온 건 새빨간 손톱이었다.

긴 생머리, 짙은 화장, 허벅지를 드러낸 짧은 치마. 그보다 새빨간 손톱에 먼저 눈길이 갔다.

미호는 이제껏 유진의 어머니처럼 새빨간 손톱을 한 친구 엄마를 본 적이 없었다. 그녀처럼 젊고 아름다운 친구 엄마를 본 적도 없었다.

유진의 어머니는 집 안으로 들어서는 미호와 세경을 흘낏 곁눈질했다.

"안녕하세요."

미호와 세경이 쭈뼛거리며 인사를 했다.

"그래."

'너희들이 미호와 세경이구나', '잘 놀고 가렴'과 같은 뒷말도 없었다. 그녀는 무감한 시선으로 한 번 쳐다볼 뿐이었다.

그녀는 친구 엄마들, 동네 아주머니들, 그 누구와도 달랐다.

이따금 동네 아주머니들이 수군거리는 소리를 심심찮게 들을 수 있었다.

남자 잡아먹을 년, 남자 없이 못 살 년, 남자 홀리고 다니는 년.

그녀가 지나간 자리에는 원색적인 욕이 긴 꼬리처럼 남았다.

유진의 어머니는 그다지 신경 쓰지 않는 듯했다. 그녀는 언제 어디서든지 새빨간 손톱을 기른 손으로 긴 머리를 쓸어 넘기며 화제를 몰고 다녔다.

미호는 그녀가 누군가의 '엄마'라는 사실이 신기했다.

미호에게 엄마란 엄격, 단호, 규율, 약속, 훈계, 처벌 같은 단어와 동일시되곤 했으니까.

저런 엄마가 있다면 어떨까. 남몰래 생각해보기도 했다.

하지만 유진의 생각은 달랐다. 고등학교 2학년이 되고 사이가 가까워질수록 유진은 엄마에 대한 혐오를 서슴없이 드러냈다.

"웃겨 죽겠어. 마나님 행세하는 걸 보면. 원래 시골 깡촌에 있는 미용실 보조였어. 찢어지게 가난했었대. 건설회사 다니던 우리 아빠 못 만났으면 평생 그러고 살았을걸?"

그날 미호, 유진, 세경은 독서실 맞은편 놀이터 벤치에서 과자봉지를 뜯어놓고 수다를 떨고 있었다. 늘 차분하고 침착하던 유진은 엄마 얘기만 나오면 곧잘 감정적으로 변하곤 했다. 처음에는 미호와 세경도 놀라 어떻게 반응해야 할지 몰랐지만 이제는 익숙했다.

"완전 신데렐라네. 너희 친가가 제법 산다고 그랬잖아."

마냥 유진의 말에 동조만은 할 수 없어 세경이 분위기를 전환하려 했다.

"신데렐라? 웃기네. 남편한테 두들겨 맞고 사는 신데렐라가 어딨어. 돌아가신 우리 아빠는 키가 작고 왜소한 데다가 조용한 사람이었어. 근데 술만 마시면 말이지, 사람이 180도로 변해. 눈이 돌아가는 게 보여. 그 상태로 엄마를 골프채로 후려패. 그게 남자다운 거라고 생각했나 봐. 아니면 엄마가 남자 만나고 다닌다고 생각했거나. 아빠가 교통사고로 안 죽었으면 엄마는 평생 맞고 살았을 거야."

유진의 아버지는 유진이 13살 때 교통사고로 사망했다. 아버지가 남긴 유산은 모녀가 생계를 꾸려가기에 충분했다. 유진은 몰래 남은 햇수를 헤아려봤다. 7년 후면 엄마를 떠나 혼자 살 수 있는 자유가 주어질 터였다. 그때까지 엄마와 한 지붕 아래서 어떻게든 버텨볼 참이었다.

그러나 이 얼마나 순진하고 희망찬 생각이었는지.

유진의 아버지가 사망한 지 1년도 채 되지 않아 어머니는 재혼을 했다. 상대는 교회에서 만난 사람이었다. 나이는 많지만 다정다감한 사람이라고 했다. 모아둔 재산도 많고 성실하다고 세평이 자자한 사업가였다. 동네가 떠들썩해질 정도로 요란한 스캔들이었다.

"그래도 너희 새아버지는 너하고 너네 엄마한테 잘해주신

다며."

미호가 과자를 와그작대며 물었다.

"뭐, 그럭저럭."

유진은 새아버지에 대한 말을 아꼈다. 엄마에 대한 험담은
그토록 자주 늘어놓으면서 새아버지에 대한 이야기는 거의
하지 않는 편이었다. 그래서 미호의 머릿속에 유진의 새아버
지는 다정, 편안, 자상이라는 단어로 뭉뚱그려 표현된, 존재감
이 희미한 사람이었다.

"야, 그래도 유진이 너네 엄만 너한테 피해는 안 주잖아. 네
가 뭘 하든 상관 안 하고 자기 자신만 중요한 사람이잖아. 우
리 엄마보단 너네 엄마가 백 번 나아. 알잖아, 우리 엄마가 사
람을 얼마나 숨 막히게 하는지. 어제도 나 몰래 핸드폰이랑 가
방 뒤졌더라. 이젠 나한테 숨길 생각도 안 해."

미호는 입안에 과자를 욱여넣으며 말했다.

또래 여자아이들 중 부모에게 불만이 없는 사람이 어디 있
을까. 동질감으로 똘똘 뭉친 아이들은 부모에 대한 혐오감을
망설이지 않고 드러냈다.

세경도 마찬가지였다.

"누가 더 막장인지 대결이라도 해보자는 거야? 야, 내 밑으
로 다 꿇어. 우리 엄마 아빠 이혼하기로 한 거 알지?"

한없이 가벼운 세경의 말에 미호도, 유진도 웃음을 터뜨렸다.

그 속에서 서로 위안을 얻었다.

너도 똑같구나, 나만 불행한 게 아니구나.

확인하고 안심했다.

어쩌면 세 사람의 대화는 거기에서 끝났어야 했다. 동질감을 느낀 채로, 서로 비슷한 수준임을 확인한 채로 마무리 지었어야 했다. 그러나 유진은 미호와 세경을 빤히 바라보더니 다른 이야기를 꺼냈다.

"아무리 세경이 너라도 나한테는 안 될걸."

"무슨 소리야. 우리 아빠는 엄마랑 결혼한 첫해 빼고는 평생 바람……."

"우리 엄만 나한테 치마를 안 사줘."

유진이 세경의 말을 잘랐다. 미호와 세경은 유진의 말을 선뜻 이해하지 못하고 고개를 갸웃거렸다. 유진은 두 사람의 반응은 개의치 않고 말을 이었다.

"내가 머리를 기르는 것도 싫어해. 그거 알아? 나 중학교 3학년 때까지는 계속 커트머리였어."

"그거야, 나도 지금 그렇잖아. 엄마가 공부에 방해된다고……."

미호가 주섬주섬 변명 같은 말을 늘어놓았다.

이상하게 유진의 표정이 심상치 않았다. 이제까지 엄마의 험담을 늘어놓았을 때와는 확연히 다른 분위기였다. 때때로 유진은 아주 어른 같은 표정을 짓곤 했다. 조숙한 외모의 세경보다 더 어른 같아 보였다. 미호는 유진이 그런 표정을 지을 때마다 그녀가 낯선 사람처럼 느껴졌다.

"그런 이유가 아니야, 우리 엄마는. 미호 너네 엄마 같은 이유가 아니라고."

손바닥이 차가워졌다. 미호는 손을 길게 폈다 오므렸다. 손바닥에서 식은땀이 배어나고 있었다. 후텁지근한 여름인데 가슴에 숭숭 찬바람이 드는 것 같았다. 맹렬하게 울어대는 매미 소리가 귓가에 선명해졌다.

"그럼 뭔데?"

기묘한 느낌에 사로잡혀 있던 미호를 대신해 세경이 물었다. 세경 역시 틀어진 분위기를 감지했는지 목소리가 다소 굳어 있었다. 유진은 눈을 내리깔며 입술을 떼었다.

"우리 엄만 내가 여자가 되는 걸 원치 않아."

"뭐?"

"우리 엄만 날 질투해."

미호는 멍하니 유진을 쳐다보기만 했다. 말문이 막혀 그 어떤 말도 소리가 되어 나오지 않았다. 이상한 말이었다. 엄마가 딸을 질투하다니. 갑자기 징그러운 벌레가 피부 위에서 꿈틀거리는 것 같은 섬뜩함이 느껴졌다.

"그런 게 어딨어. 엄마가 딸을 왜 질투해?"

세경이 재차 유진의 말을 부인했다.

"그거 알아? 백설공주 원작에서 백설공주를 죽이려고 했던 건 새엄마가 아니라 친엄마였대. 거울이 세상에서 제일 예쁜 사람이 자기 딸이라고 하니까 질투해서 죽이려고 한 거야."

"그건 동화잖아……."

"인류가 번성하려면 모성은 절대적이어야 한대. 그런 모성에 흠집 내는 얘기니까 초판 이후에 삭제했다고 하더라. 어딘가에서 그러던데 동화 속에는 인간 감정의 원형이 들어 있대. 아주 옛날부터 어떤 엄마들은 그랬나 보지, 뭐."

엄격한 엄마, 이혼한 부모에 대한 이야기가 어린애 투정같이 느껴졌다. 유진의 엄마가 유진에게 어떤 해를 가한 것도 아닌데 두려움과 공포가 몰려왔다. 아주 추악한, 감정의 민낯을 본 것 같았다. 어떤 금기를 건드린 것 같기도 했다. 엄마는 마땅히 이러저러해야 한다는 절대적인 사회적 기준, 혹은 신성시 되는 모성에 대한 모욕처럼 느껴졌다.

"난 어쩔 땐 모르는 척 방치하는 우리 엄마가 더 증오스러워."

미호와 세경을 번갈아 보던 유진은 마지막 말을 내뱉으며 한숨 섞인 웃음을 지어 보였다. 두 사람은 어색하게 따라 웃을 수밖에 없었다.

이후 세 사람은 과자봉지를 하나 더 뜯으며 사소하고 평범한 대화들을 나눴다. 지금 이대로 독서실로 되돌아갈 수 없다는 공감대가 형성됐기 때문이었다.

일부러 웃긴 이야기를 하고 큰소리로 깔깔댔다. 그러나 기저에 깔린 찌꺼기 같은 감정들을 말끔하게 지워낼 순 없었다.

늦여름, 불어오는 바람에 후덥지근한 습기가 묻어났다. 세 사람은 조금 전 분위기를 희석시켜보려는 듯 쉴 새 없이 수다를 떨었다. 나무에 매달린 매미는 징그럽게도 울어댔다.

"아, 벌써 11시네. 집에 가야겠다."

시계를 확인한 유진이 벤치에서 먼저 일어났다. 엄마에게 밤 12시까지 독서실 공부를 허락받은 미호는 이렇게 빨리 헤어지는 게 아쉬웠다. 기묘하고 불편했던 분위기도 거의 사라져 있었다.

"뭐야, 더 있다 가. 나 12시까지 허락 받았다고 했잖아."

"내일 일요일이거든. 매주 아침 7시에 온 가족이 오순도순 손잡고 교회 가야 하는 거 알잖아."

유진의 말에 미호가 머쓱하게 뒷머리를 긁적였다.

유진은 교회 장로인 새아버지를 따라 일요일을 온전히 교회에서 보내곤 했다. 미호의 엄마도 같은 교회를 다녔다. 미호 역시 중학교 때까지는 교회를 다녔으나, 고등학교에 진학한 후 학업을 이유로 다니지 않게 되었다.

미호 엄마는 교회에 미호 스스로가 결정한 것처럼 얘기하고 다녔다.

근엄하고 금욕적인 얼굴을 하고서, '주여!'를 부르짖으면서. 새빨간 거짓말과 위선을 휘두르고 있었다. 이처럼 미호 엄마의 신념과 가치관에는 일평생 모순되는 점이 많았다.

"나도 가고 싶은데."

미호가 빈 과자봉지를 정리하는 유진의 뒷모습을 보며 말했다. 흠칫, 유진의 어깨가 굳었다.

"넌 오지 마."

"왜? 나랑 같이 교회 다니는 거 싫어?"

"별로. 너랑은 안 가고 싶다."

"야, 그렇게 말하면 섭섭하지, 내가."

"하여간 오지 마. 알겠어?"

유진은 홱 돌아서서 저 혼자 독서실로 종종걸음을 쳤다.

세경이 다가와 미호의 어깨를 짚으며 '쟤 왜 저래?' 하고 물었다. 미호는 어깨를 한 번 으쓱해 보였다.

몇 걸음 앞서 걷던 유진은 갑자기 뒤돌아 혀를 쏙 내밀며 활짝 웃었다. 지금까지 일들은 모두 장난이었다고 말하는 듯했다. 그러나 미호는 모든 것이 진실이었다는 걸 알았다.

교회에 오지 말라는 말조차.

단아하고 청초한 인상, 맑고 투명한 피부, 흑요석처럼 빛나는 까만 눈동자, 부드럽게 솟은 코, 도톰한 입술.

정말이지, 예쁜 내 친구.

그날의 유진은 어쩐지 조금 아슬아슬해 보여서, 꺼질 듯이 위태로워 보여서.

미호는 독서실 쪽으로 재빠르게 사라지는 친구를 보며 생각했다.

한 번 꼭 안아주고 싶다고.

꼬꼬

무자비한 바람에 미호는 귀가 떨어져나갈 것 같았다.

얼음장같이 차가운 바람이 뺨을 매섭게 그어댔다. 아니다, 어쩌면 그렇게 느끼는 것뿐일지도.

실은 적당히 기분 좋을 만큼 시원한 바람인지도 모른다.

하지만 미호는 무수한 칼날이 피부 속을 후벼 파는 것 같았다. 가슴이 선득해지고 전신이 차갑게 식어갔다. 아가리를 벌리고 있는 두려움이 자신을 한입에 집어삼킬 것 같았다. 세경은 계속 뜻 모를 말만 늘어놓았다. 세경이 이야기를 하는 동안, 미호는 예전 독서실 벤치에서 나눴던 대화들만 머릿속에서 끊임없이 재생했다.

새빨간 손톱, 골프채를 휘둘렀던 친아버지, 백설공주 그리고 독이 든 사과.

세경이 무슨 얘기를 하고 있었더라.

맞다, 유진의 가방 속 돈 뭉치에 대해 이야기하던 중이었다.

"수련회 때 우연히 유진이 가방이 열려 있는 걸 봤어."

눈물에 흠뻑 젖어든 얼굴로 세경이 말했다. 여전히 목소리가 떨리고 있었다. 미호는 머릿속 생각을 지우고 세경의 이야기에 집중했다.

섣불리 예단하긴 이르다. 간절하게 다른 결론을 원했다.

그러기 위해서는 세경의 이야기를 마저 들어야 했다.

"유진이 가방이 왜?"

휘몰아치는 감정 때문에 미호의 목소리도 가늘게 떨렸다.

"나도 몰라. 방구석에 애들이 가방을 막 쌓아놨었어. 그런데 유진이 가방이 제일 앞에 나와 있더라고. 지퍼가 열려 있길래 닫아주려고 했었어."

미호는 옛 기억을 떠올렸다. 수련회에서 자신은 아이들 몰래 가방에 숨겨둔 임신 테스트기를 꺼내려 했다. 가방 안주머니에 손을 넣고 더듬는데 잡히는 게 없었다. 손끝에 무언가 닿았다고 느낀 순간 등 뒤에서 유진과 세경이 나타났다. 서둘러 일어나는 바람에 지퍼를 잠그진 못했다.

그런데 만약 그게 유진의 가방이었다면.

자신과 유진, 세경은 가방을 나란히 뒀으니 서두르는 바람에 헷갈렸는지도 모른다.

"돈 뭉치가 들어 있었어. 유진이 가방에. 당시에는 유진이가 아르바이트비를 넣어놨구나, 그렇게만 생각했어."

세경의 지금 생각은 다르다는 말이었다.

그제야 미호는 세경이 무슨 생각을 하고 있는지 깨달았다.

더 이상 견딜 수가 없었다. 뱃속에 단단하게 응집된 불구덩이가 폭발할 기세로 요동쳤다.

"그 사람한테서 받았다고 생각하는구나."

미호의 말에 세경은 고개를 끄덕였다.

"구겨진 돈이 안주머니에 처박혀 있었어. 유진이한테 끔찍한 짓을 하고 대가처럼 준 돈이겠지. 용돈이라면서 줬겠지만…… 과연 유진이가 그 돈의 의미를 몰랐을까."

돈의 의미를 알았기에 그 돈이 끔찍했던 거다. 그래서 형편없이 구겨 안주머니에 처박아놓았던 거다.

하지만 유진은 차마 그 돈을 버릴 수가 없었다.

집에서 벗어나기 위해 몰래 아르바이트까지 하며 돈을 모았으니.

대학 입학 후 바로 독립할 예정이라고 입버릇처럼 말하던 아이였다.

무엇으로부터 그토록 도망치길 원했는지, 왜 진작 알아차리지 못했던 걸까.

"그런데 왜 소문은 한주현이라고 난 거야."

무너지지 않기 위해 가까스로 주먹을 움켜쥐며 미호가 물었다.

이제껏 묻는 대로 순순히 이야기해주던 세경도 이번 질문에는 대답하지 못했다. 세경은 손등으로 눈물을 훔쳤다. 코끝을 매만지기도 했다. 시간을 벌기 위한 행동 같았다.

"왜 대답을 못 해?"

미호는 세경을 가만히 주시했다. 불안감이 재차 가슴을 선득하게 했다. 여전히 세경의 눈동자에서 망설임이 느껴졌다. 주저하던 세경은 결심한 듯 크게 심호흡하곤 말문을 열었다.

"……네 어머니는 아시지 않을까."

세경이 말끝을 흐렸다.

"뭐?"

미호의 심장이 아득한 벼랑 끝으로 낙하했다.

"네 어머니가 학교에 다녀가신 다음에 소문이 났어. 그리고 네 어머니는 유진이 가족과 같은 교회를 다녔어. 우리가 지금 알아챈 것들을…… 그 당시 네 어머니가 몰랐을 것 같진 않아."

세경의 조심스런 말투도 효과를 발하지 못했다. 그녀의 말이 귓가에 폭력처럼 다가왔다.

눈앞이 점멸하며 아득히 멀어졌다.

미호는 차라리 눈을 감아버렸다.

뜬눈으로 꼬박 밤을 지새웠다.

한겨울도 아니건만 미호는 밤새 엄습하는 추위에 몸을 떨었다. 머릿속은 태풍이 휩쓸고 지나간 자리에 망가지고 지저분한 잔해들만 남은 것처럼 엉망이었다.

여러 가지 생각이 물감처럼 엉키고 뒤섞였다. 그럴수록 마지막 남은 빛깔은 점점 검고 탁하게 물들어갔다.

머리 위로 해가 동그마니 뜬 시각. 미호는 집을 나섰다. 당장 달려가고 싶은 마음이 굴뚝 같았으나 마음의 준비가 필요했다.

언제나 머리 위에 올라서서 자신을 짓누르는 존재.

그녀의 마리오네트로 살아온 세월이 길었던 만큼, 두려움도 컸다.

미호는 지하철을 타고 서울 외곽의 신도시로 향했다. 자신이 유년 시절과 학창 시절을 보낸 곳이었다. 이제는 신도시라 부르기 민망할 정도로 많은 시간이 흘렀다.

지하철역에서 하차한 미호는 익숙하면서도 낯선 길을 따라 걸었다. 양옆으로 거대한 아파트 숲이 광활하게 펼쳐져 있었다. 점점 눈에 익은 풍경이 나타났다.

어느새 미호는 아파트 현관문 앞에 서 있었다.

독립하기 전까지만 하더라도 '집'이었던 곳. 하지만 이제는 비밀번호를 누르는 손길마저 한없이 무거웠다.

미호는 현관문을 열고 안으로 들어갔다. 17년 전에도, 10년 전에도, 그리고 지금도. 조금도 달라진 게 없었다. 집 안은 먼지 한 톨 없이 깨끗했다. 모든 물건들이 그녀의 통제하에 알맞은 자리에 도열해 있었다. 집 안에 감도는 공기에서마저 그녀의 간섭이 느껴졌다.

특별히 다른 점도 없는데 살풍경하고 스산한 기운이 감돌았다. 방금 들어왔는데도 목을 죄어오는 듯한 갑갑증이 일었다. 미호는 무의식적으로 셔츠 목둘레를 길게 잡아당겼다. 이제는 거의 사라진, 예전 버릇이었다.

"옷 늘어나니까 그러지 말라고 몇 번을 말했니."

엄한 목소리가 울려 퍼졌다. 엄마는 거실 소파에 앉아 테이블에 난초를 늘어놓고 손수건으로 잎사귀를 닦고 있었다. 취미 생활, 인간관계가 전무한 엄마에게 유일하게 취미 활동이라 이름 붙일 수 있는 일이었다.

자신은 이름조차 모를 난초. 이 집에 사는 동안 엄마는 그렇게 정성들여 난초를 키우고 보살폈지만, 그 어떤 난초도 꽃을 피운 적은 없었다.

미호는 고개를 들어 엄마를 쳐다봤다.

깔끔하게 빗어 넘겨 쪽진 머리, 혈색 없는 피부, 수수한 옷차림, 꽉 다물린 얇은 입술, 주름진 미간. 엄격하고 금욕적인 엄마의 모습은 달라진 게 없었다.

얼굴을 마주했을 뿐인데 심장이 뛰었다. 목을 죄어오는 갑갑증에 호흡이 거칠어졌다.

"여전하구나, 그 버릇. 보기 안 좋다고 했는데도 왜 말귀를 못 알아들어."

"……."

"허술하게 보이지 마. 사람들이 만만하게 생각하니까. 서른 다섯이나 먹고도 왜 달라진 게 없니? 네가 이러니까 엄마가 어떻게 잔소리를 안 해?"

고작 셔츠 목둘레를 잡아당겼을 뿐인데 잔소리가 이어졌다. 미호에게는 익숙한 일이었다. 그녀는 집요한 사냥꾼처럼 약점을 그냥 보아 넘기지 않았다. 상대가 굴복할 때까지 끈질기게 물고 늘어졌다.

엄마는 탐색하는 눈길로 미호를 쳐다봤다. 머리 스타일, 얼굴, 화장, 옷차림, 손톱, 가방. 모든 곳에 그녀의 시선이 훑고 지나갔다. 꼼꼼히 하나하나 뜯어보던 그녀가 삽시간에 얼굴을 구겼다. 심장이 크게 두근거렸다.

이제는 더 이상 그녀의 그늘 아래 숨죽이던 어린애가 아니었다.

그럼에도 오래 학습된 기억은 자동반사적인 반응을 낳았다. 마음이 쪼그라들었다. 어깨가, 등이 굽고 움츠러들었다. 내면에 잠자고 있던 겁먹은 열여덟 살 어린애가 기지개를 켜고 깨어났다.

"맨발로 다니지 마. 감기 걸리니까."

그녀가 얼굴을 구긴 이유가 드러났다. 미호는 발가락을 꼬물거리며 고개를 끄덕였다.

링 위에 오르기도 전에 흠씬 얻어맞고 패한 것 같았다. 이 집 안의 공기가, 엄마의 눈빛이 팔다리에서 힘을 앗아갔다. 철저하게 무장해제되고 무력화된 느낌이었다. 당장이라도 자리를 박차고 집을 뛰쳐나가고 싶었다.

미호는 도망가고 싶은 마음을 억누르기 위해 손을 움켜쥐었다. 강한 악력에 손톱이 손바닥을 파고들었다.

"아직도 들어올 생각 없는 거니? 사람이 혼자 오래 살면 보기 안 좋아. 결혼 생각 정말 없으면 서울 집 정리하고 들어와. 내가 볼 때는 넌 아직도 엄마 간섭이 필요한 애야."

3년 전 미호가 독립할 무렵, 두 사람은 전쟁 같은 싸움을 치렀다. 엄마는 손아귀에 움켜쥔 자식을 쉬이 놓아줄 생각이 없었다. 입버릇처럼 결혼하라고 말은 하지만, 미호가 보기에 엄마는 진정으로 자신의 결혼을 원하는 것 같지 않았다.

그녀는 그저 완벽하게 통제 가능한 누군가를 원할 뿐이었다.

그녀가 없으면 시들어 말라버릴, 말없이 제 몸을 내맡기고 있는 저 난초처럼.

"얘기했잖아. 다시는 이 집에 들어올 생각 없다고."

미호는 간신히 목구멍에서 목소리를 쥐어짜냈다. 이 집에 들어와 처음 내뱉은 말이었다. 어그러지고 뒤틀린 관계, 천륜이라는 이름으로 칡 줄기처럼 얽어맨 관계. 그녀의 꼭두각시로 살아온 세월들이 눈앞에 스쳤다.

엄마는 꿰뚫을 듯한 눈빛으로 미호를 응시했다. 눈조차 깜빡이지 않았다. 그녀가 상대를 굴복시키기 위해 자주 사용하는 방법이었다. 눈빛이 벼린 칼날처럼 피부를 파고들었다.

"엄마한테 물어볼 게 있어서 왔어."

순간 바닥을 긁는 날카로운 소음이 고막을 짓이겼다. 엄마가 난초 화분을 밀어내고 다음 화분을 끌어오는 소리였다. 미호의 심장박동수가 가파르게 상승했다. 엄마는 미호가 움찔하는 기색을 빤히 쳐다봤다.

"물어볼 게 뭔데."

그녀가 다시 손수건을 집어 들었다. 부드러운 곡선을 이루는 잎사귀를 따라 손수건이 유려하게 움직였다.

미호는 말을 망설였다. 목구멍으로 칼날을 삼킨 듯했다. 17년 동안 돌아보지 않았던 상처를 그녀 앞에서 꺼내는 것조차 통증이 일었다.

"유진이……."

"유진이? ……오유진?"

엄마의 미간이 찌푸려지더니 입가가 삐뚜름하게 솟아올랐다.

"걔 얘긴 왜? 옛날 일인데."

같잖다는 웃음이 새어 나왔다. 가슴이 두방망이질 쳤다. 알고 있었으나 확인받자 심장이 무너져 내렸다. 엄마는 자신을 조금도 이해하고 있지 못했다. 이해할 생각조차 없었다. 자신이 그때 일로 얼마나 큰 상처를 받았는지, 얼마나 큰 트라우마를 안고 살았는지도.

아주 조금도, 조금도.

"그리고 다시는 개 얘기 하지 말랬잖아. 재수 없는 애 이름을 왜 꺼내니?"

엄마의 입에서 신랄한 말이 계속 흘러나왔다.

미호는 비명을 지르고 싶은 마음을 간신히 참으며 또 한 번 손을 움켜쥐었다. 손톱이 손바닥을 아프게 파고들었다.

"나 고등학교 2학년 때 남자 친구가 있었어. 이름은 박혜성. 독서실에서 만났던 애였어."

엄마가 눈을 가늘게 치켜떴다. 움찔하는 기색을 보니 당시는 그 사실을 몰랐던 듯했다.

"헛소리하지 마. 너한테 남자 친구 같은 게 있을 리가 없지."

"정말이야, 엄마 몰래 만났어."

"……미쳤구나, 너?"

"나 개랑 잤어. 임신했을까 봐 임신 테스트기도 샀어."

엄마는 따귀를 한 대 맞은 것 같은 표정이었다.

분노와 배신감, 치욕이 그녀의 얼굴을 스쳤다. 17년 전 일이지만 그녀는 딸이 자신의 통제를 벗어났다는 걸 견딜 수 없어 했다.

꼭두각시 같던 딸, 조종하는 대로 움직이던 마리오네트.

그런 딸이 뒤에서 남몰래 다른 짓을 한 걸 알게 되었으니 얼마나 처참한 심정일까.

미호는 속으로 비웃었다. 자학적인 행위였지만 오히려 쾌감이 느껴졌다.

이럴 줄 알았다면 임신이라도 할걸, 하는 생각마저 들었다.

엄마가 소파에서 몸을 일으켰다. 단숨에 다가온 그녀는 팔을 크게 휘둘렀다. 철썩 소리와 함께 미호의 고개가 돌아갔다. 뺨에 날카로운 통증이 일었다.

"이딴 지저분한 얘기나 하려고 온 거니? 네가 어렸을 때부터 얼마나 더러웠는지 얘기하고 싶어서?"

그녀의 목소리가 무참하게 떨렸다. 미호는 흐트러진 머리카락을 정리하고 아무렇지 않은 얼굴로 입을 열었다.

"엄마가 여자로 실패했다고 해서, 나까지 그렇게 만들려고 하지 마."

"싸가지 없는 년."

"고등학교 2학년 수련회 갔다 온 날, 엄만 내 가방을 뒤져서 임신 테스트기를 발견했어. 내 거라는 거 알고 있었으면서도 유진이 거라는 내 말을 믿으려고 했지."

과연 엄마의 지극한 보살핌에도 난초는 꽃을 피우지 못한 걸까.

아니다. 어쩌면 엄마는 난초가 꽃을 피우지 못하도록 지극 정성으로 보살핀 건지도.

엄마는 분노를 감당하지 못하며 부들부들 몸을 떨기만 했다. 하지만 이내 눈에서 독기를 거두곤 미호에게로 한 걸음 다가왔다. 미호가 주춤 뒷걸음질할 새도 없이 그녀가 부은 뺨을 쓸어내렸다.

"미호야."

목소리가 꿀처럼 달콤했다.

"우리 착한 딸이 왜 자꾸 거짓말을 할까? 그게 왜 네 거야? 오늘 엄마 화나게 하려고 작정한 거니, 응? 오늘 무슨 안 좋은 일이 있었길래 엄마한테 화풀이하는 거야?"

우리 착한 딸, 엄마 말 잘 듣는 딸.

그 시절, 아홉 번 매질을 당해도 한 번의 다정한 말에 마음이 풀렸다. 그녀가 잠깐 내보인 따스함과 칭찬이 너무도 달콤해서, 너무도 간절해서, 걸신들린 사람처럼 매달렸다.

하지만 이제는 분명히 깨달을 수 있었다.

엄마가 자신에게 한 모든 행동이 엄연한 학대였음을.

"그때 내가 빌었잖아. 엄마가 시키는 거 다 할 테니까 제발 얘기하지 말아달라고. 과외도 늘리고, 주말 외출도 금지당하고, 핸드폰도 반납했잖아. 그런데 왜 그런 거야? 왜 학교 선생님한테 얘기한 거야!"

엄마는 표독스럽게 미호를 쏘아봤다. 예전 수법이 통하지 않자 당황한 눈치였다. 엄마는 다시 소파에 앉아 난초 잎사귀를 닦기 시작했다.

"몰라, 기억 안 나. 그게 언제 적 일인데. 20년 전 일을 어떻게 기억해?"

"엄마…… 17년 전이야."

엄마는 햇수조차 기억하지 못했다. 그녀에게는 기억할 가치조차 없는 사소한 일일 터였다.

그 일 때문에 나는 짓무르고 곪아터진 상처를 끌어안고 살아왔다.

당신에게 별거 아닌 그 일이 내 삶을 송두리째 뒤흔들었다.

분노가 휘몰아쳤다. 몸에 불이 붙은 듯 삽시간에 열이 올랐다.

"17년 전이든, 20년 전이든. 기억 안 나."

그녀는 비겁한 변명을 앞세웠다. 단호했다. 하지만 이대로 물러설 순 없었다. 어떻게든 그녀가 진실을 토해내게 해야 했다. 그녀를 뒤흔들어야 했다. 그러기 위해서는 그 말을 내뱉어야 했다.

믿고 싶지 않았던 그 시절의 진실.

"알고 있었지? 유진이 성추행한 사람이 새아빠라는 거."

입안에서 맴돌던 말을 꺼내고야 말았다.

아…….

…….

알고 있었구나.

아주 잠시나마 엄마의 눈동자가 흔들렸다. 한결같은 얼굴에 핏기가 가셨다. 늘 감정을 억누르는 데 익숙한 그녀조차 이 사실 앞에서는 평온을 가장할 수 없었다.

"아니야, 난 몰라."

"엄마……."

"모른다고! 난 아무것도 몰라!"

"아니야, 엄만 알면서도 모른 체했어. 대신 엉뚱한 사람을 범인으로 몰았어."

"아니야, 아니라고!"

"유진이 망가뜨린 건 엄마라고!"

"너 미친 거야? 대체 오늘 나한테 왜 이래? 미친 건 너야, 너라고!"

"……."

"어디서 지 어미를 거짓말하는 년으로 몰아? 그딴 추잡한 일하고 난 아무 관련 없어! 걔가 지 새아버지한테 뭔 일을 당했든, 그걸 내가 어떻게 알아? 내가 어떻게 아냐고!"

"……."

"미친년. 어디서 그딴 헛소리를 듣고 와서 행패야? 행패는!"

날카로운 파열음 같은 비명소리가 집 안 가득 메아리쳤다. 엄마는 이성을 잃은 것처럼 날뛰었다.

"말해. 그 얘기 듣기 전까지는 여기서 한 발짝도 안 움직여."

미호가 단호하게 말했다. 두 사람 다 물러서지 않았다. 공기의 밀도가 한층 높아진 것 같았다. 팽팽하게 긴장감이 고조됐다. 감정이 극한으로 치닫자, 신경이 극도로 예민해지고 감각마저 또렷해졌다.

심장의 두근거림이 그 어느 때보다 선연하게 느껴졌다.

"말해."

집 안에는 거친 호흡 소리가 가득했다.

"말하라고."

한참 만에 엄마는 이마에 손을 대고 소파에 털썩 앉았다. 그녀의 시선이 미호를 향했다. 미호는 눈빛으로 말을 재촉했다.

"얘기해주면 넌 뭘 해줄 건데."

그녀가 교활한 제안을 했다.

"그런 거 없어. 더 이상 날 쥐고 흔들려고 하지 마."

"아무 대가 없이 넌 받기만 하겠다는 거니?"

"진작 들었어야 할 얘기였어."

"못된 년."

여전히 표독스러운 말투였으나, 그녀는 속으로 이야기를 준비하고 있었다.

"그래, 네 말이 맞아. 유진이 새아빠가 유진일 성추행하고 있는 거 알고 있었어."

드디어 그녀의 입에서 제대로 된 이야기가 흘러나왔다. 미호는 저도 모르게 엄마에게로 한 걸음 다가섰다.

"언제, 어떻게 알았는데?"

"그걸 어떻게 기억해? 20년…… 아니, 17년 된 일을."

"얘기해. 엄마 알고 있잖아. 숨길 생각 마. 의붓아버지가 의붓딸을 성추행한 일이야. 그런 일을 엄마 같은 사람이 어떻게 잊어?"

또 한 번 엄마가 미호를 노려봤다. 자기 방식대로 휘두를 수 없어 초조해하는 기색이 뚜렷해졌다.

"독한 년. 엄마를 그렇게 몰아붙이니 좋니?"

"말해."

"교회에서 본 게 있어."

"뭔데."

"너무 추잡해서 내 입으로 말하고 싶진 않지만. 유진이 새아빠가 유진이 엉덩이 만지는 걸 본 적 있어."

심장이 터질 듯이 뛰었다. 분노와 긴장감이 폭발할 기세로 치솟았다. 미호는 엄마에게로 한 걸음 더 가까이 다가갔다. 엄마는 시선을 마주한 채 계속 말을 이었다.

"그냥 엉덩일 만진 게 아니었어. 슬쩍 지분거리더라고. 얼마나 추잡하고 징그러웠는지. 멀쩡한 내 눈이 썩는 줄 알았지. 그런 건 실수라고도 할 수 없는 일이잖아. 그때 이후로 그 가족을 좀 유심히 지켜봤어."

"그래서, 그 다음엔 또 뭘 봤는데."

"그 다음에 본 건 없어. 그 양반도 내가 본 걸 알아차렸는지 어쨌는지 조심하는 거 같더라고. 그래도 뭐랄까, 내 나이쯤 되면…… 계속 보다 보면 보이는 게 있거든. 그래서 나 혼자 짐작만 하고 있었지."

그래서 유진은 자신이 교회에 오는 걸 싫어했던 거다.

계속 보다 보면 보이는 게 있을까 봐.

새아빠와 함께 있는 모습을 보이고 싶지 않았던 거다.

"그런데 왜 아무것도 안 했어? 엄마, 어른이잖아. 유진이가 그…… 그런 일을 당하는데 어떻게 가만있을 수가 있어? 유진이 내 친구였어. 제일 친한 친구였다고!"

엄마는 왜 이유를 모르냐는 듯 빤한 눈길로 쳐다봤다.

"내가 왜?"

"뭐?"

"내가 왜 그런 귀찮은 일에 휘말려야 하는데. 우리 집 딸자식이 그런 일을 당한 것도 아니고."

"……."

"그건 그 집 엄마가 해야 할 일이지 내가 할 일은 아니잖니. 난 내 딸자식만 지키면 되는 거지."

미호는 새빨간 손톱을 떠올렸다. 이제는 그 손톱을 부러뜨리고 싶었다.

유진은 엄마가 자신을 질투한다고 말했다. 자신이 여자가 되길 바라지 않는다고도 말했다.

'난 어쩔 땐 모르는 척 방치하는 우리 엄마가 더 증오스러워.'

백설공주 원작에서 백설공주를 죽이려 한 사람은 새엄마가 아닌 친엄마였다. 그리고 그녀가 딸을 질투한 이유는…… 딸에게 뺏긴 남편의 사랑 때문이었다.

그날, 유진은 이 말을 하고 싶었는지도 모른다.

"그러면 왜 학교에는 유진일 성추행한 사람이 한주현 선생이라고 얘기한 거야?"

미호는 마지막 남은 의문을 던졌다. 이제 더 이상 이 공간에 버티고 서 있는 것조차 힘들었다. 온몸이 무거운 공기에 짓눌리고 목이 졸리는 것 같았다.

엄마는 묘한 얼굴을 했다.

"너 정말 몰라서 묻는 거니?"

미호는 미간을 찌푸렸다.

"난 내 딸자식만 지키면 되는 거라고 얘기했잖아."

심장이 폭발하려는 듯 요동쳤다. 심장소리 때문에 물에 잠긴 것처럼 귀가 먹먹했다. 가슴 밑바닥에는 불안감이 드글드글 들끓었다.

"……무슨 뜻이야?"

두려움을 감지했는지 목소리가 형편없이 떨렸다. 엄마는 가벼운 표정으로 작게 한숨을 쉬더니 입을 열었다.

"너 그때 유독 그 선생이랑 자주 어울려 다녔어."

그 말에 자신조차 잊고 있던 아득한 예전 기억이 떠올랐다.

미호는 한주현이 담당하는 수학 연구반 소속이었다. 수학 올림피아드 대비도 할 수 있어 엄마는 쌍수를 들고 기뻐했다. 미호 역시 과목 중 수학을 가장 좋아했기에 별다른 저항 없이 수학 연구반에 가입했다.

그 시절, 미호는 혜성과의 만남을 위해 무던히도 수학 연구반 핑계를 댔다. 수학 연구반 활동이라면 엄마가 흔쾌히 허락했기 때문이었다.

수학 연구반 정기모임이라서, 선생님이 피자를 사준다고 해서, 선생님한테 물어볼게 있어서.

미호는 혜성을 만나기 위해 틈만 나면 수학 연구반 핑계를 끌어다 댔다.

"어떻게 의심을 안 해? 네 가방에서 임신 테스트기까지 나왔는데."

엄마는 독사 같은 혓바닥을 휘둘렀다. 발밑이 와르르 무너져 내렸다. 새까만 절망이 아득하게 덮쳐왔다. 분노가 정수리까지 솟구쳐올랐다. 심장이 화염에 휩싸여 타오르는 것 같았다.

"널 지키려고 했을 뿐이야. 난 내 할 일을 했어."

"한주현 선생님하고 난……."

아무 관계도 아니야.

뒷말은 소리가 되어 입 밖으로 나오지 못했다. 할 필요도 없는 말이었다. 엄마는 이미 알고 있었을 터였다.

그럼에도, 그저 그를 눈앞에서 치워버리고 싶었을 뿐.

"그건 중요하지 않아."

엄마의 대답과 동시에 미호는 난초 잎사귀를 머리카락 쥐어뜯듯 잡아들었다. 눈앞이 흐려졌다. 엄마의 형체가 괴물처럼 일그러졌다. 심장이 터질 것 같았다.

괴물, 그래 괴물.

눈앞에 있는 건 괴물일 뿐이다. 날 그리고 유진일 잡아먹고 포만감에 배를 두드리던 괴물.

17년 전, 유진이 마지막으로 보낸 문자가 떠올랐다.

'미호야, 우리 얘기 좀 할래?'

'나 너무 무서워서 그래.'

'너마저 나한테 이러지 마.'

'나 너네 집 앞이야. 잠깐만 나오면 안 돼? 기다릴게.'

제발 놔, 놓으라고!

미호는 비명을 지르며 난초 화분을 휘둘러 엄마의 머리를 내리쳤다. 화분이 깨지며 흙이 사방으로 흩어지고 날카로운 파편들이 튀었다. 엄마는 악, 비명을 지르며 소파로 고꾸라졌다.

"미…… 미호야!"

그녀의 이마에서 붉은 선혈이 흘러내렸다. 믿지 못하겠다는 듯 그녀는 두 눈을 부릅떴다. 눈동자에 생전 처음으로 두려움이 깃들었다.

"당신은 괴물이야……."

미호는 하얀 니트를 척척한 피로 물들이는 엄마를 내버려둔 채 돌아섰다. 엄마는 입을 뻐끔거릴 뿐 그 어떤 말도 내뱉지 못했다.

현관문에서 운동화를 신는 와중에서야 미호는 자신이 난초 잎사귀를 계속 움켜쥐고 있다는 사실을 깨달았다. 대롱대롱 매달린 잎사귀는 쥐어뜯긴 머리카락 같았다.

손가락을 펼쳤다. 잎사귀가 나풀거리며 떨어졌다.

미호는 집을 빠져나왔다. 그 집에 두고 나온 건 아무것도 없었다. 오래전, 학창시절의 악몽 하나만을 남겨뒀을 뿐이었다. 쿵, 현관문이 등 뒤에서 닫혔다.

지독한 꿈에서 깨어난 기분이었다.

아파트 단지를 빠져나와서도 미호는 누군가 쫓아오는 것처럼 쉴 새 없이 발을 놀렸다.

아직 끝난 게 아니다.

아무것도 끝난 건 없었다.

미호는 길게 뻗은 대로변을 정신없이 달렸다. 다리 근육이 부풀고 심장이 폭발할 기세로 뛰었다. 반면 머릿속은 차갑게 식어갔다. 그 어느 때보다 투명하고 명쾌해졌다.

거리의 풍경들이 빠르게 모습을 바꿨다. 미호는 어디를 향해 달리고 있는지 자신조차 알지 못했다. 그저 몸속에 깃든 온갖 감정들을 배출하고 싶을 뿐이었다.

영원히 멈추지 않을 것처럼 달려가던 미호는 핸드폰 진동의 기척을 느끼곤 발을 멈췄다. 숨이 턱 끝까지 차올랐다. 미호는 입 밖으로 거친 숨을 토해내며 핸드폰 발신자를 확인했다.

저장되어 있지 않은 번호 그러나 알고 있는 번호.

지율이었다.

"여보……세요."

미호는 가쁜 호흡을 진정시키며 전화를 받았다. 이번에도 지율은 고른 숨소리만 낼 뿐 대답이 없었다.

"지율이니? ……지율이 맞지?"

지율의 숨소리가 거칠어졌다. 지율은 대답하지 않아도 착실하게 질문에 대한 반응을 보이고 있었다.

"지율아……."

이름을 부르는데, 갑자기 목이 멨다. 지율에게서 자신의 모습이 겹쳐 보였다.

"지율아, 얘기하기 하기 싫으면 안 해도 돼. 그냥 이렇게 전화 걸기만 해도 돼. 아줌마가…… 아줌마가……."

미호가 뒷말을 머뭇거리는 사이 지율이 전화를 끊었다. 이제 지율을 통해 사건의 진상을 알아내야겠다는 생각은 완전히 사라졌다. 이 전화는 지율의 구조신호, 도와달라는 절박한 외침이었다.

"도와줄게."

미호는 뒷말을 내뱉으며 눈을 들어 하늘을 바라봤다. 어느덧 해가 내려앉고 있었다. 잠시 머물렀던 손님처럼 가을도 떠나려는지 부쩍 해가 짧아졌다.

차라리 다행이란 생각이 들었다. 지금부터 하려는 일을 생각한다면 밤이 나았다.

엄마와 이야기를 주고받는 동안 격한 감정의 소용돌이에 휩싸여 있던 것만은 아니었다. 분노와 혐오감에 몸을 떨고 연이은 충격에 정신이 아득해지면서도, 한 가지 가설이 머릿속에 피어났다.

유진의 죽음을 해명할 수 있는, 죽음의 이유를 설명할 수 있는 가설이었다.

설마, 아니야, 그럴 리가 없어.

엄마의 독설을 들으면서도 연신 부정했다.

그 시절로 국한되지 않은, 현재진행형인 비극이 너무도 끔찍해서 차라리 눈을 감고 싶었다. 그러나 미호는 확인해야 했다. 지율을 구하기 위해서라도 대면해야 할 의무가 있었다.

미호는 재킷에서 핸드폰을 꺼내 전화를 걸었다.

"어, 미호야."

세경의 목소리가 좋지 않았다. 세경을 귀찮게 하고 싶지 않았지만 도와줄 이는 세경밖에 없었다.

"세경아."

나 화분으로 엄마 머리를 내려쳤어.

"목소리가 왜 그래? 무슨 일 있었어?"

"세경아."

그런데 하나도 두렵지도, 무섭지도 않아.

"왜 대답이 없어? 무슨 일이냐니까."

"세경아."

나도…… 괴물이 되어가는 걸까.

"장미호, 듣고 있어?"

"세경아, 나 유진이 집에 들어가보려고."

미호는 눈을 길게 감았다 뜨곤 엄마에 대한 생각을 묻어버렸다. 지금은, 당분간은, 아니, 오랫동안 그녀를 떠올리고 싶

316

지 않았다. 현실감이 없었다. 지금은 오로지 한 가지 생각뿐
이었다.

들어가야 해, 찾아야 해, 확인해야 해.

다른 감정과 생각은 거세된 듯 오로지 그 목적 하나만이 강
렬하게 마음을 지배했다.

세경은 대답이 없었다. 그러나 미쳤냐고 반문하지도 않았
다. 그녀 역시 자신과 같은 마음이었다.

"왜 거길 들어가려고 하는데?"

미호는 이제까지의 일들을 전부 털어놓았다.

"검정색 막대 모양 USB. 그걸 찾아야 돼."

지율의 말에 의하면 유진은 죽기 전, 검정색 막대 모양 USB
에 집착했다. 시종일관 만지고 쳐다봤다. 이런 말도 했다.

'너희를 지키고 싶어.'

무엇으로부터 지율과 하율을 지키려 했던 걸까.

일순 유진의 목소리 위에 엄마의 목소리가 겹쳐 들렸다.

'엄마는 널 지키려고 했을 뿐이야. 난 내 할 일을 했어.'

과거의 트라우마 때문일까, 어긋난 모성 때문일까.

유진 가정의 문제 혹은 비극이 그 USB에 들어 있을 터였다.

"어떻게 들어가려고? 현관문 비밀번호를 모르잖아."

"그래서 네 도움이 필요하다는 거야. 경찰이 오래도록 그 집
에 폴리스라인을 치고 수사했으니, 꽤 여러 사람들이 비밀번

호를 공유했겠지. 워낙 관심도가 높았던 사건이니 경찰이든 기자든 아는 사람이 제법 될 거 같아서."

"가능할지 모르겠는데, 그래도 한번 물어나 볼게."

세경은 전화를 끊었다.

한동안 못 박힌 듯 서 있던 미호는 지하철역으로 들어갔다. 대로변을 한참 동안 달린 터라 온몸이 진득한 땀으로 젖어 있었다. 땀이 식으며 한기가 몰려들었다. 지하철을 타고 한 시간가량을 달린 끝에 반포동에 도착했다. 발걸음이 저절로 하이 프레스티지 아파트로 향했다.

푸르렀던 수목은 울긋불긋 색깔을 덧입고 있었다. 미호는 가을 냄새가 물씬 피어나는 산책길을 걸었다. 산책로 중간쯤 멈춰 서서 고개를 들자 나뭇잎 사이로 102동 702호 베란다가 보였다. 베란다 난간에 배를 걸친 채 길게 머리를 늘어뜨리고 있었다던 유진의 모습이 그려졌다.

유진은 왜 그런 기묘한 자세로 죽음을 맞이한 것일까.

미호는 한동안 베란다만 물끄러미 쳐다보다 발걸음을 돌렸다. 이 의문을 해결하는 건 잠시 뒤로 미뤄놓았다. 지금 중요한 건 검정색 USB를 찾는 일이었다.

102동으로 향한 다음 아파트 주민의 뒤를 따라 출입문 안으로 들어갔다. 우편함 앞에서 시간을 끌다가 엘리베이터에 혼자 올라탔다. 1, 2호 라인에 엘리베이터가 두 대나 있어, 이웃

끼리 마주치는 일은 흔치 않았다.

미호는 7층 버튼을 눌렀다. 웅, 하는 기계음이 엘리베이터 안의 적막을 갈랐다. 알림음과 함께 엘리베이터가 7층에 도착했다. 미호는 깊이 심호흡을 하고 내렸다.

집 안에 들어갈 수 없다는 건 알고 있다. 지금 당장 무얼 하겠다는 것도 아니었다. 그저 유진이 일상적으로 오갔을 동선을 한번 따라 걸어보고 싶었다.

701호가 왼편, 702호가 오른편에 위치해 있었다. 다른 아파트들보다 두 집 간의 간격이 한참 멀었다.

시선이 702호 현관문에 닿았다.

유진의 집.

현관문 손잡이를 잡아당겼다.

스르륵, 매끄럽게 문이 열렸다.

미호는 화들짝 손잡이에서 손을 뗐다. 심장이 갓 건져 올린 물고기처럼 파닥거리며 뛰었다. 다시 손잡이를 잡아당겼다. 잠금장치가 해제되어 있었다. 그제야 경찰들이 잠금장치를 아예 해제해놨을지도 모른다는 생각이 들었다.

미호는 문을 열고 현관에 발을 들여놓았다. 센서등이 켜졌다. 신발을 신은 채로 발걸음을 옮겼다. 중문을 열고 복도를 지나자 집 안 정경이 한눈에 들어왔다. 불이 꺼진 터라 어두컴컴했지만 알 수 있었다. 거실은 온통 난장판이었다. 청소업체가 핏자국을 지워냈을 텐데도 희미한 피비린내가 공기 속에 맴도는 듯했다. 싸늘한 공기가 가슴속까지 스며들었다. 이제 더 이상 사람이 사는 공간 같지 않았다.

미호는 핸드폰을 확인했다. 세경에게서 온 연락은 없었다. 세경에게 비밀번호는 필요 없다고 메시지를 보내려다 소리를 진동으로만 바꾼 채 재킷 안에 넣었다.

시간이 지나자 어둠에 차차 눈이 익었다. 흐릿한 형체로만 보이던 것들이 명확하게 구분되기 시작했다. 시간 제한은 없었지만 마음이 급해졌다. 70평, 이 넓은 집 안을 둘러보려면 시간이 꽤 걸릴 듯했다. 안방, 서재, 작은 방, 아이 방, 다용도실 외에도 숨은 공간은 많아 보였다.

미호는 먼저 안방으로 향했다.

드레스룸, 옷장, 서랍장, 수납장, 화장대, 협탁 곳곳을 꼼꼼하게 뒤졌다. 불을 켤 수 없어 수색에는 예상보다 많은 시간이 걸렸다. 혹시라도 바닥에 떨어진 건 아닐까, 침대 밑으로 들어간 건 아닐까. 핸드폰 플래시를 비추며 구석구석 살폈다.

완벽하게 뒤져보았다고 판단한 뒤에야 다음 장소로 옮겼다.

얼마나 시간이 흐른 걸까.

해가 저물었다. 이제 집 안팎은 완연한 어둠 속에 파묻혀 있었다. 바깥에서 들어오던 빛이 사라지자 사물을 분간해내기가 더욱 힘들었다. 어둠에 눈이 익었다 할지라도 USB 크기의 작은 물건을 발견하긴 어려웠다. 손끝의 감각에만 의지할 수밖에 없었다.

시간이 지날수록 마음이 초조해졌다. 영영 그 물건을 찾을 수 없는 게 아닐까, 생각하며 미호는 아이들 방문을 열었다.

그때였다.

칠흑 같은 어둠을 흔들며 현관문 열리는 소리가 들렸다. 미호는 번뜩 고개를 돌렸다. 아이들 방문이 닫히고 있었다.

미호는 문틈 사이로 손을 집어넣었다. 문틈에 손등을 찧었지만 다행히 소리가 나진 않았다.

누구지?

심장이 불안하게 뛰었다. 미호는 벽면에 몸을 기대곤 온 신경을 귀에 집중했다. 잘못 들은 게 아니었다. 누군가 집 안으로 들어오고 있었다. 차가운 바닥에 신발을 딛는 소리가 나지막이 들려왔다.

침입자였다. 그는 조심스레 들어와 어디론가 이동했다. 그역시 자신이 집 안에 들어온 사실을 숨기려는 듯 보였다. 미호는 소리로 그의 동선을 짐작해보았다.

아마도 안방.

침입자는 몰래 들어온 것에 비해 조심성 없이 집기를 뒤지기 시작했다. 서랍을 세게 열고 물건을 휘젓고 쾅 닫는 소리가 계속 이어졌다.

대체 누구야, 누가 무슨 목적으로 이 집에 들어온 거야.

침입자의 정체를 확인하고 싶은 마음은 굴뚝 같았지만 꼼짝도 할 수 없었다. 미호는 그저 숨소리를 죽인 채 침입자가 집을 나가주길 기다릴 뿐이었다.

침입자가 안방에서 나왔다. 그 다음은 서재, 작은 방. 물건 헤집는 소리가 더욱 거칠어졌다. 다급하게 무언가를 찾으면서도 한 장소에 오래 머물진 않았다.

"씨발."

적막을 헤치고 낮게 욕설을 뇌까리는 소리가 울려 퍼졌다.

남자 목소리였다.

침입자가 안방에서 거실로 나왔다. 미호는 초조함에 입술이 바짝 말랐다. 침입자는 무언가를 찾고 있었다. 이제 곧 아이들 방에도 들이닥칠지 몰랐다.

침입자의 발소리가 거실에 맴돌았다. 거실과 아이들 방은 바로 이어져 있었다. 자칫 소리를 낸다면 그에게 들릴지도 몰랐다.

미호는 벽면에서 슬그머니 등을 뗐다. 귀를 바짝 세워 바깥 움직임을 살피며 조심스럽게 운동화를 벗었다. 운동화를 가슴에 끌어안고는 한 발 한 발 천천히 옷장으로 발을 내디뎠다. 차가운 바닥에 내디딘 발바닥으로 한기가 스며들었다.

아이들 방에 숨을 곳은 없었다. 키와 체격이 큰 편인 미호가 들어갈 만한 공간은 옷장뿐이었다.

옷장 앞에 다다르는 시간이 억겁처럼 느껴졌다. 거실에서는 여전히 무언가를 뒤지는 소리가 들려왔다. 미호는 옷장 손잡이를 쥐고 문을 열었다.

달칵.

아주 자그마한 소리가 천둥처럼 울려 퍼졌다. 그 순간, 거실의 소음도 멈췄다.

정적이 내려앉았다. 꼼꼼하게 닫힌 창문들이 바깥 소음을 완벽하게 차단해 집 안에는 죽음과도 같은 고요뿐이었다.

미호는 숨 쉬는 것조차 잊었다. 손가락 하나 펼 수 없었다. 조금이라도 움직인다면 옷자락이 바스락거리는 소리를 낼 것이다. 10초, 혹은 그보다 긴 시간이 흘렀다. 미호의 등줄기를 타고 식은땀이 흘러내렸다.

드디어 거실에서 침입자가 움직이는 소리가 들렸다. 거칠게 서랍을 여는 소리에 맞춰 미호는 옷장 안으로 들어갔다. 그리고 자리를 잡은 순간 재킷 속 핸드폰이 울렸다.

웅, 진동 소리.

또 한 번 침입자의 움직임이 멎었다. 팽팽한 긴장감이 방안에 내려앉았다. 심장이 터질 듯이 뛰었다. 미호는 핸드폰을 움켜쥐었다. 아직 옷장 문은 열려 있었다.

침입자의 발걸음 소리가 점점 크게 들렸다. 그가 아이들 방으로 다가오는 소리였다.

두 가지 마음이 거세게 충돌했다. 그가 누군지 확인해보고 싶은 마음과 들켜서는 안 된다는 마음.

침입자가 아이들 방문 손잡이를 잡았다. 방문이 열리는 소리와 함께 미호는 옷장 문을 닫았다. 소리가 소리에 묻히길 바랄 뿐이었다.

미호는 숨을 멈춘 채 침입자의 움직임에 온 신경을 기울였다. 그는 선뜻 발을 내딛지 않았다. 가만히 멈춰 서 있기만 했다. 그는 옷장을 주시하고 있을 터였다. 아이들 방에서 몸을 숨길 만한 공간은 옷장밖에 없었다.

침입자가 걸음을 내디뎠다. 옷장 가까이 다가오고 있었다. 멈췄다.

도대체 누구야.

정체를 알 수 없는 존재는 두려움을 증폭시켰다.

미호는 심장이 목구멍으로 튀어나올 것 같았다. 들켜서는 안 된다는 생각뿐이었다.

또 다시 침입자가 발소리를 냈다. 소리가 지척에서 울려 퍼졌다.

멈췄다.

그때였다.

달칵, 소리가 났다.

미호는 눈을 질끈 감았다.

누군가 금세 자신의 멱살을 잡아챌 것 같아 오금이 저렸다. 그러나 슬며시 눈을 떴을 때 옷장 문은 여전히 굳게 닫혀 있었다. 덜컹, 서랍을 뒤지는 소리가 이어졌다.

침입자가 아이들 책상 서랍을 뒤지는 소리였다.

미호는 가슴을 쓸어내렸지만, 침입자가 수색을 끝낼 때까지 숨조차 쉴 수 없었다. 이내 침입자는 문을 열고 아이들 방을 빠져나갔다. 그가 거실로 되돌아가자 미호는 비로소 짧은 한숨을 내쉬었다.

그 후로 오랫동안 침입자는 집 안을 헤집었다. 서랍장이 쾅쾅 닫히고 물건이 우당탕 떨어지기도 했다. 간간이 혼잣말로 욕설을 지껄이기도 했다. 어디서 들어본 적 있는 목소린가, 미호는 생각해내려 했지만 도통 떠오르는 사람은 없었다.

새벽 한 시가 가까워져서야 침입자는 수색을 멈췄다. 그는 마지막으로 욕을 낮게 뇌까리더니 현관문을 빠져나갔다.

옷장 밖으로 나온 미호는 다리를 휘청거렸다. 극도로 긴장했던 터라 전신이 굳어 있었다. 미호는 옷장을 나오자마자 핸드폰을 확인했다. 그러고는 두 눈을 둥그렇게 떴다.

당연히 세경일 거라 생각했건만, 지율이 매번 걸어오는 번호로 음성 메시지를 남긴 것이다.

고민하던 미호는 핸드폰을 도로 주머니 안에 집어넣었다.

지금은 침입자의 정체를 확인하는 게 우선이었다.

미호는 재빨리 거실로 나가 인터폰 화면을 켰다. 다행히 침입자는 없었다.

침입자가 완전히 떠났다는 걸 확인한 미호는 서둘러 유진의 집을 벗어났다. 그가 사라진 건 불과 몇 초 안팎. 지금 쫓아간다면 그의 정체를 확인할 수 있을지도 몰랐다.

한 대의 엘리베이터는 고층에서 하강 중이고, 다른 한 대는 5층에서 하강하는 중이었다. 5층에서 하강 중인 엘리베이터에 그가 탑승하고 있을 터였다.

미호는 비상구를 향해 뛰어갔다. 그런데 비상문을 열려는 순간 다른 생각이 머리를 스쳤다.

아니다. 들킬까 봐 집 안에 불도 켜지 않았던 침입자다. 누군가와 마주칠 가능성이 있는 엘리베이터를 이용하진 않았을 것이다.

미호는 7층으로 내려오는 엘리베이터를 잡아탔다. 1층에 도착하는 건 순식간이었다. 혹시라도 비상구를 빠져나오는 침입자와 마주치지 않을까 걱정했지만 그런 일은 없었다.

미호는 서둘러 아파트 출입구를 벗어났다. 늦은 시간이라 단지 안을 오가는 사람은 거의 없었다. 이리저리 고개를 돌려 사방을 살폈다.

멀리 가진 않았을 텐데.

그 순간, 아파트 산책길을 향해 빠른 걸음으로 걸어가는 남자의 뒷모습이 보였다.

바로 알아볼 수 있었다. 침입자가 저 사람이라는 걸.

남자는 아래위로 검은색 옷차림을 하고 있었다. 심지어 검은 모자까지 깊게 눌러쓴 채였다. 어둠 속에 그의 모습이 감춰졌다. 미호는 남자를 향해 발걸음을 서둘렀다. 가까이 다가가는 만큼 남자는 성큼성큼 멀어졌다.

가로등이 불빛을 밝히고 있었지만 산책길은 어두웠다. 앞선 걷던 남자가 문득 발걸음을 멈췄다. 남자는 비스듬히 시선을 들어올렸다. 702호 베란다를 바라보는 것 같았다.

그때 바람이 불어 낙엽들이 우수수 떨어졌다. 나뭇가지가 흔들리며 가로등 불빛이 남자의 얼굴로 쏟아졌다.

미호는 남자를 알아보곤 훅, 숨을 들이마셨다.

직접 만난 적은 없지만 사진으로 수도 없이 익혀온 얼굴.

도준이었다.

충격받기보다는 의아했다. 언론은 그가 빠르게 회복 중이라 보도했다. 하지만 등에 깊은 자상을 입은 사람이, 왜 운신할 수 있게 되자마자 이곳으로 온 건지 이해할 수 없었다.

게다가 침입자 같은 그 행동이란.

사망 사건이 발생했다 할지라도 702호는 자신의 집이다. 그런데 왜 도둑 같은 차림새로 몰래 들어간 건지 의문이 들었다.

그는 무엇을 찾으려고 한 걸까.

남의 눈에 띄지 않게 몰래 수거해야만 하는 것.

혹시 검은색 막대 모양 USB……. 그 역시 그걸 찾고 있는 걸지도.

물끄러미 702호 베란다를 올려다보던 도준은 길을 벗어나 다시 아파트 쪽으로 향했다.

미호는 그의 뒤를 쫓으려다 의미 없다 생각하며 벤치에 앉았다. 정체는 이미 확인한 뒤였다. 그를 뒤쫓는다 하더라도 할 수 있는 일은 없었다. 대신 미호는 702호 베란다로 시선을 던졌다.

늦은 밤, 살갗이 아릴 만큼 차가운 바람이 불었다.

나무들이 우거진 아파트 산책길에는 나뭇가지가 바람에 흔들리는 소리, 풀벌레 소리만이 조용히 메아리쳤다.

미호는 베란다 난간에 배를 걸친 채 길게 머리를 늘어뜨리고 있었다던 유진의 모습을 떠올렸다. 머리가 검은 폭포처럼 아래로 쏟아져 내리고 있었다고 했다. 새하얀 옷자락이 바람에 하늘하늘 날리고. 유진의 발끝은 베란다에서 한 뼘 정도 떨어져 있었다. 왼손은 난간을 잡은 채로 오른손은 머리카락처럼 난간 너머 아래로.

마치 무언가를…….

그때였다.

번개를 맞은 것처럼 전율이 일었다. 미호는 벤치에서 벌떡 일어났다. 이가 위아래로 딱딱 맞부딪쳤다. 머릿속에 회오리바람이 몰아닥쳤다. 덩달아 어지럽게 흩날리던 여러 생각들이 제자리를 찾았다.

드디어 알았다.

…….

유진이 왜 그토록 기묘한 자세로 죽음을 맞이했는지.

검정색 USB는 어디에 있는지.

702호 베란다 아래 있는 화단이었다.

그날, 유진은 옆구리에 깊은 자상을 입은 채로 아이들 방에 들어갔다. 그림을 찾아 잘게 찢어 변기에 버리곤 물을 내렸다. 그러고는 검은색 USB를 들고 베란다로 향했다.

왜?

USB를 멀리 바깥으로 던져버리기 위해서.

베란다에 다다랐을 때는 이미 너무 많은 피를 흘린 뒤였다. 그래도 유진은 발끝에 힘을 주고 뛰어올라 베란다 난간에 배를 걸쳤다. 있는 힘껏 USB를 바깥으로 던졌다. 그리고 그 자세 그대로 숨을 거두고 만 것이다.

가슴이 터질 것 같았다. 숨이 막혔다.

유진아, 넌…….

넌 무얼 그렇게 감추고 싶어 했던 거니.

미호는 땅을 박차고 달려갔다. 목적지는 멀지 않았다. 길게 자란 풀들이 빽빽한 화단, 흙속에 반쯤 묻힌 검정 USB가 있을 터였다. 하지만 화단에서 불빛을 발견한 미호는 걸음을 멈추고 말았다. 누군가 먼저 도착해 있었다.

도준이었다.

그는 시선으로 위치를 가늠한 다음 핸드폰 플래시를 켰다. 맨손으로 잡풀을 헤치며 바닥을 살폈다. 잎과 줄기에 손이 쓸릴 텐데도 거침이 없었다.

미호는 나무 뒤에 숨어 도준을 훔쳐보기만 했다. 손바닥에 식은땀이 맺혔다. 입술이 말랐다. 기껏 USB의 위치를 알게 됐는데 도준에게 뺏길 수는 없었다.

문득 그의 등이 움찔했다. 흙바닥에서 무언가를 발견한 몸짓이었다. 플래시로 비춰보던 그는 돌멩이인 걸 확인하곤 멀리 던져버렸다. 그러고는 쪼그리고 앉아 화단을 손으로 더듬으며 조금씩 게걸음으로 이동했다.

또 다시 도준이 멈칫했다. 손을 길게 뻗어 흙 속에 파묻힌 무언가를 끄집어냈다. 그는 찾아낸 걸 눈앞에 들어 플래시로 비춰봤다.

미호는 숨을 들이 삼켰다. 도준이 화단에서 찾아낸 건 검은색 USB였다.

도준은 고개를 들어 휙휙 주위를 살피고는 USB를 주머니 안에 넣었다. USB를 눈앞에 두고도 어찌할 수가 없자 미호는 속이 타들어갔다.

도준은 이내 모자를 고쳐 눌러쓰곤 아파트 출입구로 향했다. 미호는 아파트 주민을 가장해 그의 뒤를 좇아 엘리베이터에 같이 올라탔다.

흘낏 미호의 낯을 살핀 도준이 지하 2층 버튼을 눌렀다.

미호는 그의 시선에도 아랑곳하지 않았다. 도준은 미호의 정체를 알지 못했다. 누군가 자신을 뒤좇으리라고는 짐작도 하지 못할 터였다.

엘리베이터가 지하 2층에 도착했다. 희미한 불빛이 군데군데 켜진 지하 공간은 음습한 동굴 같았다. 사람 하나 없이 고급 차량들만 드문드문 주차되어 있었다. 도준은 미호에게서 멀어지며 D구역으로 향했다.

전등 빛조차 들지 않은 구석, 도준의 차가 주차되어 있었다. CCTV 사각지대였다. 미호는 핸드백 안에 손을 집어넣곤 도준에게로 걸어갔다. 발걸음 소리를 듣고 도준이 돌아봤다. 차문 손잡이를 잡고 있었다.

"저기요."

미호가 도준에게 다가섰다. 도움이 필요하다는 듯한 얼굴을 해 보였다. 그리고 도준이 멈칫한 사이, 미호는 핸드백에서 돌덩이를 꺼냈다. 숲길에서 도준을 훔쳐볼 때 챙겨둔 것이었다.

도준이 놀라 물러서려 했다.

미호는 또 한 번, 망설임 없이 상대의 머리를 내리쳤다.

입 밖으로 가쁜 숨이 흘러나왔다.

심장이 터질 것처럼 뛰었다. 흥분으로 손발이 떨리는 한편, 머릿속은 차갑게 식어갔다. 해야 할 일이 그 어느 때보다도 명료하게 떠올랐다.

미호는 정신을 잃고 쓰러진 도준의 코끝에 손가락을 갖다 댔다. 숨결이 느껴졌다. 심장소리도 들렸다. 미호는 피 묻은 돌을 핸드백에 집어넣고 겉옷으로 핏자국을 닦았다. 그러고는 도준의 재킷에서 USB를 꺼낸 뒤 그를 차 뒷좌석에 실었다. 도준의 양손을 뒤로 꺾어 겉옷의 팔 부분으로 단단히 결박하고, 그의 벨트를 벗겨 쭉 뻗은 발목을 동여맸다.

마침내 운전석에 올라타자 한숨이 흘러나왔다. 사방이 밀폐된 공간으로 들어오자 안도감이 느껴졌다.

미호는 호흡을 진정한 다음, 떨리는 손으로 핸드폰에 USB를 꽂았다. 폴더는 하나뿐이었다. 연도, 날짜, 헤리티지 유치원 공연행사라는 이름의 폴더였다. 폴더를 열었다. 하위 폴더 여러 개가 나타났다.

장소원, 강지율, 이아린, 방소담, 김가희…….

전부 여자아이들로 추정되는 이름의 폴더가 수두룩했다.

추측대로였다.

어긋나길 그토록 간절히 원하던 추측이 맞아떨어지고 있었다.

미호는 그 중 강지율 폴더를 클릭해 영상을 재생했다.

지율은 발레리나 복을 입고 무대에서 방방 날아다녔다. 한껏 신나고 즐거워 보이는 얼굴이었다. 카메라가 지율의 발끝부터 머리끝까지를 훑었다. 아이는 나비처럼 팔랑거리기도 하고 폴짝 뛰어오르기도 했다. 발레리나처럼 빙글빙글 돌기도 했다. 줌인과 줌아웃을 거듭하며 카메라는 아이의 모습을 영상 속에 담았다.

장소원, 이아린, 방소담, 김가희. 나머지 아이들의 영상도 마찬가지였다. 영상 속 아이는 주인공이었다. 카메라는 집요하리만큼 한 아이만을 화면 속 가득히 담아내고 있었다.

아무것도 몰랐다면 그저 공연행사 때 찍은 영상이라 생각했을 것이다. 하지만 그렇게 있는 그대로 받아들일 수가 없었다. 자신은 이미 너무 많은 것을 알고 있었다. 아니, 모든 걸 알고 있었다.

미호는 구역질이 치밀었다. 더 이상 영상을 재생할 수 없었다. 징그러웠다. 소름끼쳤다. 허연 배를 까고 죽어 있는 벌레를 본 것보다 역겨웠다. 허리를 숙여 헛구역질을 했다. 신물이 올라왔지만 나오는 건 없었다.

왜…….

대체 왜.

이런 비극이 대를 이어 발생한 것일까.

지율과 하율의 얼굴이 생각났다. 그 아이들의 천진난만한 모습을 떠올리자 분노가 들불처럼 치솟았다.

조아라의 말이 떠올랐다.

'2년 전에 제가 그 아이 담임이었어요. 엉뚱한 구석도 있었지만 기본적으로 활달하고 영민한 아이였지요. 그런데 그 애가 언제부터인가 뱀이 무섭다면서 자꾸 어디엔가 숨더라고요. 뱀이 자꾸 자기를 쫓아온다고, 뱀이 무섭다고요.'

아린의 말도 떠올랐다.

'지율이는 무서운 게 많은 앤데, 밤에 방에 불 끄는 것도 무서워하고, 바람 소리도 무서워하고 또 또, 벌레도 무서워하고 뱀도 싫어하고.'

2년 전, 지율은 뱀이 무섭다며 공연행사 도중 숨어버리는 소동을 일으켰다. 학대는 2년 전부터 시작됐을 것이다. 그 나이대 아이들은 종종 사실과 공상을 구분하지 못하기도 한다.

지율은 본능적으로 알고 있지 않았을까. 아빠에게 몹쓸 짓 당한 사실을 말하면 안 된다는 걸.

어쩌면 도준이 지율의 입을 다물게 했는지도 모른다.

지율이 진짜 두려워한 건 뱀이 아니었다.

뱀이 상징하는 아빠의 '무엇'일 뿐.

'아이들은 그림을 통해 참 많은 얘길 해요.'

정아의 말대로 지율은 그림을 통해 두려움을 표출했다. 아마도 그 당시 아니, 학대는 계속 자행되어 있었으니 지금까지도 지율은 뱀 그림을 그렸을 것이다. 하율 역시 지율을 따라 뱀 그림을 그렸던 것이고.

유진의 어머니 집에 방문한 날, 하율이 그린 검은색의 기다란 형체는 USB가 아니었다.

뱀이었다.

유진은 언제부터 지율이 아빠에게 성적 학대를 당한다는 사실을 알았을까.

정아와 나영, 지예의 말에 의하면 유진이 달라진 건 죽기 며칠 전부터였다. 그녀들은 유진이 이상하게 정신이 나간 사람처럼 2년 전 지율이 소동에 대해 묻고 다녔다고 말했다.

왜 의심하게 되었는지 알 수는 없으나, 당시 유진은 충분히 의심하고 있었다.

그리고 이 검정색 USB는 유진의 의심에 쐐기를 박았을 테고.

아마도 USB는 도준의 것.

남편이 몰래 숨겨둔 USB 속 영상을 보고 유진은 바로 알아차렸을 것이다.

그가 소아성애자라는 사실을.

하지만 유진은 남편이 소아성애자에 아동성추행범이라는 사실보다 자신의 행복에 오점이 생겼다는 사실을 더욱 두려워했는지도 모른다.

유진은 그날, 아이들을 친정에 보내고 도준을 기다렸다. 그 와중에도 행복배틀을 포기할 수 없어 SNS에는 '남편과 뜨거운 밤을 보낼 예정'이라는 글을 올렸다.

O_su_zzzzi
오늘은 부부의 날. 애들 다 친정 보내고 뜨거운 밤을 보낼 예정이에요. 무슨 이상한 생각하세요? 우리 그냥 영화 볼 건데. 에이, 왜 못 믿고 그러세요?
#여보야사랑해 #애들은저리가라 #십구(이모티콘)한밤 #DomPerignon(돔페리뇽) #BelugaCaviar(벨루가캐비어)

억지웃음을 지으며 그녀는 무슨 생각을 했을까.

가정은 완전히 파탄 났는데 왜 그렇게까지 SNS 속 가짜 행복을 포기하지 못한 걸까.

유진은 퇴근한 도준과 격렬한 다툼을 벌였다. USB와 스케치북을 코앞에 들이대며 사실을 추궁했다. 도준이 끝끝내 부정하자 최후의 수단으로 부엌칼을 갖고 오지 않았을까? 그러다 끝내 유진은 옆구리에 깊은 자상을 입고, 도준은 등에 일격을 당한 채 방 안에 쓰러졌다.

이후 유진은 필사적으로 가족의 추악한 진실을 감추고자 했다. 아이들 방에서 지율과 하율의 나머지 그림을 찢어 변기에 버리고, 마치 강도가 든 것처럼 온 집 안을 헤집어놓았다. 그리고 마지막 숨이 끊어지기 전 USB를 가지고 베란다로 향했다.

사망 원인은 과다 출혈이었다.

피를 쏟아내던 그 긴 시간 동안, 119에 전화를 걸었다면 유진은 목숨을 구했을지도 모른다.

그녀가 죽음보다 더 지키고 싶었던 것.

가짜 행복.

유진에게 가장 중요한 건 행복한 가정처럼 보이는 것이었다. 그리하여 추악한 진실이 드러나는 것보다 차라리 죽음을 선택한 것이다.

가슴이 먹먹했다. 흘러내린 눈물로 두 뺨이 젖어 있었다. 그런 선택을 할 수밖에 없었던 그녀가 안타까웠다.

미호는 핸드폰을 컵홀더에 내려놓았다.

이대로 도준을 지율에게 보낼 순 없었다. 그리고 그에게서 들어야 할 말이 있었다.

이 모든 일이 사실인지 자백 받아야 했다.

대체 왜 이런 짓을 저질렀는지, 유진이 새아버지로부터 성적 학대당한 사실을 알고 있는지, 묻고 싶었다.

미호는 시동을 걸고 지하주차장 출입구로 차를 몰았다. 차는 아파트 단지를 빠져나와 컴컴한 밤거리를 쏜살같이 달렸다.

차는 고속도로를 지나 서울 외곽 2차선 도로를 달렸다.

도로 양 옆으로는 흔한 가로등 불빛 하나 없었다.

새까만 풍경 가운데 논과 밭, 잡목만이 우거져 있었다.

미호는 아무 생각 없이 운전하는 데만 몰두했다. 심장은 화염에 휩싸인 듯 뜨거운데, 머릿속은 찬물을 부은 듯 차가웠다.

이내 차는 경사진 오르막길을 오르기 시작했다. 사방은 캄캄한 어둠에 잠겨 있었고, 미호는 자동차 헤드라이트에만 의지한 채 차를 몰았다.

차는 몇 번이나 커브를 돌았다. 구불구불한 산 위의 도로였다. 왼쪽으로는 수풀이 빽빽하게 들어차 있었고, 오른쪽 아래로는 잡목이 우거진 가파른 비탈길이었다. 불빛 하나 없는 으슥한 곳이었다.

그때 뒷좌석에서 도준의 신음소리가 들렸다. 미호는 룸미러로 뒷좌석 상황을 확인했다. 도준은 얼굴을 가죽시트에 묻은 채 몸을 뒤틀고 있었다. 이내 몇 번 들썩거리던 도준의 몸이 운전석 쪽으로 돌았다.

룸미러로 시선이 마주쳤다. 도준의 얼굴이 경악으로 일그러졌다. 땀인지 눈물인지 모를 무언가로 얼굴이 흠뻑 젖어 있었다.

도준은 쉬이 입을 열지 않았다. 눈알을 이리저리 굴려 상황을 파악하려는 듯했다. 이내 그의 시선이 컵홀더에 들어 있는 핸드폰에 닿았다. 핸드폰에는 USB가 꽂힌 상태였다. 그의 낯빛이 퍼렇게 질렸다.

미호는 룸미러로 도준을 주시하며 운전대를 움켜쥐었다. 손등 위로 핏줄이 불거졌다. 운전대를 돌리는 손길이 거칠어졌다.

차는 빠른 속도로 산길을 달렸다. 오른쪽으로 크게 돌았다가 왼쪽으로 크게 돌며 S자 코스를 질주했다.

"……누구야, 너."

한참 만에 도준이 입을 열었다. 탁하게 잠긴 목소리였다. 더없이 신중하고 조심스러운 태도였다.

미호는 대답하지 않았다. 대신 경적을 길게 누르곤 오른쪽으로 핸들을 홱 꺾었다. 그에게 생각할 틈을 주고 싶지 않았다. 지금 원하는 건 진실, 있는 그대로의 진실이었다.

차가 급회전을 하자 도준은 뒷좌석에서 굴러떨어졌다. 그의 몸이 바닥에 구겨졌다. 앞좌석에 부딪힌 탓에 고통이 느껴지는지 신음을 흘렸다.

"당신 누구냐고! 왜 나한테 이런 짓을 하냔 말이야!"

도준은 상체를 바짝 세우곤 고함을 질렀다. 부유한 집안에서 태어나 순탄한 삶을 살았던 그는 이렇게 과격한 일을 겪어본 적 없을 것이다. 미호는 그의 정신이 좀 더 벼랑 끝까지 내

몰리기를 원했다.

도준은 두 손목을 반대 방향으로 비틀며 매듭을 풀어보려 몸부림쳤다. 피부가 까슬한 천에 쓸리자 고통스러운지 괴롭게 신음했다.

두 번째 시도마저 좌절되자 그는 금세 절망하고 비명을 질렀다. 그가 나약하고 위기 대응능력이 형편없다는 사실은 금세 알 수 있었다.

미호는 재차 경적을 울렸다. 액셀러레이터를 밟자 차가 붕, 엔진 소리를 내며 앞으로 튀어나갔다. 미호는 액셀러레이터와 브레이크를 번갈아 밟으며 산길을 위태롭게 달렸다. 차가 급정거를 할 때마다 도준은 경기를 일으키듯 소리를 질렀다.

"어디로 가는 거냐고. 날 어쩔 셈이야? 돈, 돈을 원해요? 달라는 대로 줄게! 달라는 대로! 그러니까 제발……."

또 한 번 차가 홱 급회전을 했다. 팔다리가 묶인 도준은 나무 토막처럼 뒷좌석 바닥에서 이리 구르고 저리 굴렀다.

"제발, 제발 살려만 주세요! 제발!"

미호는 도준의 말에 응답이라도 하듯 속도를 늦췄다. 애원하는 목소리가 사시나무 떨리듯 떨렸다.

"어, 억울해. 억울해서 미칠 것 같아. 도대체 왜…… 왜 나한테 이런 일이 생긴 건지 모르겠다고요. 도대체 왜!"

미호는 가해자의 흔한 변명 같은 말을 흘려들었다.

머릿속이 날카로운 칼날처럼 선득하게 벼려지길 원했다. 더 냉정하게, 더 차갑게.

"난 아니에요, 정말 아니라고. 억울해요, 억울해서 미칠 것 같다고요. 그쪽도 USB 봤죠? 내가 진짜…… 내 친딸을…… 그렇게…… 했다고 생각해요?"

미호는 룸미러로 도준을 살폈다. 형편없이 일그러진 얼굴은 눈물과 땀으로 얼룩져 있었다. 줄곧 끌어안고 있던 것이 폭발한 듯 그는 계속해서 소리를 질러댔다.

"당신도 그렇게 생각했지? 그러니까…… 경찰에 갖다 주려고 그 USB를 찾은 거잖아!"

"전부 다 봤어요. 여자애들 동영상. 강도준 씨가 찍은 바로 그 영상!"

미호가 처음으로 입을 열었다.

"아니야, 아니라고! 그 USB는 내 것도 아니라고! 그건 그냥 다른 아이 엄마한테 부탁받은 거예요. 예전에 내가 편집한 지율이 영상 보고, 자기 아이 것도 해달라고 어떤 엄마가 부탁했다고요!"

도준은 새빨개진 얼굴로 완강하게 부인했다.

"USB 안에 그 폴더들……. 한두 아이의 동영상만 있는 게 아니었다고요."

"몇몇 아이들만 해주면 딴소리 들을까 봐 그랬던 거뿐이었어요. 진짜…… 정말로 선한 의도였다고요……. 애들 엄마, 지율이 둘 다 유치원에서 잘 지냈으면 싶어서…… 그래서…….”

그가 어깨를 들썩이며 흐느꼈다. 분노와 두려움이 사라진 자리를 억울함과 슬픔이 대신한 듯했다. 도준은 시종일관 목소리를 떨며 눈물을 훔쳐냈다.

“그런데 갑자기 애들 엄마가 USB를 들이밀면서 이거 뭐냐고……. 이런 거 보면서 자위하고 그랬냐고……. 기가 막혀 말이 안 나왔어요. 아무리 설명해도 듣질 않았어요. 그러더니 우리 지율이한테까지 손댔냐면서…….”

흐느끼느라 말이 드문드문 끊겼다. 미호는 핸들을 홱 꺾으며 브레이크를 밟았다. 그새 익숙해진 건지 도준은 비명을 지르거나 소란을 떨지 않았다. 대신 격해진 감정을 주체하지 못하고 한참 동안 울음을 쏟아내면서도 계속 말을 내뱉었다.

“처음엔 이게 무슨 질 나쁜 농담인가 싶었어요. 그런데 애들 엄마가…… 그 여자가 진짜 그렇게 믿고 있더라고요. 무슨 말을 해도 믿지 않았어요. 나 그렇게까지 쓰레기 아니에요. 어떻게 그래요? 어떻게 사람이 자기 딸한테 그런 짓을 해요? 애들 엄마가 뱀 그림 어쩌고 하던데, 지율이가 뱀 그림을 그린 건 2년 전 캠핑장에서 뱀을 봤기 때문이라고요. 난 정말 너무 억울해서…….”

도준의 말에 액셀러레이터를 밟으려던 미호가 발을 멈칫

했다.

"뭐라고요?"

미호가 룸미러로 도준의 표정을 주시하며 물었다. 처참한 몰골로 주절주절 말을 늘어놓던 도준도 고개를 들었다. 그의 말이 이상하게 주의를 사로잡았다. 아니다. 주의를 사로잡았다는 말로는 부족했다. 조금 전부터 자꾸만 무언가 신경을 긁어댔다.

오싹한 기운이 목덜미를 스쳤다.

작은 벌레들이 살갗을 기어가는 듯한 감각에 소름이 돋았다.

문득 의문이 일었다. 아니, 솔직히 말하자면 문득이 아니다. 어쩌면 계속 해왔을 의심.

정말…… 그는 소아성애자이며 자신의 딸을 성추행한 것일까.

냉정하게 생각하자면 증거는 없다. 목격자도 없고 피해자의 진술도 없다.

USB 속 여자아이들의 영상과 지율의 뱀 그림. 그리고 도준이 지율을 성추행했다고 믿었던 유진의 믿음뿐이었다. 자신은 유진의 그 믿음을 너무 쉽게 사실이라 여겼는지도 모른다. 유진이 죽으면서까지 지키고 싶어 했던 비밀이기에, 당연히 그 비밀이 진실이라 생각했다.

미호는 심장이 크게 고동치는 걸 느끼며 운전대를 움켜쥐었다.

진실이 아니라면 지율에게는 다행한 일이지만, 유진은 무엇을 위해 몸을 던진 걸까.

이 모든 게 끔찍한 오해라면.

그리고 유진이 그런 오해를 품은 이유는…….

과거가 뿌린 비극의 씨앗이 어디까지 닿아 있는 걸까.

미호는 두려웠다. 유진이 품은 오해가 어디에서 비롯됐는지 알 것 같아서, 무참하게 몸이 떨렸다.

미호의 눈빛이 흔들린 걸 알아챈 도준은 다급하게 해명을 이어갔다.

"2년 전에 지율이, 하율이만 데리고 캠핑장에 간 적 있어요. 그때 지율이가 진짜 뱀을 봤는지 어쨌는지 난 정확하게 몰라요. 그때 애들 먹일 음식을 하고 있었으니까. 갑자기 지율이가 비명을 지르더니 뱀을 봤다고, 뱀이 자기를 쫓아온다고 하면서 울더라고요."

한기가 옷자락을 파고들었다. 이빨이 딱딱 맞부딪칠 정도로 오한이 일었다.

"……거짓말하지 말아요."

괴로울 정도로 숨통이 조여 왔다. 숨소리가 거칠어졌다. 이딴 진실을 알기 위해 도준을 납치한 게 아니다.

이딴 게 진실일 리 없었다.

344

"거짓말 아니라고요! 그러고는 그 일을 아주 새까맣게 잊고 있었어요. 얼마 전, 애 엄마가 얘길 꺼낼 때까지도요. 지율이가 뱀 때문에 유치원에서 소동을 일으켰는지, 뱀 그림을 그렸는지 전혀 몰랐어요. 아니, 어쩌면 애 엄마가 물었는지도 모르겠어요. 대수롭지 않게 대답했겠죠."

도준의 이야기가 귓가에서 웅웅거렸다.

"어떻게 믿어요. 유진이가 오해한 건지, 당신이 거짓말한 건지 내가 어떻게 믿냐고!"

미호가 버럭 소리를 질렀다. 더 이상 침착한 체할 수조차 없었다. 도준도 미호에게 맞서 같이 고함을 쳤다.

"오해 맞다고! 애 엄마가 오해한 거라고!"

"아니야, 거짓말이야. 그럴 리 없어."

"왜 다들 내 말은 안 믿어주는데! 도대체 왜! 다 그 여자 잘못이야. 그, 그년이 초래한 일이라고! 그딴 말도 안 되는 상상이나 처하고. 그, 그렇게 눈에 불을 켜고 달려들지만 않았어도 내가 그 여잘 찌를 일도 없었어! 대체 왜, 대체 왜!"

도준은 몸을 앞뒤로 격렬하게 흔들며 좌석에 머리를 찧고 괴성을 질렀다. 극한으로 치닫는 그의 예민한 신경줄이 상황을 더 이상 버텨내지 못했다.

미호는 그런 그를 룸미러로 쳐다보며 사정없이 몸을 떨었다.

대체 왜, 대체 왜.

그의 마지막 말이 귓가에 이명처럼 울렸다.

왜 유진은 그런 오해를 했을까. 자신은 그에 대한 대답을 알고 있었다.

유진의 과거는 17년이나 흘렀음에도 유진을 놓아주지 않았다.

유진은 과거에 새아버지로부터 학대당한 경험 때문에 남편이 딸을 추행한다 생각한 것이다.

과거의 트라우마는 그렇게 새로운 비극을 낳았다.

어떤 마음이었을까.

모르는 체 방치하는 엄마를 더 증오하던 유진. 그런 엄마처럼 되고 싶지 않았던 것이다.

미호는 가슴을 크게 헐떡거렸다. 심장이 터져 나갈 것 같았다. 절대 알고 싶지 않던 진실이었다. 진실이어서는 안 되는 진실이었다.

이제 어떻게 해야 할까.

불빛 하나 없는 새카만 허공 속을 헤매는 것 같았다. 어디로 향하는지, 어디로 가야 하는지 알 수가 없었다.

도준은 흐느끼며 입을 열었다.

"뭘 더 원하는데. 유진이 찌른 것까지 자백했잖아요. 이래도 내가 거짓말하는 거 같아요?"

룸미러로 도준과 시선이 마주쳤다. 허탈하면서도 자괴감이 깃든 표정이었다. 더 이상 그가 거짓을 말한다고 생각되진 않았다.

"그래도 당신 같은 인간을 지율이, 하율이한테 보낼 순 없어."

그 순간, 도준의 얼굴이 일그러졌다.

"당신이 뭔데!"

"당신, 아직도 본인이 애들 아빠라고 생각해? 아이들한테 당신은 엄마를 뺏은 살인자일 뿐이야."

"말도 안 돼! 실수였어, 실수였다고!"

도준은 또 다시 몸을 비틀며 짐승처럼 포효했다. 미호는 액셀러레이터를 밟았다. 붕, 엔진 소리를 내며 자동차가 속력을 냈다. 바닥을 긁는 마찰음을 내며 차는 위태롭게 산길을 달렸다.

"당신, 스스로가 피해자 같지? 이 모든 게 사고처럼 찾아온 비극 같지?"

끔찍한 진실 앞에 마음이 주저앉았지만, 한 가지 변하지 않는 사실도 있었다. 유진이 사망했고, 도준이 그 죽음에 책임이 있다는 사실이었다. 그는 자신이 직접 유진을 칼로 찔렀음을 실토했다.

아직 그는 치러야 할 대가가 남아 있었다.

"무슨 말이야?"

도준은 눈을 부릅떴다. 살인자라는 단어를 언급했을 때부터 그의 눈동자는 광기로 번들거렸다.

"당신이 왜 피해자야? 피해자는 유진이랑 애들이지. 당신이 그랬잖아. 그 손으로 유진일 찔렀다고. 애들 엄마를 죽였어. 애들한테 엄마를 빼앗았어."

"이 씨발년이. 입 안 닥쳐!"

"그래놓고선 자기 연민에 취한 말들만 주절주절. 어디서 피해자 행세야?"

"이 쌍년이⋯⋯."

"나한테 살려달라고 구걸하고 싶었어? 변명이 하고 싶었어? 그래 넌 소아성애자, 아동추행범은 아닐지 몰라. 그래도 넌 살인자야. 자기 아내를 찔러 죽인 살인자."

도준이 뭐라 소리를 지르려는 그때, 미호의 핸드폰이 울렸다. 미호는 흘낏 시선을 돌려 컵홀더에 꽂힌 핸드폰을 쳐다봤다. 컴컴한 어둠 가운데 핸드폰 액정 불빛이 환하게 켜졌다.

지율이 전화를 걸어오는 번호였다.

미호는 룸미러로 뒷좌석 상황을 살폈다. 도준은 핸드폰을 기묘한 눈동자로 주시하고 있었다. 그 순간, 번개처럼 잊고 있던 기억이 미호의 머리를 스쳤다.

맞다, 지율의 음성 메시지.

지율은 뭐라고 메시지를 남겼을까.

미호는 진동하는 핸드폰을 향해 손을 뻗었다. 한 손으로 핸들을 잡고 다른 손으로 핸드폰을 집어든 순간, 괴성과 함께 도준이 운전석을 덮쳤다.

미호는 핸들을 잡은 채로 돌아봤다. 도준은 때를 놓치지 않고 주먹으로 미호의 얼굴을 가격했다. 미호의 고개가 꺾이며 머리가 차창에 세게 부딪쳤다. 도준은 상체를 운전석으로 깊숙이 숙인 채 핸들을 마구잡이로 돌려댔다.

"미쳤어, 강도준! 놔, 이거 놓으라고. 진짜 죽고 싶어?"

"그래, 죽어! 난 이제 틀렸어, 틀렸다고!"

미호가 팔꿈치로 도준의 얼굴을 가격했다. 뼈가 으스러지는 느낌이 선득하게 전해졌다. 코뼈가 부러졌는지 뜨끈한 피가 삽시간에 솟구쳤다. 도준이 고통에 찬 비명을 지르며 얼굴을 감쌌다. 자동차가 오른편 낭떠러지 쪽으로 굴러갔다. 미호는 스르륵 풀리는 운전대를 잡곤 브레이크를 밟았다. 찢어지는 마찰음과 함께 차가 커브길 중간에 급정거했다.

그러나 도준은 포기하지 않았다. 그는 조수석으로 넘어와 미호의 머리와 가슴을 발로 가격했다. 미호는 몸을 웅크리고 구타를 막아냈다. 브레이크를 밟은 발에 힘이 빠지자 차가 뒤로 서서히 굴러갔다.

오른쪽은 가파른 산비탈. 핸들이 꺾인 방향대로 차가 굴러간다면 꼼짝없이 낭떠러지로 곤두박질칠 상황이었다.

"너도 죽어, 죽으라고! 죽어버리라고!"

미호는 브레이크를 밟아 산비탈로 향하는 차를 멈춰 세웠다. 그러곤 한 손에 움켜쥔 핸드폰으로 그의 중심부를 가격했다. 또 한 번 도준이 비명을 지르며 고꾸라졌다. 미호는 다급하게 핸들을 향해 손을 뻗었다. 그러나 이성을 잃은 도준은 고통조차 잊은 듯 미호에게 힘껏 주먹을 휘둘렀다.

미호도 보고 있지만은 않았다. 팔꿈치로 부러진 코뼈를 한 번 더 가격했다. 엎치락뒤치락 싸움이 이어지는 동안, 차는 멈추다 뒤로 굴러가다가를 반복했다.

바퀴가 바닥을 짓이기는 소리가 길게 메아리쳐 울렸다. 도준이 미호에게로 달려들었다. 팔로 목을 감싸고 조르자 미호의 발이 브레이크에서 떨어졌다.

차가 또다시 낭떠러지로 향하기 직전 미호는 팔을 뻗어 운전대를 돌렸다. 차는 아슬아슬하게 산비탈의 경계선상에서 멈췄다.

진짜 죽으려는 건가.

도준은 완전히 이성을 잃은 것처럼 폭주했다.

미호는 목을 조르는 도준에게서 벗어나려 발버둥쳤다. 멈춰 있던 뒷바퀴가 덜컹하며 차체가 산비탈 쪽으로 기울었다. 미호는 있는 힘껏 머리로 도준의 얼굴을 들이박았다. 두 사람의 머리가 세게 부딪치며 미호는 운전석 차창에, 도준은 조수석 차창에 처박혔다.

시야가 깜깜하게 물들며 미호는 정신을 잃었다.

의식이 회오리처럼 소용돌이치며 저편에서 돌아왔다.

두피가 팽팽하게 조여 올 만큼 머리가 아팠다. 고개를 움직이려 하자 머릿속에 커다란 징이 울렸다. 날카로운 통증이 뒷머리에서 일고 속이 메스꺼웠다.

미호는 가까스로 눈꺼풀을 들어올렸다. 눈앞에서 수백 개의 폭죽이 터지는 것처럼 작은 빛들이 반짝거리며 시야가 돌아왔다. 어둠에 익숙지 않은 눈은 사물을 분간해내지 못했다. 둔중하게 울리는 머리 또한 제대로 상황을 판단하지 못했다.

……어디지?

미호가 몸을 일으킨 순간 차가 기우뚱거렸다. 그제야 방금 전까지 도준과 차 안에서 격투를 벌인 사실이 떠올랐다. 오랫동안 기절한 거라 생각했지만, 아마도 기절한 건 단 몇 초일 터. 그사이 차는 산비탈 아래로 구르려다가 무언가에 걸려 아슬아슬하게 멈춰선 것이다.

미호는 정신을 차리기 위해 입안의 생살을 씹었다. 끔찍한 아픔이 느껴지며 핏물이 흘렀다. 쇠 맛이 났다. 수면 아래 잠식되어 있던 뇌가 서서히 제 기능을 되찾는 느낌이었다.

어떻게 해야 할까.

작은 움직임만으로도 차는 흔들거렸다. 자칫 엔진의 힘이 위태로운 균형을 깨버려 산비탈 아래로 추락할 가능성이 컸다.

방법은 한 가지뿐. 차에서 빠져나가는 수밖에 없었다. 도준은 여전히 조수석 창문에 뒷머리를 기댄 채 기절해 있었다.

미호는 살며시 차 문의 손잡이를 당겼다. 그리고 문을 연 순간, 차가 드드득 뒤로 끌리며 주저앉았다. 덜컹이는 차체의 움직임에 도준이 신음소리를 냈다.

미호는 조심스럽게 몸을 일으켰다. 이제 한 걸음만 내디디면 차를 빠져나갈 수 있을 터였다.

그 순간, 도준이 미호의 옷자락을 잡아챘다. 광기가 사라진, 새파랗게 질린 그의 얼굴에는 두려움이 가득했다.

"나, 나도 데려가."

조수석 문 밖으로는 산비탈, 낭떠러지 아래로 향하는 길뿐이었다. 그가 차 안을 탈출하는 방법은 운전석을 통해 기어 나오는 수밖에 없었다. 미호는 한 발을 문 밖으로 내디딘 채 도준을 돌아봤다. 차가 굴러떨어지기 전 그를 잡는다면, 빠져나올 수 있을지도 몰랐다.

"씨, 씨발. 여기까지 나 데려와서 진짜 죽이려고? 아니잖아!"

도준은 조수석 창에 바짝 몸을 붙인 채 소리를 질렀다.

아내를 죽인 남편, 자식을 방치하고 자신의 치부를 숨기는데 급급했던 아버지.

그는 소아성애자, 아동 성추행범을 떠나 죽어 마땅한 자였다.

미호는 차 문 밖으로 넘어섰다. 위태롭게 균형을 유지하던 차가 산비탈 아래로 급격하게 기울었다. 도준이 울부짖는 소리가 길게 메아리쳤다.

"사, 살려줘! 제발 살려달라고!"

죽이고 싶나. 이 남자를.

유진의 인생을 망가뜨린 이 남자를.

도준의 얼굴에 유진 새아버지의 얼굴이, 엄마의 얼굴이, 선생들과 아이들의 얼굴이 겹쳐 보였다. 그리고 끝내 가장 지독한 자신의 얼굴이 아른거렸다.

그래, 내가 진짜 죽이고 싶었던 건.

그때 끼이익, 하고 쇳소리가 고막을 짓이겼다. 차가 급격하게 산비탈 아래로 쏠리고 있었다. 미호는 나머지 한 발을 내디뎌 차를 빠져나왔다.

뒤를 돌았다. 도준이 자신에게로 팔을 뻗었다. 미호는 차에 오른발을 올려놓았다. 차를 밀어내는 반동의 힘으로 도준을 끌어올릴 수도 있었고, 차를 그냥 밀어 떨어뜨릴 수도 있었다.

찰나의 시간 동안 온갖 생각이 머리를 스쳤다.

그래, 내가 진짜 죽이고 싶었던 건.

끼이익, 바닥을 긁는 소리를 내며 차가 서서히 내려앉았다.

미호는 상체를 기울여 도준의 멱살을 쥐었다. 강한 악력으로 잡아당기자 그가 도움닫기를 하고 튀어 올랐다. 도준이 아슬아슬하게 빠져나오는 것과 동시에 차는 산비탈로 추락했다.

미호와 도준은 거친 숨을 몰아쉬며 바닥에 주저앉았다.

쾅쾅, 구르고 부딪치고 튕기는 굉음이 고요한 산에 메아리쳐 울렸다.

산길을 내려오던 트럭 한 대가 미호와 도준을 발견했다. 차가 추락하는 굉음을 듣고 기사는 트럭을 세웠다. 상황을 판단한 기사는 차량을 통제하고 119에 신고 전화를 했다.

미호와 도준은 나란히 인근 병원으로 이송됐다. 미호는 탈진한 채, 도준은 정신을 잃은 채였다. 심한 타박상을 입고 팔뼈에 금이 갔지만 위중한 부상은 없었다.

응급실에서 처음 눈을 뜨자마자 미호는 지율의 음성 메시지를 확인했다. 지율은 떠듬떠듬 그토록 하고 싶었던 말을 늘어놓았다.

'아빠, 우리에게 아무 짓도 안 했어요. 정말이에요. 믿어주세요.'

전부 도준의 말이 사실임을 뒷받침하는 내용들이었다.

일반 병실로 옮긴 미호는 죽은 듯이 잠만 잤다.

세경이 여러 번 면회를 왔지만 깨어 있는 미호를 만나진 못했다.

도준은 마침내 살인 혐의로 경찰에 체포됐다. 미호에게 납치당한 사실은 경찰에게 알리지 않았다. 그는 이 끔찍한 비극의 진실에 대해 영구히 함구하길 원했다.

사람들은 범행의 이유에 대해 이런저런 추측을 내놓았다. 그러나 당사자가 입을 다물었으니 모두 추측뿐이었다. 경찰은 최종적으로 자녀 교육문제로 인한 다툼이라고 사건의 전말을 공개했다. 한동안 떠들썩했던 사건이지만 이내 사람들의 관심은 빠르게 멀어졌다.

그렇게 한 달이 흘렀다.

완연한 겨울. 세상이 무채색으로 물들었다.

버티던 가을이 쫓기듯 물러나고 차가운 공기를 몰고 겨울이 찾아왔다.

매서운 바람이 불자 메마른 잎들을 떨궈낸 나뭇가지들이 위태롭게 고갯짓을 했다. 사람들은 저마다 두터운 옷가지를 목까지 끌어올리고 발길을 서둘렀다.

토요일. 미호와 세경은 시외버스를 타고 경기도 외곽에 위치한 분향소로 향하는 중이었다.

아침 일찍 강남역에서 만난 두 사람은 커피를 마시며 이런저런 대화를 나눴다. 두 사람 다 사건에 대한 이야기는 입에 올리지 않았다. 그저 예전처럼 일상적인 이야기를 주고받을 뿐이었다.

미호는 차창 밖으로 황량한 겨울 풍경을 쳐다봤다. 지난 일들을 떠올리며 주머니 속으로 손을 집어넣었다. 손끝으로 딱딱한 것이 닿았다. 검정색 USB였다.

미호는 오늘 이 USB와 함께 모든 걸 마무리할 생각이었다.

시외버스로 한 시간 가량을 달려 목적지에 도착했다. 두 사람은 버스에서 내려 다시 택시를 탔다. 택시는 한적한 곳에 위치한 분향소에 두 사람을 데려다놨다.

건물 안으로 들어가 계단을 올랐다. 324호가 유진이 잠든 곳이었다.

대리석 바닥을 때리는 구둣발 소리가 크게 울렸다. 자신도 모르게 걸음이 느려졌다. 324호 팻말이 보이자 심장이 무섭게 뛰었다. 국화 다발을 꽉 움켜쥐었다. 세경은 주춤거리는 미호에게 눈짓으로 괜찮다는 말을 전했다.

두 사람은 유진의 분골함 앞에 섰다. 미호는 국화 다발을 내려놓았다. 사진 속 유진은 해맑은 미소를 짓고 있었다. 단아하고 청초한 인상, 맑고 깨끗한 피부, 새까만 눈동자.

여전히 예쁜 아이였다.

두 사람은 아주 늦은 마지막 인사를 하고 돌아섰다. 사진 속 유진만 환한 웃음을 짓고 있었다.

세찬 바람이 반짝이는 강의 표면을 휩쓸었다.

미호와 세경은 한강 기슭에 앉아 노을빛으로 붉게 물드는 정경을 바라봤다. 두 사람은 유진의 분향소를 방문한 다음 한

강으로 온 참이었다.

잔잔하게 일렁이는 강물만 바라보던 미호는 주머니에서 검정색 USB를 꺼냈다.

"그때 기억 나?"

미호가 물었다. 세경은 대답 대신 고개를 돌려 미호를 쳐다봤다.

"1학년 겨울방학 전에 우리 한강 보러 왔었잖아."

세경이 피식 웃었다. 세 명 모두 기말고사를 시원하게 말아먹은 날, 유진은 바다가 보고 싶다고 말했다. 하지만 감히 바다까지 갈 엄두가 나지 않았던 세 사람은 무작정 지하철을 타고 서울로 향했다. 바다와 비슷한 한강이라도 볼 심산이었다.

무슨 역에서 내려야 할지 몰랐던 세 사람은 잠원역에서 내렸다.

세찬 바람을 맞으며 한참을 걷자 한강변이 나왔다.

수풀이 듬성듬성 나 있고 인적이 드문 외진 곳이었다. 이미 해는 저물어 있었다. 불빛이 반사된 검은 물이 일렁거렸지만 기대했던 풍경은 보이지 않았다. 가슴이 탁 트이는 듯한 감정도 느껴지지 않았다.

세 사람은 허탈하게 강 둔덕에 앉았다. 딱딱해서 턱이 아릴 것 같은 오징어를 나눠먹으며 시답잖은 이야기를 나눴다.

그때 그 순간에는, 조금 행복하다는 생각을 했다.

"유진인 왜 그렇게 SNS 속 가짜 행복에 집착한 걸까?"

손 안에서 USB를 굴리며 미호가 화제를 전환했다.

"자기 행복에 확신이 없었던 게 아닐까. 그러니까 끊임없이 다른 누군가로부터 확인받고 증명 받고 싶어 한 거지. 자존감이 낮았을 거야, 자기 확신도 없었을 거고."

"그러게. 행복 같은 건 실체가 없는 건데."

인간 삶에 고통과 불행은 당연한 것이다. 누구나 삶에 불행의 요소를 가지고 있으며, 누구나 사고처럼 다가온 불행을 경험할 수 있다. 하지만 유진은 SNS 속에서나마 완벽한 행복을 꿈꿨는지도 모른다.

"유진이가 자기 행복에 확신이 없었던 이유는 학대하는 아버지, 방관하는 어머니 때문이었어. 그 트라우마 때문에 SNS 속 가짜 행복에 집착하고 남편이 딸을 성추행한다고까지 오인했던 거고."

어쩌면 유진은 완벽한 행복을 누리고 있었는지도 모른다.

고급 아파트, 자신을 지극히 사랑하는 의사 남편, 예쁜 두 딸. 그럼에도 과거의 트라우마가 그녀의 발목을 옭아매고 있었기에, 끔찍한 오해를 통해 비극을 낳은 것이다.

그런 그녀가 안쓰럽고 또 안쓰러웠다.

"이제 진짜 끝이야."

미호는 팔을 크게 휘둘러 USB를 강물 속으로 집어 던졌다.

"진짜 끝."

스스로에게 세뇌하듯 단언하는 말을 반복했다.

유진이 죽음과 맞바꿔가며 그토록 지켜내고 싶어 하던 추악한 진실은 영원히 모습을 감췄다.

그녀가 그토록 간절히 염원하던 걸 지켜주고 싶었다.

강물은 넘실대며 USB를 단숨에 집어삼켰다.

이제 정말 모든 게 끝이 났다.

그러나 이야기를 잠자코 듣고 있던 세경이 고개를 흔들었다.

"아니야, 그런 게 아니잖아. 미호야."

미호가 고개를 들어 세경을 쳐다봤다. 세경은 꿰뚫을 것 같은 시선으로 미호를 마주보고 있었다.

"미호야, 이제 그만해도 돼. 그런 게 아니잖아."

"……."

싸늘한 강바람이 불어와 미호와 세경의 머리를 흩날렸다.

미호는 세경의 시선을 피해 강물을 바라봤다. 하늘은 어둑어둑하게 저물고 짙은 핏빛의 강물이 반짝이고 있었다.

개와 늑대의 시간.

어둠과 빛이, 진실과 거짓이 공존하는 시간.

"아니잖아. 유진이…… 아니, 오유진은 새 아빠의 성적 학대로 인한 과거 트라우마 때문에 남편이 딸을 추행했다고 오해한 게 아니야."

세경은 미호에게서 시선을 떼지 않으며 입을 열었다. 자신의 뜻을 명확하게 전달하고자 하는 의지가 느껴졌다.

"……."

"송정아, 김나영, 황지예. 그 사람들이 오유진에게 끊임없이 의심을 불어넣었기 때문이야. 오유진은 행복배틀의 최종적인 패자였어."

"……."

"김나영은 오유진의 SNS에 이상한 댓글을 달았어."

미호도 기억하고 있는 댓글이었다.

뱀 세 마리가 한 집에 있어.

아빠 뱀, 엄마 뱀, 애기 뱀.

뱀 세 마리가 한 집에 있어.

아빠 뱀, 아빠 뱀, 아빠 배ㅁ.

아빠 뱀은 엄마 뱀은 미친 년. 애기 뱀은 돌은 년.

나영은 아빠 뱀은 무슨 뱀이라 말하고 싶었던 걸까.

"그리고 네가 나한테 얘기해줬잖아. 송정아한테 누군가의 행복을 부숴본 적 있냐고 물었을 때 이렇게 답변했다며. '물이 담긴 컵에 아주 작은 잉크 방울을 떨어뜨린 적은 있다'고. 아이들은 그림을 통해 많은 걸 얘기한다고 알려준 사람도 송정아였어."

미호는 입을 꽉 다물었다. 시선은 허공에 던져둔 채였다. 세경은 멈추지 않고 돌진하는 기관차처럼 말을 덧붙였다.

"황지예도 마찬가지야. 황지예가 너한테서 뺏으려던 USB. 그거, 은색 USB가 아니라 검정색 USB였어. 그거 황지예 거잖아. 황지예가 자기 딸 소원이 영상 편집해달라고 강도준한테 부탁한 거고."

미호는 여전히 입을 열지 않았다.

개와 늑대의 시간은 너무도 짧다. 마법같이 흘러가버린다. 손아귀에 쥘 틈도 없이.

세경은 미호의 어깨를 잡고 시선을 돌리게 한 다음 쐐기를 박았다.

"미호야, 네가 왜 둘을 동일시했는지 알고 있어. 그런데 착각하지 마. 오유진은 두 명이야. 우리 친구 오유진은……."

"……."

"우리 친구 유진인 17년 전에 자살했잖아."

⚭

한주현이 자살했다.

광기에 휩싸인 것처럼 그를 비난하던 선생과 학생들은 당황했다. 그는 자신의 억울함과 결백을 호소하는 유서를 남겼다.

목숨을 끊으면서까지 결백을 증명하려던 사람의 호소를 거짓으로 치부할 순 없었다.

선생과 학생들은 이 잔혹한 비극의 책임을 규명하길 원했다. 누가 이 죄 없는 선생을 사지로 몰아넣었는지 책임을 덮어쓸 사람이 필요했다.

타깃은 유진이었다. 당연한 일이었다. 추잡한 소문 속 한 사람이 결백을 주장하며 사라졌으니, 나머지 한 사람이 화살받이가 되어야 했다.

세경의 말도 한몫했다.

이른 아침, 학교는 내내 기묘한 분위기 속에 휩싸여 있었다. 평소처럼 등교한 미호는 어리둥절한 얼굴로 교실에 들어섰다. 아이들이 책상에 얼굴을 묻고 흐느끼고 있었다.

"무슨 일 있어?"

답변을 들을 새도 없이 뒷문이 열리며 세경이 나타났다. 세경의 얼굴은 눈물로 얼룩져 있었다.

세경은 미호 앞에 주저앉았다.

"유진이 때문에 사람이 죽었어! 한주현이 죽었다고!"

"무슨 말이야?"

미호가 무너지려는 세경을 붙들며 물었다.

"뛰어내렸대, 학교에서. 미친년, 오유진 그 미친년 때문에!"

세경은 다른 아이들처럼 통곡하고 오열했다.

그 순간, 교실 뒤편으로 유진이 모습을 드러냈다. 세경의 말을 엿들었는지 낯빛이 파리했다. 한동안 추잡한 소문에 시달린 유진은 황폐하고 메마른 모습이었다. 생기가 사라진, 죽은 물고기 같은 눈동자를 하고 있었다.

유진이 그간 학교생활을 버틸 수 있었던 건 오로지 미호와 세경 때문이었다. 선생들이 마치 '너구나!' 하는 눈길로 쳐다봐도, 학생들이 욕을 퍼붓고 험담을 해도, 미호와 세경이 곁에 있었기에 견딜 수 있었다.

그러나 한주현의 죽음은 유진에게서 마지막 남은 보루마저 앗아갔다.

유진을 발견한 세경은 유진에게 달려들었다. 날카로운 타격 소리와 함께 유진의 얼굴이 돌아갔다. 세경은 뺨을 때린 걸로도 모자라 유진의 머리카락을 쥐어뜯고 주먹을 휘둘렀다.

"한주현이 죽었어. 너 때문에 자살했다고! 너도 죽어, 너도 죽어버리라고!"

한바탕 소란이 일었다. 일방적으로 유진이 얻어맞는데도 아무도 말릴 생각을 하지 않았다. 세경은 끝내 바닥에 주저앉아 통곡했다. 입가가 찢어지고 광대가 부어오른 유진은 멍하니 그 자리에 서 있기만 했다.

미호는 세경에게 다가갔다. 산발한 머리카락 사이로 미호와 유진의 눈이 마주쳤다. 미호는 시선을 피하곤 세경의 어깨를 다독였다.

유진은 알아차렸다. 미호도, 세경도 이제 자신의 편이 아니라는 걸.

아무도 유진에게 다가가지 않았다. 말 거는 이도 없었다. 이따금 다른 반 아이들이 찾아와 유진에게 쓰레기를 던졌다. 미호는 예전처럼 그 아이들에게 소리치지 않았다. 조용한 눈길로 외면할 뿐이었다.

그렇게 끔찍한 하루가 흘렀다.

하굣길, 평소와 다르게 미호와 세경 단둘이만 대로변을 걸었다. 낯설고 생경한 느낌이었다. 한동안 아무 말 없이 걷던 세경이 입을 열었다.

"유진이는…… 앞으로 어떻게 할 건데."

"어떻게 하긴 뭘 어떻게 해. 우리가 뭘 할 수 있는데."

미호는 세경이 유진의 이름을 꺼내는 것조차 불편했다. 세경은 이야기하고 싶어 했지만 미호는 유진에 관한 대화를 피하고 싶었다.

"난 진짜 모르겠어. 유진이 때문에 한주현이 죽었다고 생각하면 너무 화가 나는데……. 그래도 우리 친구잖아. 진짜 어떻게 해야 할지 모르겠다고. 네가 나보다 똑똑하잖아. 우리 이제 앞으로 어떻게 해야 해, 어?"

하지만 미호는 세경에게 어떤 대답도 해줄 수 없었다. 똑똑한 체, 어른인 체하지만 그 역시 열여덟 살 어린애에 불과했다. 감당하기 힘든 비극 앞에서 어떻게 처신해야 할지 알 수가 없었다.

미호는 자신의 힘으로 어찌할 수 없는 일 앞에서 느껴지는 무력감이 싫었다.

그래서 차라리 외면하기를 선택했다. 분노가 세경의 방어기제라면 외면은 미호의 방어기제였다.

학원과 독서실에서도 미호는 공부에 집중할 수가 없었다. 문제집을 펼쳐놓고 허공만 응시했다. 와중에도 유진과 한주현의 생각은 의도적으로 하지 않으려고 애썼다.

밤 12시. 미호는 집으로 돌아왔다. 하루가 마치 한 달처럼 느껴졌다. 옷을 갈아입고 잠자리에 들려는데, 핸드폰이 울렸다. 유진의 문자였다.

— 미호야, 우리 얘기 좀 할래?

미호는 유진의 문자를 무시했다. 잠시 뒤 재차 핸드폰이 울렸다. 이번에도 유진의 문자였다.

— 나 너무 무서워서 그래.

문자는 연이어 도착했다.

— 너마저 나한테 이러지 마.

— 나 너네 집 앞이야. 잠깐만 나오면 안 돼? 기다릴게.

11월, 바람이 매섭고 공기가 얼음장 같던 겨울이었다. 미호는 마지막 문자를 확인한 다음 핸드폰을 무음상태로 돌렸다. 침대에 누웠지만 당연히 잠은 오지 않았다. 정신은 그 어느 때보다 맑았다.

미호는 이불을 젖히고 침대에서 일어났다. 창문을 열었다. 몰아닥친 찬 공기 너머로 베이지색 코트를 입은 누군가가 보였다.

변명을 하자면, 유진을 무시할 생각은 아니었다. 자신도 겨우 열여덟 살, 아직 어렸다. 이 엄청난 일을 어떻게 대해야 할지 몰라 하던 미성숙한 사람이었다.

그러나 미호는 이런 변명조차 유진에게 할 수 없었다.

변명할 기회는 영원히 찾아오지 않았다.

다음 날 아침, 학교로 유진의 사망 소식이 들려왔다.

❧

어느덧 해가 저물었다.

강물을 물들이던 붉은빛이 자취를 감췄다. 검은 물결이 도시의 화려한 불빛을 반사하며 일렁이고 있었다.

"우리 친구 유진인 17년 전에 죽었어."

미호가 허공 속에 던져놓았던 시선을 거둬 세경의 눈을 바라봤다. 두 사람의 눈빛이 마주쳤다. 주고받는 시선 속 수많은 말들이 오갔다.

"한주현 선생님이 죽고 바로 다음 날, 유진인 집에서 목을 맸어."

세경의 목소리가 메아리처럼 들렸다.

그랬다.

……나는 이미 알고 있었다.

내가 사랑하던, 흑요석같이 새까만 눈동자를 빛내던 그 아이는 17년 전 스스로 목숨을 끊었다.

새아빠의 학대, 엄마의 방관, 친구의 거짓말, 추잡한 소문, 친구들의 외면.

그 속에서 홀로 외롭고 고독하게 짧은 생을 마감했다.

나는 그 또한 외면하길 원했다. 죄책감, 부채감이라고 단순히 표현할 수 없는 상처가 방치되었다.

그러다 발견한 한 장의 사진.

엘스전자 SNS 이벤트에 응모한 사진이었다. 사진 아래 유진과 같은 이름, 같은 나이를 발견했다. 흔한 듯 흔하지 않은 이름이었기에, 오유진이라는 이름을 본 건 17년 만에 처음이었다.

사진 속 오유진은 아주 행복해 보였다.

고급 아파트에서 다정한 남편, 예쁜 두 딸과 함께 행복한 삶을 사는 것 같았다.

사진 속 오유진의 얼굴에 17년 전 죽은 아이의 얼굴이 겹쳐 졌다. 그 아이가 사실 죽은 게 아니라, 어딘가에서 이렇게 행복하게 살고 있는 것 같아서 가슴이 먹먹해졌다.

그래서 그토록 또 다른 오유진의 죽음을 파헤치고자 했는지도 모른다. 17년 전 죽은 친구 유진에게 해주지 못했던 일을 대신 해주고 싶었다.

너의 삶은 어떠했을까.

너의 죽음은 어떠했을까.

또 다른 오유진의 삶과 죽음 속에서 너의 모습을 찾아보고 싶었다.

그리고.

나의 죄, 나의 상처.

이제야 비로소 대면하고 싶었다. 속죄하고 치유하길 원했다.

세경은 이 모든 과정을 이해했기에 알면서도 묵인했다.

미호는 심장이 뜨거워졌다. 저도 모르게 코트 앞섶을 꽉 쥐었다. 들끓는 감정이 눈물이 되어 뺨을 적셨다.

"유진인……."

이름을 내뱉은 목구멍에서 피를 토하는 것 같았다.

그래, 나의 유진은 오유진과 달랐다. 화려한 장미보다 청초한 백합 같은 아이였다. 자신감 어린 미소보다 수줍은 미소를 짓던 아이였다. 나의 유진은 말없고 조용하며 앞에 서기보다는 뒤에서 바라보길 원하던 아이였다.

나의 유진은.

"유진아……."

꼭 17년 만이었다.

17년 만에 그 이름을 불러보았다. 이 사건을 쫓으며 그토록 유진의 이름을 많이 불렀지만 진짜 유진을 부른 적은 없었다. 목구멍에 가시가 돋아나고 칼붙이에 베인 듯 피가 흐를 것 같았다.

유진아, 유진아…….

차마 이 죄 많은 입으로 네 이름을 불러볼 수가 없었다.

그 이름만으로도 유리조각이 가슴에 박히는 것 같았다.

그래서 내 멋대로 널 묻어버렸다. 내가 저지른 짓을 제대로 대면할 용기가 없어 그냥 그 위에 흙을 덮어버렸다. 하지만 그 아래 곪고 짓무른 상처는 여전히 생생하게 살아 숨 쉬고 있었다.

"미안해……."

네 앞에서 하고 싶었던 말이었다.

널 붙들고, 네 어깨를 잡고 얘기하고 싶었다.

내 거짓말이 너를 사지로 몰아넣었다고, 널 외면해서 미안하다고.

심장이 터질 것 같았다. 전신이 화염에 휩싸인 것처럼 뜨거

위겼다. 미호도 세경도 눈물을 멈추지 못했다.

"정말 미안해."

미호는 17년 전 했어야 할, 많이 늦어버린 말을 내뱉었다.

그렇게 두 사람은 오래도록 울음을 토해냈다. 넘실대는 저 강물에 모든 감정을 다 던져놓은 것처럼.

한참 만에 두 사람은 눈물을 닦아냈다.

"그 일의 진짜 가해자는 따로 있어. 우린 모두 그 일에 어느 정도 책임 있는 피해자일 뿐이고. 그래도…… 아마 죽을 때까지 그 일에서 자유롭지 못하겠지."

미호는 세경의 말에 고개를 끄덕였다.

어떤 상처는 절대 치유되지 않기도 한다. 죽는 그 순간까지, 눈 감는 날까지, 마지막 숨을 내쉬는 순간까지 품고 가야 하는 상처도 있다. 그런 상처는 그저 끌어안고 살아가는 수밖에 없다.

"그럴 때마다 우리 더 이상 자책하지 말고…… 애도하자. 이제…… 그냥 슬퍼하고 애도하기만 하자."

시린 강바람을 맞으며 미호는 세경의 어깨를 끌어안았다. 두 사람은 한참을 그 자리에 서 있었다.

어제도 오늘도 한결같은 강물이 넘실대고 있었다.

· 에필로그 ·

　　겨울방학을 앞둔 1학년 2학기 종업식 날.

　　미호, 유진, 세경은 외진 한강 둔치에서 오들오들 떨며 찬바람을 맞고 있었다.

　　일찍 해가 떨어진 터라 얼음장 같은 강바람이 무섭게 몰아닥쳤다.

　　기말고사를 시원하게 말아먹고 한강을 찾은 세 사람은 속이 탁 트이는 듯한 풍경을 기대했다. 하지만 막상 도착한 곳은 수풀이 듬성듬성 자란 외진 장소였다. 보이는 것이라곤 탁하게 일렁이는 검은 물결뿐이었다.

　　"아, 불행해. 진짜진짜 불행해."

　　유진이 철퍼덕 주저앉으며 탄식했다. 기말고사 성적이 떨어진 건 셋 다 마찬가지였으나, 유진의 하락폭이 제일 컸다.

　　"어떻게 이렇게 불행이 한꺼번에 몰려올 수 있지? 국사 밀려

쓴 것도 모자라서 학주한테 핸드폰 뺏기고. 한강이라도 보면 속이 좀 시원해질 줄 알았는데, 이딴 것만 보고 가게 생겼어."

유진의 말이 끝나기가 무섭게 세경도 말을 얹었다.

"너만 불행해? 이거 왜 이래? 나도 마찬가지야. 어제도 우리 엄마, 아빠 싸웠다. 엄마 밤새도록 우는 소리 때문에 잠도 못 잤어. 성적 떨어진 거? 우리 엄마, 아빤 내가 이과인지, 문과인지도 모를걸."

불행을 겨뤄보기라도 하자는 건가 싶어 미호도 잠자코 있지 않았다. 불행하기로는 자신도 손꼽힌다 자신할 수 있었다.

"그래도 너네는 성적 떨어졌다고 맞진 않잖아. 난 지금 이 성적표 들고 가면 엄마한테 뺨을 얼마나 맞을까 싶다. 차라리 매로 맞는 게 낫지 뺨은…… 얼마나 자존심 상하는 줄 알아?"

미호의 말을 마지막으로 세 사람은 한숨만 푹푹 쉬어댔다.

한강 둔치는 이미 깊은 어둠에 휩싸여 있었고, 황량하고 쓸쓸한 바람만이 불어왔다. 세 사람의 기분 또한 밑바닥으로 가라앉았기에, 분위기는 한없이 우울하기만 했다.

그렇게 말없이 잔잔하게 흐르는 물결만 바라보고 있는데, 어디선가 꼬르륵 소리가 났다.

미호와 유진은 동시에 세경을 쳐다봤다. 세경의 뱃속에서 힘차게 울리는 소리였다. 세경은 민망한 듯 얼굴을 붉혔다.

"주책없이, 내 배가 분위기 파악을 못 한다."

"배고파? 잠깐만. 나 먹을 게 있을 텐데."

미호는 잽싸게 가방을 열었다. 어제 사놓고 가방 속에 처박아놓았던 오징어가 생각났기 때문이었다. 미호는 가방을 뒤져 오징어 두 봉지를 짠, 하고 꺼내 보였다.

유진과 세경의 얼굴이 금세 환해졌다.

"오, 장미호! 준비성 장난 아닌데?"

"역시 우리 미호밖에 없다. 얼른 뜯어줘. 나도 배고파 죽는 줄 알았어."

세경과 유진의 호들갑에 미호는 괜스레 뿌듯해졌다. 미호는 오징어 봉지를 뜯어 펼쳤다. 유진과 세경은 딱딱해서 턱이 아릴 것 같은 오징어를 씹으며 배시시 웃었다.

유진은 미호의 입에도 오징어 다리를 하나 넣어주었다.

"근데 우리 언제까지 여기 있을 거야? 너무 춥다."

추위에 유독 약한 유진이 오징어를 씹으면서 바르르 몸을 떨었다. 그 순간, 그만 돌아가자 말하려던 미호가 아, 소리를 내며 가방을 다시 뒤졌다. 가방 속에는 며칠 전 사두었던 핫팩이 들어 있었다.

"짠!"

미호가 핫팩을 꺼내 보이자 유진과 세경이 탄성을 질렀다.

세 사람은 핫팩을 뜯어 얼른 손에 쥐었다. 차츰 몸 안에 온기가 돌자, 세 사람의 얼굴에도 웃음기가 떠올랐다.

"아, 행복해."

유진의 말에 미호와 세경이 웃음을 터뜨렸다.

"뭐야, 언제는 불행해 죽겠다더니."

세경이 장난스럽게 타박했다.

"몰라, 지금은 그냥 세상 행복해. ……나 말이야, 어렸을 때부터 추위 많이 타면서도 계절은 겨울을 제일 좋아했다? 왜 그런 줄 알아?"

"왜?"

"온기를 가장 잘 느낄 수 있는 계절이 겨울이잖아. 난 막 추운데 따뜻한 찻잔이나 고구마 같은 걸 쥐고 있을 때 되게 행복하더라고."

"뭐야, 너 너무 쉬운 거 아니야? 뭐가 그렇게 소박해?"

"그러게."

"그럼 이러면 더 따뜻하겠다."

미호는 핫팩 하나에 행복해하는 유진의 어깨를 감싸 안았다. 세경까지 바짝 옆에 붙어 앉자 세 사람 사이로 온기가 전해졌다. 함께 붙어 있으니 더 이상 춥지 않았다.

세 사람은 가슴 깊이 퍼지는 따스함을 느끼며 일렁이는 강물을 쳐다봤다.

날씨는 춥고 계획이 어그러졌는데도 누구 하나 집으로 돌아가자는 사람이 없었다. 어쩌면 세 사람 모두 지금 이 순간을 꽤 마음에 들어 하고 있는지도 몰랐다.

"우리, 스무 살 되면 다시 여기 오자."

유진이 입을 열었다. 그 누구보다 성인이 되길 간절히 염원하던 유진은 이렇게 미래에 대한 이야기를 종종 꺼내곤 했다.

"그래, 다른 사람들 죄다 가는 한강 둔치 말고 꼭 여기로 다시 오자."

미호의 말에 유진과 세경이 키득거렸다.

"좋아, 그리고 그때는 오징어에다가 맥주도 사들고 오자."

세경이 말을 덧붙이자, 미호와 유진은 신이 나서 좋다고 동의했다.

바람이 더욱 차가워지는데도 세 사람의 조잘대는 소리는 그칠 줄 몰랐다. 뺨이 꽁꽁 얼어붙을 때까지 자리를 뜨지 않았다.

망친 기말고사, 황량한 한강 풍경, 매섭던 칼바람, 너무도 사소하고 평범했던 대화들.

남들이 본다면 초라하다 말할 추억 한 조각.

그러나 그 순간만큼은 세 사람 다 진정으로 행복했던 시간이었다.

JooYoungha
Mystery
Thriller